Rita Mae Brown, geboren in Hanover/Pennsylvania, wuchs in Florida auf. Sie studierte in New York Anglistik und Kinematographie und veröffentlichte neben ihren zahlreichen Romanen auch Gedichte. Berühmt wurde sie durch ihren Skandalerfolg «Rubinroter Dschungel» (rororo Nr. 12158). Rita Mae Brown lebt als Schriftstellerin und Drehbuchautorin in Charlottesville/Virginia.

Rita Mae Brown
& Sneaky Pie Brown

Herz Dame sticht

Ein Fall für Mrs. Murphy

Roman

Deutsch von
Margarete Längsfeld

Illustrationen von
Wendy Wray

Wunderlich Taschenbuch

Die Originalausgabe erschien 1996
unter dem Titel «Murder, She Meowed»
bei Bantam Books, New York

Die Übersetzerin dankt Moni Krinner und Co.,
ohne die sie in Sachen Rennbahn
auf verlorenem Posten gestanden hätte.

Neuausgabe März 2003

Veröffentlicht im Rowohlt Taschenbuch Verlag GmbH,
Reinbek bei Hamburg, Juli 1999

Umschlaggestaltung any.way, Barbara Hanke / Cordula Schmidt
(Foto: Picture Press / © Zink)

Gesamtherstellung Clausen & Bosse, Leck
Printed in Germany
ISBN 3 499 26408 0

Pooh Bear und Coye gewidmet,
die Mrs. William O. Moss lieben
und beschützen

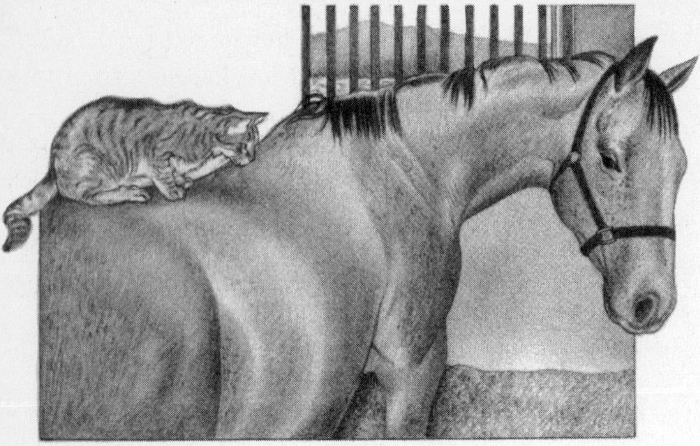

Personen der Handlung

Mary Minor Haristeen (Harry), die junge Posthalterin von Crozet, die mit ihrer Neugierde beinahe ihre Katze und sich selbst umbringt

Mrs. Murphy, Harrys graue Tigerkatze, die eine auffallende Ähnlichkeit mit der Autorin Sneaky Pie aufweist und einmalig intelligent ist

Tee Tucker, Harrys Welsh Corgi, Mrs. Murphys Freundin und Vertraute, eine lebensfrohe Seele

Pharamond Haristeen (Fair), Tierarzt, ehemals mit Harry verheiratet

Mrs. George Hogendobber (Miranda), eine Witwe, die emphatisch auf ihrer persönlichen Auslegung der Bibel beharrt

Market Shiflett, Besitzer von Shiflett's Market neben dem Postamt

Pewter, Markets dicke graue Katze, die sich notfalls auch von der Futterschüssel lösen kann

Susan Tucker, Harrys beste Freundin, die das Leben nicht allzuernst nimmt, bis ihre Nachbarn ermordet werden

Big Marilyn Sanburne (Mim), Queen von Crozet

Rick Shaw, Bezirkssheriff von Albemarle County

Officer Cynthia Cooper, Polizistin

Herbert C. Jones, Pastor der lutherischen Kirche von Crozet, ein gütiger, sparsamer Mensch, von dem man weiß, daß er seine Predigten mit seinen zwei Katzen Lucy Fur und Eloquenz verfaßt

Arthur Tetrick, Rechtsanwalt und vornehmer Funktionär bei Hindernisrennen

Charles Valiant (Chark), ziemlich jung für einen Hindernistrainer, aber sehr talentiert

Adelia Valiant (Addie), wird im November einundzwanzig und katapultiert damit sich und Chark in den Genuß einer beträchtlichen Erbschaft. Sie ist ein Jockey – eigensinnig und impulsiv

Marylou Valiant, Charks und Addies Mutter, die vor fünf Jahren verschwand

Mickey Townsend, ein Trainer, der von Addie sehr geliebt und von Charles sehr verachtet wird

Nigel Danforth, vor kurzem aus England eingetroffen, reitet für Mickey Townsend

Coty Lamont, der beste Hindernisjockey des Jahrzehnts

Linda Forloines, Lügnerin der gemeinsten Sorte, deren höchster Wert der Dollar ist

Will Forloines, auf demselben ethischen Niveau wie seine Frau, aber auf einer niedereren Intelligenzstufe

Bazooka, ein heißes Rennpferd im Besitz von Mim Sanburne

Orion, Mims Jagdpferd, das einen pferdischen Sinn für Humor aufweist

Rodger Dodger, Mims alternder rotbrauner Stallkater, seit neuestem verjüngt durch seine Freundin Pusskin

Pusskin, eine schöne Schildpattkatze, die Rodger anbetet und Mrs. Murphy nervt

Liebe Leserinnen und Leser,

vielen Dank für Eure Briefe. Ich will mich bemühen, auf jeden einzelnen zu antworten, aber an dieser Stelle kann ich schon mal auf einige der häufiger gestellten Fragen eingehen.

Ob ich eine Schreibmaschine benutze? Nein. Mutter ja. Ich benutze einen Toshiba Laptop, der soviel kostet wie ein gebrauchter Toyota. Die Maus gefällt mir.

Ob ich jeden Tag schreibe? Nur wenn es mit dem echten Mausen hapert.

Ob ich mit anderen Katzen und Hunden zusammenlebe? Ja, und auch mit Pferden, aber ich denke nicht daran, unentgeltlich für sie zu werben. Schließlich bin ich diejenige, die die Bücher schreibt, deshalb verdiene ich den Löwenanteil der Aufmerksamkeit.

Ob Pewter richtig fett ist? Nun ja, Teile von ihr besitzen eine eigene Postleitzahl. Und ich habe sie erst vor zehn Minuten einen Champignon fressen sehen. Ein Champignon ist ein Pilz. Welche Katze, die auf sich hält, frißt Pilze? Sie säuft auch Bier.

Ob wir Spaß haben mit Mutter? Meistens. Sie schlittert in tiefste Verzweiflung, wenn sie Rechnungen bezahlen muß. Sie hat dieses Jahr eine Menge zu bezahlen, weil Überschwemmungen einen Teil von unserer Straße und unserer Brücke weggespült haben. Die Versicherung hat das nicht abgedeckt, aber das hätte ich ihr gleich sagen können. Sie hat sehr hart gearbeitet, und ich fühle mit ihr, andererseits rückt sie mir dann jedenfalls nicht auf den Pelz.

Ob ich eine Dixiekatze bin? Nun, ich bin in dem großartigen Staat Virginia geboren, daher glaube ich, daß wir nicht für lange Zeit, aber für eine schöne Zeit auf dieser Erde sind. Ich hoffe, Ihr habt genauso eine schöne Zeit wie ich!

Mit lieben Grüßen

SNEAKY PIE

1

Den Eingang von Montpelier, dem einstigen Heim von James und Dolly Madison, zieren zwei mit Efeu bewachsene Säulen. Auf jeder Säule hockt ein Adler mit ausgebreiteten Schwingen. An diesem ersten Samstag im November fuhr Mary Minor Haristeen – «Harry» – durch das elegante, schlichte Tor, wie sie es seit vierunddreißig Jahren tat. Ihre Eltern hatten sie schon in ihrem ersten Lebensjahr mit nach Montpelier genommen, das sich über 2700 Morgen erstreckte, und seitdem hatte sie kein einziges Rennen versäumt. Wie Thanksgiving, ihr Geburtstag, Weihnachten und Ostern waren die Hindernisrennen, die auf dem Grundstück der Madisons sechseinhalb Kilometer östlich von Orange, Virginia, veranstaltet wurden, Marksteine ihres Lebens.

Als sie an den Säulen vorbeifuhr, warf sie einen Blick auf die Adler, schenkte ihnen jedoch kaum Beachtung. Der Adler ist ein Raubvogel, der mit tödlicher Zielgenauigkeit aus der Luft auf seine Opfer herabstößt. Die Natur teilt die Geschöpfe in Sieger und Besiegte auf. Der Mensch versucht, diese Eindeutigkeit aufzuweichen. Nicht, daß den Menschen nicht klar wäre, daß es im Leben Sieger und Besiegte gibt, doch sie ziehen es vor, ihre Erfahrungen an Begriffen wie gut und böse, nicht an «fressen und gefressen werden» festzumachen. Wie auch immer, Harry würde diesen frischen, himmelblauen Tag in Erinnerung behalten, und was ihr Gedächtnis abrief, waren die Adler ... wie oft hatte sie diese Wächter passiert und doch ihre Bedeutung verkannt.

Eins stand jedenfalls fest – weder sie noch sonst jemand unter den fünfzehntausend Zuschauern würde dieses eine Montpelier-Rennen jemals vergessen.

Mrs. Miranda Hogendobber, Harrys ältere Freundin und Mitarbeiterin, bestand darauf, mit ihrem betagten Ford Falcon zu fahren statt mit Harrys ramponiertem Transporter, obwohl der Transporter ein paar Jahre weniger auf dem Buckel hatte als der Falcon. Da Harry Arthur Tetrick, dem Rennbahndirektor, versprochen hatte, sich als Bahnrichterin zur Verfügung zu stellen, mußte sie zeitig zur Stelle sein.

Sie fuhren durch das Tor, erklommen die Brücke, die sich über die Bahngleise der Southern Railroad wölbte, tauchten dann in die smaragdgrüne Weite der Rennbahn ein, die rund um den hundert Morgen großen Innenraum verlief. Hindernisse aus Besen und Brettern markierten die Bahn, die von einer weißen Barriere begrenzt war, die die Länge der schwierigen Strecke bestimmte. Zur Rechten, oberhalb der Straße, lag die Sandbahn, die die verstorbene Marion duPont Scott 1929 angelegt hatte, um ihre Rassepferde zu trainieren. Die Bahn, zur Zeit vermietet, war in Gebrauch geblieben und zusammen mit dem Gut nach dem Tod von Mrs. Scott im Herbst 1983 an den National Historic Trust übergegangen.

Geradeaus ragte hinter weiteren säulengeschmückten Toren das eigentliche Montpelier auf, ein pfirsichfarbenes Haus, leuchtend wie ein sanftes Stück Sonnenuntergang, das vom Himmel gefallen war, um sich in den Ausläufern der Südwestkette der Blue Ridge Mountains einzunisten. Harry dachte sich Montpelier, das errichtet worden war, während Amerika mit den Strafsteuern von König George III. zu kämpfen hatte, als eine Art Sonnenaufgang, einen verstohlenen Blick über den Horizont einer neuen politischen Kraft, einer Nation, bestehend aus Menschen von überallher, die eine Vision von Demokratie einte. Daß die Vision verdunkelt oder verzerrt worden war, minderte nicht den Glanz ihrer Geburt, und Harry, nicht gerade ein politischer Mensch, stand leidenschaftlich hinter der Überzeugung, daß die Amerikaner sich an die Prinzipien ihrer Vorväter und Vormütter zu halten hatten.

Einem solchen Prinzip entsprach es, die schönen Momente im Leben voll auszukosten. James und Dolley Madison hatten ein gutes Pferderennen zu schätzen gewußt und waren sich darin einig gewesen, daß der beste Reiter ihrer Zeit George Washington war. Schon vor James' Geburt 1752 hatten die Siedler schöne Pferde geliebt, auf sie gesetzt und um sie gestritten. Im Gedenken an ihre Geschichte behielten die Virginier diesen Zeitvertreib bei.

Tee Tucker, Harrys Corgihündin, saß auf ihrem Schoß und sah aus dem Fenster. Auch sie liebte Pferde, aber heute war sie besonders aufgeregt, weil ihre beste Freundin und ärgste Rivalin, Mrs. Murphy, eine Tigerkatze von beeindruckender Intelligenz, zu Hause bleiben mußte. Mrs. Murphy hatte aus voller Katzenkehle *«gemeine Bande»* geschrien, doch es hatte nichts genützt; denn Harry hatte ihr erklärt, daß die Menschenmenge sie verwirren und sie entweder ins Auto flüchten und schmollen oder, schlimmer noch, bei sämtlichen geöffneten Kofferraumklappen die Runde machen würde. Murphy konnte sich nicht beherrschen, wenn es um frische Brathühner ging, und die würde es heute massenhaft geben. Ehrlich gesagt war es auch um Tuckers Selbstbeherrschung geschehen, wenn sie Fleischgerichte witterte, aber sie konnte nicht mitten in den Proviant hineinspringen wie eine Katze.

Oh, die wilde Wonne, ihre feuchte, kalte Nase an die Scheibe zu drücken, als der Falcon die Farm verließ, und

Mrs. Murphy auf den Hinterbeinen am Küchenfenster stehen zu sehen. Tucker war überzeugt, wenn sie am Abend zurückkamen, würde Murphy die Fransen der alten Couch zerrupft, die Vorhänge zerrissen und die Telefonschnur zerbissen haben, und das wäre noch das mindeste. Dann würde die Katze noch mehr Ärger bekommen, während Tucker, gewöhnlich der Sündenbock, ihren Heiligenschein polierte. Wenn sie einen Schwanz hätte, würde sie damit wedeln, so glücklich war sie. So aber wackelte sie mit dem Hinterteil.

«Tucker, sitz still, wir sind gleich da», schalt Harry sie.

«Da ist Mim.» Mrs. Hogendobber winkte Marilyn Sanburne zu, deren Kombination von Geld und herrischem Gebaren sie zur Queen von Crozet machte. «Gewalkte Wolle, sehe ich. Sie macht heute auf Bayrisch.»

«Die Pfauenfeder an ihrem Hut würde mir auch gefallen.» Harry lächelte und winkte ebenfalls.

«Wie viele Pferde hat sie heute laufen?»

«Drei. Sie hat ein gutes Jahr mit Bazooka, ihrem großen Wallach. Die anderen zwei sind noch roh und entwickeln sich gut.» Harry benutzte den Ausdruck für ein junges Tier, das noch Erfahrungen sammelte. «Es ist großartig, daß sie den Valiants die Chance gibt, ihre Pferde anzutrainieren. Gutes Material ist das A und O, aber das weiß Mim ja.»

«Ich fahre auf Ihren Parkplatz. Dann können Sie zu Fuß zum Führring gehen.»

«Okay.» Harry zog ihre Handschuhe aus der Tasche. Um zehn Uhr morgens betrug die Temperatur sieben Grad. Wenn um zwölf Uhr dreißig das erste Rennen startete, würde sie vielleicht an fünfzehn Grad heranreichen, eine ideale Temperatur für Anfang November.

«Vergessen Sie Ihr Abzeichen nicht.» Mrs. Hogendobber, erheblich älter als Harry, neigte dazu, sie zu bemuttern.

«Keine Bange.» Harry steckte ihr Abzeichen an, ein grünes Band, auf das in Gold «Richter» aufgeprägt war. «Ich hab sogar eins für Tucker.» Sie befestigte es am Lederhalsband des Hundes.

Mrs. H. sah vorsichtig nach links und nach rechts, bevor sie auf Platz 175 fuhr, den Platz der Heptworths, der Familie von Harrys Mutter, die dem ersten Jagdrennen von Montpelier beigewohnt hatte, das 1928 auf einer Geländestrecke stattfand.

Harry und Tucker sprangen aus dem Wagen, duckten sich unter der weißen Absperrung hindurch, sprinteten über den weichen, gepflegten Rasen zu den anderen Bahnrichtern im Führring, den hohe Eichen zierten, deren Blätter noch orangerot und gelb gesprenkelt waren. In der Mitte standen ein kleines grünes Gebäude und ein Zelt, wo die Jockeys ihre Seidendressen anzogen und ihre Nummerndecken in Empfang nahmen. Entlang des Führrings waren in einem für die Sponsoren der Veranstaltung reservierten Bereich große gestreifte Zelte aufgestellt. Harry konnte den Schinken riechen, der in einem Zelt brutzelte, und hoffte, daß sie Zeit haben würde, hineinzuhuschen, um frische Schinkenbrötchen und eine Tasse heißen Tee zu sich zu nehmen. Obwohl es sonnig war, ließ ein leichter Wind ihr Gesicht frösteln.

«Harry!» Fair Haristeen, ihr Exmann und der Rennbahntierarzt, schritt auf sie zu; er sah aus wie Thor persönlich.

«Hi, Schatz. Ich bin zu allem bereit.»

Bevor der blonde Riese antworten konnte, kamen Chark Valiant und seine Schwester Adelia vorbei.

Chark, so genannt, weil er der sechste Charles Valiant war, umarmte Harry. «Wie schön, dich zu sehen, Harry. Das ist ein großartiger Tag für Hindernisrennen.»

«Allerdings.»

«Ach, sieh an, Tucker.» Addie kniete sich hin, um sie zu streicheln. «Deinem Richterspruch vertraue ich allezeit.»

«Einem Corgirichter oder einem Richter Corgi?» fragte Chark in neckischem Ton.

«Dem besten Corgi», antwortete der kleine Hund lächelnd.

«Bist du bereit?» Harry sah Addie an, die demnächst einundzwanzig wurde und ihrem älteren Bruder in die Welt der Hindernisrennen gefolgt war. Er war der Trainer, sie der Jockey, begabt und mutig.

«Das ist unser Montpelier.» Sie strahlte, Sonne und Wind hatten bereits Falten in ihr junges Gesicht gegraben.

«Mim ist am aufgeregtesten von allen.» Chark lachte, weil Mim Sanburne, die mehr Pferde besaß, als sie zählen konnte, vor den Rennen nervöser auf und ab trippelte als die Pferde.

«Wir haben sie unterwegs überholt. Hatte den Anschein, als wollte sie zum großen Haus.» Harry meinte Montpelier.

«Ich weiß nicht, wie sie mit ihren Dutzenden von Komitees klarkommt. Ich dachte, Monticello sei ihr Lieblingsprojekt.» Fair fuhr sich mit den Händen durchs Haar, dann setzte er seine Kappe wieder auf.

«Ist es auch, aber sie hat versprochen, einige Kandidaten herumzuführen, und das Personal von Montpelier ist überlastet.» Harry mußte nicht erklären, daß in diesem Wahljahr jeder, der für ein öffentliches Amt kandidierte, und sei es als offizieller Hundefänger, eher sterben würde, als die Rennen zu verpassen und sich die Gelegenheit entgehen zu lassen, ein Foto von sich am Haus der Madisons in die Lokalzeitung zu bringen.

«So, ich muß in den Stall.» Chark klopfte Harry auf die Schulter. «Komm zu mir, wenn die Rennen vorbei sind. Ich hoffe, wir werden was zu feiern haben.»

«Klar.»

Fair, der von Colbert Mason, dem Präsidenten des Nationalen Jagd- und Hindernisrennverbandes, fortgerufen wurde, winkte und ließ Harry und Addie allein.

«Adelia!» rief Arthur Tetrick, dann bemerkte er Harry, und ein breites Lächeln ging über sein kantiges, feines Gesicht.

Während er herankam, um mit «den Mädels», wie er sie nannte, zu plaudern, nickte und winkte Arthur den Leuten zu. Der beliebte Rechtsanwalt war nicht nur Rennbahndirektor von Montpelier, sondern häufig auch Bahnrichter bei anderen Hindernisrennen. Als Testamentsvollstrecker von Marylou Valiant war er zudem der Vormund ihrer beiden Kinder – der Vater lebte nicht mehr –, bis Adelia in diesem Monat einundzwanzig würde und ihr beträchtliches Erbe antrat. Obwohl Chark älter war als seine Schwester, kam auch er vor Addies Geburtstag nicht an sein Geld heran. Seine Mutter war der Meinung gewesen, daß Männer, da sie langsamer reifen, ihr Erbe später antreten sollten. Sie hätte nicht falscher liegen können, was ihre Sprößlinge betraf, denn Charles war besonnen, wenn nicht gar geizig, wogegen Addies Lebensphilosophie das finanzielle Äquivalent zum Bibelspruch «schauet die Lilien auf dem Felde» war. Doch Marylou, die vor fünf Jahren verschwunden und für tot erklärt worden war, hatte entscheidende Jahre in der Entwicklung ihrer Kinder verpaßt. Sie hatte nicht wissen können, daß ihre Theorie in diesem Fall umgekehrt zutraf.

«Ah, wie aus dem Ei gepellt», neckte Addie ihren Vormund, während sie seine Weste und sein Sakko aus feinem englischen Tweed begutachtete.

«Ich kann nicht schäbig herumlaufen. Mrs. Scott würde zurückkommen und mir die Hölle heiß machen. Harry, es freut uns, daß Sie uns heute aushelfen.»

«Mach ich doch gern.»

Er legte seine Hand auf Addies schmale Schulter und murmelte: «Morgen – eine kleine Sitzung.»

«Ach, Arthur, du willst immer nur über Aktien reden und Obligationen und –», sie äffte seine ernste Stimme nach, als sie rezitierte: «– NIE DAS KAPITAL ANRÜHREN. Das hängt mir zum Hals raus! So was Langweiliges.»

Er kicherte. «Trotzdem, wir müssen vor deinem Geburtstag noch einmal über deine Verantwortung reden.»

«Warum? Wir reden einmal im Monat über diesen Mist.»

Arthur zuckte die Achseln, seine strahlenden Augen suchten Unterstützung bei Harry. «Wein, Weib und Gesang sind die Laster der Männer. In deinem Fall sind es Pferde, Jockeys und Gesang. Du wirst keinen Penny mehr übrig haben, wenn du vierzig bist.» Sein Ton war locker, doch sein Blick war eindringlich.

Bedachtsam trat Addie einen Schritt zurück. «Fang bloß nicht von Nigel an.»

«Nigel Danforth ist so attraktiv wie eine Investition in der Wüste Gobi.»

«Ich mag ihn.» Sie preßte die Lippen zusammen.

Arthur schnaubte. «Sich zu verantwortungslosen Männern hingezogen fühlen ist ein Laster der Frauen in eurer Familie. Nigel Danforth ist deiner nicht wert, und –»

Addie schob ihren Arm durch Harrys, während sie Arthurs Satz für ihn beendete: «– er hat es bloß auf dein Geld abgesehen, glaub mir.» Sie seufzte aufgebracht. «Ich muß mich fertigmachen. Wir können nach den Rennen darüber streiten.»

«Es gibt nichts zu streiten. Absolut nichts.» Arthurs Ton wurde milder. «Hals- und Beinbruch. Wir sehen uns nach den Rennen.»

«Bestimmt.» Addie bugsierte Harry zur Waage, während Arthur sich zu Fair und den anderen vergnügten Bahnrichtern begab. «Du wirst Nigel mögen – du kennst ihn noch nicht, oder? Arthur ist ein alter Trottel, wie immer.»

«Er ist besorgt um dich.»

«Na, prima.» Addies Miene hellte sich auf. «Nigel reitet für Mickey Townsend. Hat gerade bei ihm angefangen. Ich hab ihm aber geraten, sich am Ende jedes Tages auszahlen zu lassen. Mickey hat gute Pferde, aber er ist ständig pleite. Nigel ist neu, verstehst du – er kommt aus England.»

Harry lächelte. «Amerikaner nennen ihre Söhne nicht Nigel.»

Addie überhörte die spöttische Bemerkung. «Er hat eine ganz weiche Stimme. Wie Seide.»

«Wie lange bist du schon mit ihm zusammen?»

«Zwei Monate. Chark kann ihn nicht leiden, aber Charles der Sechste kann manchmal so verbohrt sein. Ich wollte, er und Arthur würden mich nicht dauernd bevormunden. Bloß weil ein paar von meinen früheren Freunden sich als Knallfrösche erwiesen haben.»

Harry lachte. «Tja, du weißt, man sagt, du mußt eine Menge Frösche küssen, bevor du den Prinzen findest.»

«Besser ein armer Prinz als ein reicher Frosch.»

«Addie, Geld spielt dabei keine Rolle.» Sie hielt inne. «Aber Drogen. Nimmt Nigel welche? Man kann nicht vorsichtig genug sein.» Harry war immer dafür, das Kind beim Namen zu nennen.

Addie sagte rasch: «Ich nehme keine Drogen mehr», dann wechselte sie das Thema. «Sag, kommt Susan heute?»

«Später. Reverend Jones will auch kommen. Die ganze Crozet-Truppe. Wir müssen Bazooka anfeuern.»

Chark winkte seine Schwester zu sich.

«Hups. Der große Bruder sieht mich an.» Sie ließ Harrys Arm los. «Harry, wir sehen uns nach den Rennen. Ich möchte dir Nigel vorstellen.»

«Also dann, bis nach den Rennen.» Harry ging, um sich ihren Posten zuweisen zu lassen.

Harry war wie üblich am östlichen Hindernis eingeteilt, das so hieß, weil es dem Osteingang zum Haupthaus am nächsten lag. Sie schwang sich über den Zaun zu den Zelten der Sponsoren, nahm sich ein Schinkenbrötchen und eine Tasse Tee, drehte sich zu schnell um, ohne hinzusehen, und stieß mit einem schlanken dunkelhaarigen Mann zusammen, der in Begleitung eines ihr bekannten Jockeys war.

«Verzeihung», sagte sie.

«Schon wieder eine Frau, die über dich herfällt», sagte Coty Lamont süffisant.

«Coty, du benutzt nicht das richtige Parfum. Alter Mist zieht keine Frauen an.» Der andere Mann sprach mit leichtem englischem Akzent.

Harry, die Coty – den derzeit besten Jockey – flüchtig kannte, lächelte ihn an. «Ich rieche das gern, Coty.»

Er erkannte sie, weil sie gelegentlich bei anderen Hindernisrennen arbeitete. «Die Dame von der Post.»

«Mary Minor Haristeen.» Sie streckte die Hand aus.

Er schüttelte sie. Er konnte seine Hand nicht ausstrecken, bevor sie ihm ihre reichte ... so ungehobelt Coty auftrat, er beherrschte doch ein Minimum an Anstandsregeln.

«Und dies ist Nigel Danforth.»

«Freut mich, Mr. Danforth.» Harry gab ihm die Hand. «Ich bin eine Freundin von Addie.»

Ihre Mienen entspannten sich.

«Ah», sagte Nigel nur und lächelte.

«Dann rein ins Vergnügen», sagte Coty.

«Ah – ja», sagte Harry leise, ein wenig verwirrt über den plötzlichen Enthusiasmus der Männer.

«Also, bis später.» Coty steuerte auf das Umkleidezelt der Jockeys zu.

Nigel blinzelte. «Addies Freunde ...» Dann eilte auch er in das Zelt.

Harry sah den schmächtigen Männern nach, erstaunt, was für winzige Pos sie hatten. Sie wußte nicht, was sie von den beiden halten sollte. Ihr ganzes Auftreten hatte sich verändert, als sie Addie erwähnte. Als hätte sie das Kennwort eines exklusiven Clubs genannt.

Sie blinzelte, trank einen Schluck Tee, dann ging sie zur Ostseite des Zeltbereichs und stieg über die Absperrung. Tucker duckte sich unten durch.

«Komm, Tucker, überprüfen wir unser Hindernis, bevor die Horden einfallen.»

«Gute Idee», sagte Tucker. *«Du weißt ja, alle bleiben dauernd stehen, um ein paar Worte miteinander zu wechseln. Wenn du jetzt nicht da rüberkommst, kommst du nie rüber.»*

Harry sah zu dem Hund hinunter. «Du hast eine Menge zu sagen.»

«Ja, aber du hörst nicht zu.»

Vom östlichen Hindernis aus konnte Harry die anfahrenden Autos nicht sehen, aber sie konnte den stetig anwachsenden Lärm hören. Froh, allein zu sein, biß sie in das saftige Schinkenbrötchen. Sie bemerkte Mim, die durch das Tor zum großen Haus in Richtung Rennbahn ging. Der wahltaktische Rundgang war wohl zu Ende, dachte sie, ein weiterer Grund, weshalb es ihr gefiel, im Hintergrund zu bleiben – kein Händeschütteln.

Die Arbeit im Postamt von Crozet bescherte Harry freie Wochenenden und ein Minimum an Plackerei. Das Postamt war samstags von acht bis zwölf geöffnet. Sally Dohner und Liz Beer wechselten sich samstags ab, so daß Harry zwei volle freie Tage genoß. Ihre Bekannten nahmen ihre Arbeit mit nach Hause, rieben sich auf, schufteten bis spät in die Nacht. Harry schloß die Tür des kleinen Postgebäudes auf der Hauptstraße von Crozet ab, fuhr nach Hause und vergaß die Arbeit bis zum nächsten Morgen. Wenn sie sich aufrieb, dann für ihre Farm am Fuß des Yellow Mountain oder wegen eines Problems mit einem Freund oder einer Freundin. Oft wurde ihr mangelnder Ehrgeiz vorgehalten, und sie gab ihren Kritikern ohne weiteres recht. Ihre Kommilitoninnen vom Smith College, die soeben anfingen, in New York, Boston, Richmond und weit entfernten Städten im Mittelwesten und Westen die Karriereleiter zu erklimmen, erinnerten sie daran, daß sie beim Schulabschluß zu den oberen zehn Prozent ihrer Klasse gehört hatte. Sie fanden, daß sie ihr Leben vergeudete. Sie fand, daß sie ihr Leben von innen heraus lebte. Es war ein erfülltes Leben. Sie legte einen anderen Maßstab an als ihre ehemaligen Kommilitoninnen.

Sie besaß etwas, was sie nicht hatten: Zeit. Natürlich besaßen sie etwas, was sie nicht hatte: Geld. Sie konnte sich nicht vorstellen, wie man beides haben konnte. Doch, Marilyn «Mim» Sanburne hatte beides, aber sie hatte soviel Geld geerbt, daß sie mehr besaß als Gott. Man mußte Mim zugute halten, daß sie klug damit umging, oft, um anderen zu helfen, doch um in den Genuß ihrer Großzügigkeit zu gelangen, mußte man ihre Überheblichkeit ertragen. Little Marilyn, in Harrys Alter, die im Schatten ihrer Mutter glimmte, hatte genug von guten Werken. Eine glühende Romanze würde Vorrang vor guten Taten haben, doch Little Mim, seit einiger Zeit geschieden, konnte den Richtigen nicht finden, oder vielmehr, ihre Mutter konnte den Richtigen nicht finden.

Harrys Lippen kräuselten sich. Sie hatte den Richtigen gefunden, der sich in den Falschen verwandelt hatte und nun wieder der Richtige werden wollte. Sie hatte Fair gern, wußte aber nicht, ob sie ihn jemals wieder würde lieben können.

Ein Donnern verkündete ihr, daß der Bledsoe/Butler Cup – 1600 Meter auf dem Gelände, 1000 Dollar für den Sieger – begonnen hatte. Sosehr sie versucht war, zur Geländestrecke zu laufen und zuzuschauen, wußte sie doch, daß sie an Ort und Stelle bleiben mußte.

«Tucker, ich hab mit offenen Augen geträumt, von der Ehe, von Männern» – sie seufzte –, «von Exgatten. Die Zeit ist mit mir davongaloppiert.»

Tucker spitzte die großen Ohren. *«Fair liebt dich immer noch. Du könntest ihn noch mal ganz von vorne heiraten.»*

Harry sah in die hellbraunen Augen. «Manchmal kommst du mir fast menschlich vor – als würdest du genau verstehen, was ich sage.»

«Manchmal kommst du mir fast hündisch vor.» Tucker erwiderte ihren Blick. *«Aber du hast keinen Riecher, Harry.»*

Harry lachte. «Bellst du mich an?»

«Ich sage dir, hör auf, so mit dem Kopf zu leben, das sage ich, jawohl. Warum du denkst, ich belle, ist mir unbegreiflich. Ich verstehe, was du sagst.»

Harry umarmte den stämmigen Hund und küßte das weiche Fell auf seinem Kopf. «Du bist wirklich ein ganz, ganz lieber Hund.»

Sie hörte den Rennbahnsprecher die Jockeys für das zweite Rennen aufrufen, die erste Abteilung des Marion duPont Scott Montpelier Cup, dotiert mit 10000 Dollar, 3500 Meter über Besen für sieglose Pferde von drei Jahren aufwärts. Sie sah die Menschen über den Hügel laufen. Viele Rennbegeisterte, vor allem die Kenner, wollten weg von der Masse und die Pferde beobachten.

Ein nagelneuer Landrover, dessen mitternachtsblauer Lack im Novemberlicht schimmerte, fuhr am Rand der Bahn. Harry konnte sich nicht vorstellen, wie jemand ein so teures Fahrzeug kaufen konnte. Sie sparte eisern, um den 78er Ford-Transporter zu ersetzen, der trotz seines Alters noch munter tuckerte.

Dr. Larry Johnson steckte den Kopf aus dem Beifahrerfenster des Landrover. «Alles klar?»

Harry salutierte. «Ja, *Sir.*»

«Hallo, Tucker», sagte Larry zu dem treuäugigen Hund.

«Hi, Doc.»

«Wir haben ungefähr zehn Minuten.» Larry wandte sich Jim Sanburne zu, Mims Ehemann und Bürgermeister von Crozet, der am Steuer saß. «Nicht, Jim?»

«Könnte hinkommen.» Jim lehnte sich zum Beifahrerfenster hinüber, seine massige Gestalt verdeckte das Licht von der Fahrerseite. «Harry, Sie wissen, daß Charles Valiant und Mickey Townsend sich zanken wie Katze und Hund, also achten Sie gut auf die Rennen, für die beide Nennungen haben.»

«Worum geht's?» Harry hatte nichts von dem Streit gehört.

«Keine Ahnung. Diese verdammten Trainer sind die reinsten Primadonnen.»

«Mickey hat Chark beschuldigt, er hätte Addie angewiesen, letztes Jahr beim Maryland Hunt Cup seinen Jockey zu behindern. Sein Pferd hat beim sechsten Hindernis gezögert und konnte es dann nicht ganz packen», erklärte Larry.

«Mickey ist ein schlechter Verlierer», sagte Jim brummend zu Larry. «Der bricht einem die Finger, wenn man ihn beim Damespiel schlägt – vor allem, wenn's dabei um Geld geht.»

Harry seufzte. «Das reicht noch weiter zurück.»

«Stimmt. Charles haßt Mickey seit der allerersten Verabredung, die Mickey mit seiner Mutter hatte.» Jim fuhr mit dem Finger unter seinem Gürtel entlang. «So was nimmt manche Söhne ganz schön mit. Aber Charles hatte allen Grund zu der Sorge, daß Townsend nur ihr Geld wollte.»

«Chark verstand nicht, wie sie Mickey Arthur vorziehen konnte.» Larry Johnson erinnerte sich an die Romanze, die vor sieben Jahren begonnen und mit Erschütterung und Entsetzen für jedermann geendet hatte. «Ich schätze, jede Frau, die Arthur mit Mickey vergleicht, wird Mickey den Vorzug geben. Ich glaube nicht, daß es etwas mit Geld zu tun hatte.»

«Können Sie auf Anhieb sagen, welche Rennen –»

Bevor Harry ihre Frage beenden konnte, dröhnte Jim Sanburnes Baß: «Das dritte, das fünfte und das sechste.»

«Nigel Danforth reitet für Townsend», fügte Larry hinzu.

«Das hat Addie mir erzählt», sagte Harry.

Jim lächelte. «Und Sie haben von den beiden gehört.»

«Am Rande. Ich weiß, daß Addie verrückt nach ihm ist.»

«Ihr Bruder nicht.» Larry verschränkte die Arme.

«Ach je, Alltag in Virginia.» Harry schlug gegen die Tür des Landrover.

«Ein wahres Wort», sagte Jim. «Man stecke zwei Virginier in einen Raum, und man bekommt fünf Meinungen.»

«Nein, Jim, man stecke *Sie* in einen Raum, und man bekommt fünf Meinungen», frotzelte Larry.

Jim lachte. «Ich bin nur Bürgermeister einer Kleinstadt und gebe die verschiedenen Meinungen meiner Wähler wieder.»

«Wir kommen nach dem ersten Rennen vorbei. Brauchen

Sie etwas? Essen? Getränke?» fragte Larry, während Jim noch vor sich hin lachte.

«Nein danke.»

«Okay, Harry, dann hole ich Sie in ungefähr einer halben Stunde ab.» Jim fuhr den Hügel hinauf, Larry winkte.

Harry stemmte die Hände in die Hüften und dachte nach. Jim, über sechzig, und Larry, über siebzig, kannten sie seit ihrer Geburt. Sie kannten Harry in- und auswendig, und Harry kannte sie ebenso. Das war auch ein Grund, weshalb ihr nichts daran lag, Queen der Madison Avenue zu sein. Sie gehörte hierher zu ihren Leuten. Es gab eine Menge, das nicht ausgesprochen werden mußte, wenn man mit den Menschen so vertraut war.

Diese abgekürzte Form der Verständigung traf nicht für Boom Boom Craycroft zu, die über die Hügelkuppe gesegelt kam wie ein voll aufgetakelter Clipper. Da Boom Boom einmal eine Affäre mit Harrys Exmann gehabt hatte, gehörte die üppige, große und elegante Frau nicht zu Harrys Lieblingen auf dieser Erde. Boom Boom schwelgte im emotionalen Gepränge des Lebens. Heute schwelgte sie in dem herzhaften Vergnügen, sich auf Harry zu stürzen, die sich ihr nicht entziehen konnte, weil sie Bahnrichterin war.

«Harry!» Boom Boom kreuzte herüber, ihre ebenmäßigen weißen Zähne blitzten, ihr schweres, teures rotes Cape wehte sanft im leichten Wind.

«Hi, Boom.» Harry kürzte ihren Spitznamen ab, den sie ihr in der High School gegeben hatten, weil ihre großen Brüste bei jedem Schritt zu wummern schienen, bumm-bumm. Die Jungs waren verrückt nach ihr gewesen.

«Du bist richtig angezogen für deinen Job.» Boom Boom taxierte Harrys gebügelte Jeans und ihre Gummistiefel mit den hohen Schäften, die bei Damenstiefeln nur zwanzig Zentimeter hoch waren, was Harry ärgerte, da sie auf der Farm gut und gern dreißig Zentimeter hätte gebrauchen können; nur Herrenstiefel hatten Schäfte von dreißig Zentimetern. Harry trug außerdem ein seidenes Unterhemd, einen gebügelten wollenen Umhang mit Schottenmuster – MacLeod – und eine Daunenweste in Rot. Wenn der Tag wärmer wurde, würde sie ihre Schichten abwerfen.

«Boom, Boom, ich ziehe mich immer so an.»

«Ich weiß», lautete die ätzende Antwort der Frau, die von oben bis unten in Versace steckte. Allein ihre Krokodillederstiefel hatten über tausend Dollar gekostet.

«Ich habe nicht dein Budget zur Verfügung.»

«Selbst wenn du es hättest, würdest du genauso rumlaufen.»

«Also, Boom, was ist los? Kommst du hierher, um mir einen Schnellkurs in Mode zu verpassen, mich mit Unbehagen zu strafen, oder willst du was von Tucker?»

Tucker drückte sich eng an ihre Mutter. *«Sie hat zuviel Parfüm drauf, Mom. Sie verstopft mir die Nase.»*

Boom Boom beugte sich herunter, um den seidigen Kopf zu streicheln. «Tucker, du siehst beeindruckend aus mit deinem Richterabzeichen.»

«Boom, die falschen Fingernägel müssen weg», entgegnete der Hund.

«Ich bin hier, um das erste Rennen von hinten zu beobachten.»

«Krach mit Carlos?»

Boom Boom war mit einem reichen Südamerikaner zusammen, der in New York und Buenos Aires lebte.

«Er ist dieses Wochenende nicht hier.»

«Dann bist du also auf Angeltour?» Boom Boom gabelte gerne Männer auf.

«Du kannst so ekelhaft sein, Harry. Das ist kein schöner Zug von dir. Ich bin hier, um unsere Beziehung zu kitten.»

«Wir haben keine Beziehung.»

«O doch.»

«Sie stellen sich auf, das Startband ist oben», erklang die Stimme des Rennbahnsprechers, während er auf das endgültige Hochschnellen des Bandes wartete, «und das Rennen ist gestartet.»

«Ich muß bei diesem Rennen arbeiten.» Harry schob Boom Boom gewaltsam zur Seite, dann nahm sie ihren Posten auf der Barriere ein, die mit dem Hindernis genau auf gleicher Höhe lag. Stürzte ein Reiter, konnte sie den Jockey schnell erreichen, sobald alle anderen Pferde über das Hindernis gesetzt hatten, während die Begleitreiter dem durchgegangenen Pferd nachjagten.

Die ersten Sprünge lockerten die Pferde auf und beruhigten die Jockeys. Bis sie Harrys Hindernis erreichten, würde der Kampf um die besseren Positionen in vollem Gang sein. Das erste Hindernisrennen ging über eine Strecke von 3500 Meter; die Teilnehmer würden nur einmal an Harrys Hindernis vorbeikommen. Das erste Rennen war ein Flachrennen. Harry konnte diesem Eröffnungsrennen nicht zusehen, weil es zu lange dauern würde, bis sie für das zweite Rennen auf ihren Posten zurückgekehrt war, dem Beginn der eigentlichen Hindernisrenn-Veranstaltung. Dieses Rennen und alle anderen, bis auf das fünfte, den Virginia Hunt Cup, gingen über Besen, womit die künstlichen Grand-National-Hindernisse gemeint waren, die vor einigen Jahren das natürliche Gebüsch ersetzt hatten. Der Grund der Umstellung war, daß das natürliche Buschwerk eine unterschiedliche Dichte hatte. Weil die Hindernispferde diese Hürden regelrecht streiften, konnte jede Unregelmäßigkeit in Struktur, Tiefe oder Festigkeit einen Sturz oder eine Verletzung hervorrufen. Die Grand-National-Zäune gaben den Pferden eine gewisse Sicherheit. Bei festen Hindernissen hingegen mußten die Pferde die ganze Hürde glatt überspringen. Auch wenn die oberen Bretter auf der Rückseite eingekerbt waren, so daß sie nachgaben, wenn sie richtig berührt wurden, wünschte weder Trainer noch Jockey, daß sein Pferd ein festes Hindernis streifte.

Harry hörte die Menge. Dann hörte sie in der Ferne das Donnern. Die Erde bebte. Das Gefühl jagte ihr Schauder über den Rücken, und einen Augenblick später bogen die Pferde um die Ecke, ein Farbenspiel aus Braunen, Füchsen und Sealbraunen in bester Kondition, ihre Hufe griffen aus, die Galoppsprünge wurden länger. Sie erkannte die purpurnen Rennfarben von Mim Sanburne ebenso wie Addies entschlossenen Blick. Die Urquharts, Mims Familie, waren von Anfang an Mitglieder gewesen, als der Jockey Club sich 1894 formierte, daher liefen ihre Pferde mit kräftigen Farben. Harry sah auch die anderen Farben: Smaragdgrün mit einem roten Ring um die Brust, Blau mit gelben Tupfen, Gelb mit einer diagonalen schwarzen Schärpe, intensive Farben, die im Wind wogten und den Eindruck von Geschwindigkeit, Schönheit und Kraft erhöhten.

Die ersten drei Pferde setzten über das Gebüsch, ihre Hufe berührten die Spitze der künstlichen Zeder und erzeugten ein eigentümliches schwirrendes Geräusch, dann hörte sie das beruhigende Bump-bump, als die Vorderfüße auf der Erde auftrafen, gefolgt von den hinteren. Die drei in Führung liegenden Pferde preschten fort, und der Rest des Feldes nahm das Hindernis, ein zum Leben erwecktes Degas-Gemälde.

Harry stieß einen Seufzer der Erleichterung aus. Niemand stürzte an ihrer Hürde. Keine Behinderungen. Als die Hufschläge verklangen und es wieder bergauf ging zu den letzten Hindernissen und zur Zielgeraden, tobte die Menge, während der Rennkommentator die Plazierungen der Pferde bekanntgab.

«Ransom Mine schließt dicht auf, doch Devil Fox bleibt in Führung, und hier kommen sie in die Gerade, und Ransom Mine ist zwei Längen zurück, aber oh, was für ein enormes Tempo, Devil Fox ist einfach nicht zu schlagen!»

«Hurra für Mim!» flüsterte Harry. «Ein guter zweiter Platz.»

Boom Boom trat an ihre Seite. «Sie hat nicht viel von Ransom Mine erwartet, oder?»

«Sie hat ihn ja erst sechs Monate. Sie hat ihn in Maryland aufgetrieben, glaube ich.»

«Der Trainerwechsel hat geholfen», sagte Boom Boom, «Chark trainiert wirklich gut für sie.»

«Will und Linda Forloines laufen immer noch herum und verbreiten Horrorgeschichten, wieviel sie für Mim getan haben, wie niederträchtig es von ihr war, sie zu feuern.» Harry schüttelte den Kopf, als sie an Mims früheren Trainer dachte und seine Frau, einen Jockey. «Will konnte seinen Hintern nicht mal mit beiden Händen finden.»

«Nein, aber das Scheckheft fand er mühelos», sagte Boom Boom. «Und ich glaube nicht, daß Will eine Ahnung hat, wieviel Linda mit dem Verkauf von Kokain verdient oder wieviel sie selbst nimmt.»

«Sie können von Glück sagen, daß Mim sie nicht gerichtlich belangt, nachdem sie die Stalleinnahmen dermaßen eingesackt haben.»

«Sie würde Tausende von Dollar für das Verfahren ausgeben und trotzdem keinen Penny wiedersehen. Sie haben alles verschleudert. Mims Rache wird sein, zuzusehen, wie sie sich zugrunde richten. Mim ist zu klug, um sich direkt mit Drogensüchtigen anzulegen. Sie wartet, bis sie sich selbst umbringen – oder sich in Behandlung begeben. Gott sei Dank hat Addie sich behandeln lassen.»

«Ja», sagte Harry kurz angebunden. Sie konnte Menschen nicht ausstehen, die andere ausnutzten und sich damit rechtfertigten, daß die Leute, die sie bestahlen, reich seien. Wenn sie die Zehn Gebote richtig in Erinnerung hatte, hieß eins: *Du sollst nicht stehlen.* Es hieß nicht: *Du sollst nicht stehlen, außer wenn der Arbeitgeber reich ist.* Will und Linda Forloines trieben sich nach wie vor in der Welt der Hindernisrennen herum. Vergangenes Jahr hatte Will sich dazu erniedrigen müssen, in einem Verbrauchermarkt außerhalb von Middleburg zu arbeiten. Schließlich hatten sie sich an einen reichen Arzt geheftet, der von New Jersey hierhergezogen war und «in Pferden machen» wollte. Der Ärmste.

«Sie sind hier.»

«Hier?» sagte Harry. Boom Booms tiefe Stimme könnte einen einlullen, so süß ist sie, dachte sie.

«Man sollte meinen, sie wären so vernünftig, sich nicht blicken zu lassen.»

«Will war noch nie der Hellste.» Harry zog ihre Daunenweste aus, und Boom Boom wechselte das Thema.

«Ich bin gekommen, um dir zu sagen, es tut mir leid, daß ich ein Verhältnis mit Fair hatte, aber das war *nach* eurer Scheidung. Er ist ein lieber Kerl, bloß, wir haben nicht zusammengepaßt. Ich hatte keine ernsthafte Beziehung gehabt, seit Kelly tot ist, und ich mußte mal wieder was in die Finger kriegen.»

Harry glaubte nicht, daß es Boom Booms Finger waren, die Fair fasziniert hatten, aber sie widerstand dem Drang, sich dazu zu äußern. Auch glaubte sie keine Minute, daß die

Beziehung wundersamerweise gleich nach der Scheidung begonnen hatte. «Verstehst du, wie mich das aufgeregt hat?»

«Nein. Du hast dich von ihm scheiden lassen.»

«Das heißt noch lange nicht, daß ich über ihn weg war, verdammt noch mal!» Harry beschloß, das genaue Datum von Boom Booms Liaison mit Fair nicht zu ermitteln. Wenigstens waren sie erst nach der Scheidung öffentlich aufgetreten.

«Warum läßt du es an mir aus? Laß es an ihm aus.»

«Hab ich, mehr oder weniger.»

«Und, Harry, was ist mit den Frauen, hm, *während* ihr verheiratet wart? Das waren deine Feindinnen, nicht ich.»

«Habe ich jemals behauptet, ich wäre emotional reif?» Harry verschränkte die Arme; Tucker verfolgte aufmerksam das Gespräch.

«Nein.»

«Also.»

«Also was?»

«Also, dich konnte ich sehen. Die Techtelmechtel, die er hatte, als wir verheiratet waren, konnte ich nicht sehen. Ich war wütend auf dich für alle zusammen, nehm ich an. Ich habe nie gesagt, daß es richtig von mir war, wütend auf dich zu sein, aber das war ich nun mal.»

«Du bist es immer noch.»

«Nein, bin ich nicht.» Was halb gelogen war.

«Du hast dich jedenfalls nie bemüht, nett zu mir zu sein.»

«Ich bin höflich.»

«Harry, wir sind beide in Virginia geboren und aufgewachsen. Du weißt genau, was ich meine.» Und Boom Boom hatte recht. Man konnte korrekt, aber kühl sein. Die Virginier waren darin geübt, einander mit musterhafter Eleganz zu schneiden.

«So, und da wir beide in Virginia aufgewachsen sind, verstehen wir es, Themen wie dieses zu meiden, Boom Boom. Ich habe nicht das Bedürfnis, mit dir oder sonst jemand meine Emotionen zu ergründen.»

«Genau!»

Harry blinzelte in das triumphierende Gesicht. «Fang jetzt bloß nicht bei mir damit an.»

«Wir müssen unserer Erziehung entwachsen. Wir müssen unsere unterdrückte Natur abwerfen oder durchbrechen. Du kannst deine Emotionen nicht in dir verschließen, sie werden an dir nagen, bis du krank wirst oder vertrocknest wie einige Leute, die ich nennen könnte.»

«Ich bin kerngesund.»

«Du bist aber nicht mehr zwanzig. Du hältst diese Emotionen schon zu lange in dir verschlossen.»

«Jetzt hör mal zu.» Harrys Stimme triefte von Vernunft. «Was du unterdrückt nennst, nenne ich diszipliniert. Ich wanke nicht am Rande der Selbstzerstörung. Ich trinke nicht. Ich nehme keine Drogen. Ich rauche nicht mal. Mir gefällt mein Leben. Ich hätte vielleicht gern ein bißchen mehr Geld, aber mein Leben gefällt mir.»

«Du kasteist dich.»

«Kasteien ist für mich ein Fremdwort.»

«Harry», sie senkte die Stimme, «mich kannst du mit deinen Witzchen nicht täuschen. Ich möchte, daß du mit mir zu ‹Lifeline› kommst. Das hat mein Leben vollkommen verändert. Vor sechs Monaten wäre ich nie imstande gewesen, auf dich zuzugehen, ich hätte an meiner Wut festgehalten, aber jetzt will ich dir die Hand reichen. Ich möchte, daß wir Freundinnen sind. Bei ‹Lifeline› lernst du, Verantwortung für dich selbst zu übernehmen. Für deine Gefühle. Es ist ein konstruktiver Prozeß, und ich weiß, konstruktive Dinge sagen dir zu. Man *kann* diese Dinge lernen, man lernt neue Wege, mit Menschen in einer Gruppe zu sein, die einem Mut macht. Du wirst dich geborgen fühlen. Vertrau mir, Harry, es wird dich glücklich machen.»

Boom Boom vertrauen war das letzte, was Harry wollte. «Ich bin nicht der Typ für so was.»

«Ich würde es sogar bezahlen.»

«Was?»

«Das ist mein Ernst. Ich fühle mich so elend, weil du noch immer wütend auf mich bist. Ich möchte, daß wir Freundinnen sind. Bitte, überleg dir mein Angebot.»

«Ich –» Harry stotterte überrumpelt: «Ich, ich – Himmel, Boom Boom.»

«Denk drüber nach. Ich weiß, du wirst tausend Gründe finden, es auszuschlagen, aber warum nimmst du nicht einen Zettel und listest das Für und Wider auf? Du könntest mehr Gründe finden, dich bei ‹Lifeline› zu engagieren, als dir bewußt sind.»

«Ah – ich werd's mir überlegen.»

«Noch eine Kleinigkeit.»

«O Gott.»

«Denk darüber nach, daß du Fair immer noch liebst.»

«Tu ich nicht! Ich hab ihn gern, aber ich liebe ihn nicht.»

«Lifeline.» Boom Boom entschwand mit einem engelhaften Lächeln.

Harry atmete tief durch, ihr Herz hämmerte. Jim Sanburnes mitternachtsblauer Landrover schwenkte in Sicht. Sie faßte sich.

«Gibt's was Neues?» erkundigte sich Larry.

«Alles in Butter», sagte Harry.

«Ist Ihnen nicht gut?» fragte der Doktor, der ihr gerötetes Gesicht und ihren hastigen Atem bemerkte.

«Mir fehlt nichts. Wann ist das nächste Rennen?»

«In einer halben Stunde. Ungefähr», antwortete Jim.

«Ich brauche eine Co-Cola.»

«Sie brauchen was ganz anderes», scherzte Larry. «Sie keuchen wie ein Güterzug. Wollen Sie nicht am Montag in meine Praxis kommen? Wie lange haben Sie sich schon nicht mehr gründlich untersuchen lassen?»

«Larry, mir fehlt nichts. Ich hatte bloß ein kleines Tête-à-tête mit Boom Boom.»

«Das erklärt alles.» Er lächelte, und als die beiden Männer weiterfuhren, fragte Jim: «Hat sie ‹Titt-à-titt› gesagt?»

«Nein.» Larry lachte laut. «Jim, Sie sind ein Primitivling mit Geld.»

Jim grunzte. «Hat sich für mich nach Körperteilen angehört, mein lieber Freund.»

2

«Mom, ich hab Hunger.»

«Tucker, hör auf zu kläffen, du gehst mir auf die Nerven.»

«Du hattest ein Schinkenbrötchen, und ich hab seit dem Frühstück nichts gegessen.» Der Duft, der den Verpflegungszelten entströmte, trieb Tucker zum Wahnsinn.

Harry sah auf die Uhr. Noch zwanzig Minuten. Sie sauste in ein Zelt, schnappte sich ein Brathähnchen, einen kleinen Behälter mit Krautsalat, einen mit Bohnen, eine kalte Cola und einen großen Becher Tee mit Plastikdeckel.

Als Harry sich durch die Menge schob, kam sie am Jockeyzelt vorbei. Ein Tumult ließ sie innehalten. Die Zeltklappe öffnete sich und gab den Blick frei auf bunte Dressen auf Kleiderbügeln, die an einem quer durch das Zelt gespannten Seil hingen. Elastische Binden, Kappen und Socken waren auf niedrige Bänke geworfen.

Nigel, dessen kurzgeschnittenes Haar in der Sonne glänzte, stürzte heraus. Chark Valiant stürzte hinterdrein.

«Laß ihn in Ruhe», rief Addie ihrem Bruder nach. Sie öffnete die Zeltklappe und steckte den Kopf heraus. Sie war noch nicht fertig umgezogen und konnte sich nicht vollständig zeigen.

«Halt den Mund, Adelia.» Chark stieß ihren Kopf hinter die Klappe zurück, dann drehte er sich zu dem jungen Mann um. «Du verfluchter Schwindler – mich legst du nicht rein. Wäre meine Schwester keine Valiant, du würdest sie nicht mal grüßen.»

Addie steckte den Kopf wieder aus dem Zelt, zugleich tauchte Mickey Townsend mit hochrotem Kopf am Schauplatz auf.

Arthur Tetrick beugte sich aus dem zweistöckigen Zielrichterturm herunter. «Mickey, nicht –» Er brach ab, weil ihm klar wurde, daß er sonst bloß eine noch größere Szene heraufbeschwören würde.

Der Jockey wollte sich von Chark abwenden, der aber packte ihn an der rechten Schulter und drehte ihn zu sich herum.

«Laß das.» Nigels Ton war schneidend und wütend.

«Laß die Finger von meiner Schwester.»

«Sie ist alt genug, um selbst zu entscheiden.»

Chark drohte Nigel mit dem Finger. «Du willst ihr Geld, du verlogener Sack Scheiße.»

«Verpiß dich», brummte Nigel.

Chark holte aus, um ihn zu schlagen, doch Mickey

Townsend packte Chark von hinten und zog ihn zurück. «Das könnt ihr später klären.»

Chark drehte sich zu Mickey um, während Nigel zu Addie zurückging, die den Kopf wieder aus dem Zelt gesteckt hatte. Er schlüpfte zu ihr hinein, als drei andere Jockeys herausschlüpften.

«Einer wie der andere, alle hinter ihrem Geld her.» Chark wollte sich losreißen.

Mickey, bullig gebaut und kräftig, ließ nicht locker und zog ihn weiter fort. «Laß den Scheiß.»

Arthur, der vom Turm heruntergeeilt war, trat auf die beiden Männer zu. «Mickey, überlaß das mir.»

«Wie du willst.» Mickey entließ den jungen Mann aus seinem eisernen Griff.

«Danke für die Entschärfung einer peinlichen Situation.» Arthur nahm Charks Arm.

«Gern geschehen.» Mickey neigte seinen hübschen Kopf mit dem Bürstenschnitt, dann schlenderte er zum Führring.

«Charles, so geht das nicht», ermahnte Arthur ihn streng.

«Ich bring das Ekel um.»

Arthur verdrehte die Augen himmelwärts. «Je mehr Widerstand du leistest, desto unwiderstehlicher wird er. Außerdem ist Adelia wie ein kleines Kind. Sie wird sich nicht mit Männern einlassen, die du attraktiv findest.»

«Ich finde Männer nicht attraktiv», konterte Chark.

«Ist mir so rausgerutscht. Du weißt, was ich meine.» Arthur legte seinen Arm um Charks Schulter. «Beruhige dich. Wenn du diese absurde Romanze ignorierst, erledigt sie sich von selbst.» Die Pferde waren jetzt im Führring. «Hör zu, nach den Rennen muß ich den Papierkram vom großen Haus aus an den Verband faxen. Dürfte vielleicht eine Stunde dauern. Wollen wir uns hinterher im Keswick Club treffen und was trinken? Dann können wir uns unterhalten. Okay? Danach schauen wir bei Mims Party vorbei, denn wenn wir uns dort nicht blicken lassen, verbannt sie uns nach Sibirien.»

«Okay», erwiderte Chark, der sich bemühte, seine aufgewühlten Emotionen in den Griff zu bekommen. «Aber ich kapier das einfach nicht.»

Arthur kicherte. «Das hält die Welt in Schwung. Sie denken nicht wie wir –»

Chark unterbrach ihn. «Sie denken überhaupt nicht.»

«Wie dem auch sei, Männer und Frauen sehen die Welt völlig unterschiedlich. Ich muß wieder auf meinen Turm. Um acht im Keswick Club.»

«Ja.» Chark lächelte den Mann an, der sein Ersatzvater geworden war, dann eilte er zum Führring. Addie, schon auf einem geschmeidigen Braunen namens Chattanooga Choo, tat, als sähe sie ihn nicht.

Nigel, in orangefarbenem Dress mit drei königsblauen Ringen, ritt auf einem umwerfenden Kastanienbraunen neben ihr, als sie die Pferde bewegten.

Chark seufzte tief und beschloß, seiner Schwester keine Instruktionen für das dritte Rennen zu geben. Meistens ignorierte sie sie sowieso.

Harry eilte auf ihren Posten zurück und nickte Bekannten zu, während sie sich einen Weg durch die dichtgedrängte Menge bahnte. Wenn die Leute das Richterabzeichen sahen, winkten sie sie weiter, einige riefen, sie würden mal bei ihr vorbeischauen. Sie fragte sich, was Verliebtheit oder Erotik an sich hatte, das alle verrückt machte und eine Szene erzeugte wie die, die sie soeben miterlebt hatte.

Sie kehrte zum östlichen Hindernis zurück, setzte sich und nahm den Deckel von ihrem Teebecher. Dampfschwaden kräuselten sich aufwärts.

«Mutter!» Tucker hob die Stimme.

«Bettlerin.» Harry brach ihr ein Stück heißes Hähnchen ab, das Tucker verschlang. «*Fette* Bettlerin.»

«Ich bin keine Bettlerin, aber ich kann nicht an die Tische reichen und du schon. Und ich bin nicht fett. Pewter ist fett.» Tucker beschrieb zutreffend die graue Katze, die in Market Shifflets Lebensmittelladen neben dem Postamt in Crozet arbeitete. Pewter konnte auch nicht zu den Rennen kommen, was Tuckers äußerste Zufriedenheit noch verdoppelte.

Der Rennbahnsprecher rief die Startzeit auf. Harry aß jetzt so schnell wie Tucker. Sie hatte nicht gemerkt, wie hungrig sie war, aber sie war ja auch seit fünf Uhr morgens auf den Beinen und hatte sich nur mit ein paar Bissen gestärkt.

Jeden Morgen fütterte Harry ihre drei Pferde, dann ließ sie sie auf die Weide. Sie versorgte das Opossum, das auf dem Heuboden wohnte, mit Marshmallows. Danach fütterte sie ihre Haustiere ... aber manchmal vergaß sie, sich selbst zu füttern. Mrs. Murphy hatte neben einem guten Frühstück eine große Schüssel Trockenfutter in verschiedenen Geschmacksrichtungen bekommen. Gewöhnlich ließ Harry das Tierpförtchen offen, das sie auf der Rückseite des Hauses in ihre Küchentür eingebaut hatte. Die Fliegentür der eingezäunten Veranda, die längs der Küche verlief, konnten Mrs. Murphy und Tucker mühelos aufstoßen. Doch heute morgen hatte Harry die Tierpforte dichtgemacht, weil sie beschossen hatte, Mrs. Murphy im Haus zu behalten, nachdem die Katze ein paarmal dem Wagen gefolgt war. Als Miranda Hogendobber Harry abholen kam, hatte sie schon drei Stunden schwere Farmarbeit hinter sich.

Das Startsignal zum dritten Rennen zwang Harry, noch schneller zu essen. Sie spülte die letzten Bissen mit Tee und Cola herunter.

«Hast du noch was übrig?»

«Tucker, nimm deine Nase aus dem Becher.»

«War bloß neugierig.»

Harry wischte die Krümel weg, sammelte ihren Abfall ein und stellte sich auf ihren Posten.

Sie hörte einen Knall, dann einen zweifachen Schuß. Fehlstart. Die zerrten immer an den Nerven von Reitern und Pferden. Der Rennbahnsprecher bat die Pferde erneut an den Start. «Auf die Plätze. Ab. Sie sind gestartet!» Das dritte Rennen, das Noel Laing Stakes, viertausend Meter über Besen, war das zweitgrößte Rennen des Tages, mit 30000 Dollar dotiert – sechzig Prozent für den Sieger.

Die Spannung war regelrecht hörbar. Die Pferde stürmten aus dem Blickfeld, und Harry hörte das Donnern der Hufe; der Boden zitterte wie Wackelpudding. Der in Führung liegende Hellbraune war den anderen weit voraus. Alle setzten über Harrys Hindernis, ein Pferd allerdings zögerte. Der Jokkey hielt an, sein grüner Dress mit einem blauen Kreuz klebte schon schweißnaß an seinem Körper.

Harry wußte, daß dieses Rennen über viertausend Meter ging. Die Pferde würden in wenigen Minuten wieder vorbeikommen. Sie lief zu dem Jockey, Coty Lamont.

«Alles in Ordnung?»

«Er lahmt auf einmal. Ich geh ans Innenrail.» Coty saß ab, sorgsam darauf bedacht, die Zügel festzuhalten, während Harry das Pferd am Zaumzeug hielt. «Der Tierarzt ist da drüben.»

«Sehnenschwellung, fürchte ich, Coty.» Harry hoffte, daß sie sich irrte, denn Sehnenverletzungen heilten sehr langsam, und bei einem Sehnenbug war das Risiko einer Neuverletzung hoch.

«Ja.» Als Zeichen des Dankes tippte Coty mit der Peitsche

an seine Kappe. Langsam lenkte er den Wallach über die Bahn und zum Innenrail, während Harry auf ihren Posten zurückrannte.

Sekunden später kam das Feld herum, um erneut über das Hindernis zu setzen. Alle sprangen fehlerfrei.

Während Harry darauf wartete, daß der Sprecher den Sieger bekanntgab, sah sie Will und Linda Forloines den Grashang herunter auf sich zukommen. Sie hatten einen Mann im Schlepptau, der von oben bis unten in Barbour steckte.

Linda rief: «Hallo, Harry.»

«Hi.» Harry winkte den beiden zu. Kein Grund, unhöflich zu sein, sowenig sie das Pärchen leiden konnte. Sie erkannte augenblicklich, daß der Typ im ländlichen Outfit der demnächst zu schröpfende Yankee-Arbeitgeber der beiden sein mußte. Sie wußte auch, daß Will und Linda es darauf anlegten, ihm zu zeigen, daß sie jedermann in der Welt der Hindernisrennen kannten. Linda, gerissener als Will, blieb nicht oft stehen, um mit Leuten zu plaudern, weil sie wußte, daß man sie nicht gerade innig begrüßen würde. Dem Gentleman aus New York entging jedoch, daß sie mit ihnen nicht auf freundschaftlichem Fuße stand, weil alle höflich sein wollten. Sie drehten sich um und entfernten sich, als der Landrover auf Harry zugefahren kam. Linda zog beim Anblick des Sanburneschen Wagens den Kopf ein.

Jim und Larry hielten wieder bei Harry an. Diesmal sprang Mim vom Rücksitz. Sie hatte Will und Linda nicht gesehen. Die Männer fuhren weiter.

«Ich möchte mir das vierte Rennen von hier aus ansehen. Boom Booms Vorträge über gewürzten Rahmkäse auf Endiviensalat ertrage ich nicht eine Sekunde länger! Es geht entweder um Endivien oder um ‹Lifeline›.» Sie warf ihr wollenes Cape nach hinten.

«Dieses Hindernis ist für die meisten zu weit weg, um zu Fuß herzukommen.» Harry blickte die Absperrung entlang. «Ah, aber nicht für Greg Satterwaite. Wie ich sehe, arbeitet er sich am Außenrail vor. Als nächstes geht er wahrscheinlich zu den Außenstallungen. Gott bewahre, daß ihm jemand entginge.»

«Wem sagen Sie das», rief Mim aus. «Hat der ehrenwerte Senator mich gesehen?»

«Noch nicht. Er ist ganz damit beschäftigt, Hände zu schütteln und breit zu grinsen.» Zur Veranschaulichung verzog Harry das Gesicht zu einer übertrieben freundlichen Grimasse.

Mim huschte hinter einen dicken Baum. Eine Rauchwolke würde sie verraten, sollte jemand hinschauen. Harry sah über Mims Heimlichtuerei hinweg: Sie wußte, daß Mim nicht rauchen sollte. Trotzdem würde sie ihr niemals sagen, was sie zu tun oder zu lassen hatte.

«Hallo, wie geht's?» Satterwaite streckte seine bereits geschwollene Hand aus.

Harry unterdrückte den boshaften Drang, sie herzhaft zu quetschen. «Morgen, Senator.»

«Ich hoffe sehr, daß ich auf Ihre Stimme zählen darf. Dies ist eine schwierige Wahl für mich.»

«Können Sie», sagte Harry ohne große Begeisterung. Politik war ihr ein Greuel.

Eine dicke Rauchwolke stieg hinter dem Baum in die Höhe.

«Danke, danke für Ihre Unterstützung.» Er lächelte, seine Jacketkronen schimmerten, dann begab er sich zu seinem nächsten Opfer.

Wenige Sekunden später schlich Mim hinter dem Baum hervor. «Puh! Gerettet. Wenn Politiker wissen, daß man

Geld hat, reden sie, bis sie blau anlaufen. Der Herr bewahre uns vor unserer Regierung!»

«Wir sind angeblich eine Demokratie. Der Herr bewahre uns vor uns selbst.» Harry lachte, dann bemerkte sie, daß Mim die Zigarette noch zwischen den Fingern hielt; sie brannte bis zum Stummel ab.

Mim trat sie auf der Erde aus. «Sagen Sie Jim nichts davon.»

«Mach ich nicht.» Aber sie war erstaunt, daß Mim nach ihrem Kampf gegen den Brustkrebs ihre Gesundheit aufs Spiel setzte.

Harry warf einen Blick ins Programmheft. «Sie haben Royal Danzig in diesem Rennen laufen. Übrigens, meinen Glückwunsch zur ersten Abteilung des Montpelier Cup. Ransom Mine hat dieses Hindernis so klar genommen, daß er förmlich flog.»

«Wenn er gesund bleibt, wird er einer der größten, wie Victorian Hill.» Mim sprach von einem wunderbaren Pferd, einem Star der frühen neunziger Jahre.

«Wer war der größte Springer, den Sie je gesehen haben?»

Mim antwortete, ohne zu zögern: «Battleship, von Man O'War aus der Quarantine, 1927 gezüchtet. Den Anblick dieses Pferdes in Mrs. Scotts hellblauen Farben mit dem rosasilbernen Kreuz werde ich nie vergessen. Ich war damals noch klein, aber es hat einen großen Eindruck auf mich gemacht. Hier war irrsinnig viel los, denn Mrs. Scott war in der Blüte ihrer Jahre. Battleship gesehen zu haben war einfach himmlisch.»

«Und Marylou Valiants Zinger?» Harry erinnerte sich an den langbeinigen kastanienbraunen Hengst.

«Wenn er sich nicht am Knie verletzt hätte, ja, ich glaube, er wäre wirklich sehr gut geworden.» Sie blickte zum Himmel hinauf. «Ich hoffe, sie schaut heute von da oben zu. Die Leute werden sagen, ich hätte Adelia und Chark aus Verbundenheit angestellt. Zugegeben, das mag eine kleine Rolle gespielt haben, aber die Wahrheit ist, sie sind gut ... und werden immer besser. Und was für ein Unterschied im Stall, seit das schreckliche Pärchen nicht mehr da ist!» Sie verschränkte die Arme. «Wissen Sie, es war ein Tröpfeln wie die chinesische Wasserfolter, nachdem Marylou verschwunden war. Der Tag, an dem ich mir eingestand, daß sie tot sein muß, war einer der finstersten meines Lebens. Und ich habe versprochen, alles in meiner Macht stehende für ihre Kinder zu tun.»

«Sie haben Ihr Versprechen mehr als gehalten.»

«Die Schwerstarbeit war ja schon getan. Das haben Marylou und Charley besorgt. Als Chark nach Cornell ging und Addie nach Foxcroft, habe ich sie in den Ferien ab und zu bei Schulveranstaltungen gesehen. Schwierig war nur, zu wissen, wann ich hart bleiben mußte.» Sie lachte über sich selbst. «Bei Marilyn hatte ich damit nie Probleme, aber ... sie haben ja auch einen so schweren Verlust erlitten. Manchmal frage ich mich, ob ich hätte strenger sein sollen, vor allem mit Addie.»

Bevor Harry etwas sagen konnte, hörten sie den Schuß. Mim trat zurück. Harry konzentrierte ihren Blick auf den Streckenabschnitt, in dem sie das Feld zuerst sehen konnte.

Wieder dieses unheimliche Donnern, und dann stürmten die Pferde dicht an dicht heran. Mims purpurrote Farben waren in der Mitte des Feldes, ein guter Platz für diese Abteilung des Rennens, das nur über 3200 Meter ging. Die Rennbrille vor den Augen, konzentrierte sich Addie auf den Sprung. Harry horchte auf das Schnaufen und die Rufe der Jockeys, als sie über das Buschwerk setzten, auf das «Wop-wop» und

«Wisch-wisch», als die Hinterhufe das Laub berührten. Und schon waren sie fort, rasten weiter, glitten in die Landsenke und stürmten wieder bergauf zum nächsten Hindernis.

Mim lauschte angestrengt auf den Rennbahnkommentator, der die Plazierungen durchgab. Als sie über Harrys Hindernis setzten, hob ein Pferd am Ende des Feldes zu früh ab und krachte durch das Hindernis, stolperte auf der anderen Seite, fing sich aber wieder.

Harry beobachtete das Pferd, das nicht verletzt, aber schrecklich erschöpft war. «Verdammt, warum bleibt er nicht stehen?»

«Weil es Linda Forloines ist. Die hetzt ein Pferd zu Tode.»

«Aber ich habe Linda erst vor zwanzig Minuten gesehen.»

«Zack Merchants Jockey ist im Führring getreten worden, gerade als er aufsitzen wollte. Linda ist schnurstracks zu Zack gelaufen, der natürlich verzweifelt war. Das Resultat spricht für sich.»

Der Lärm der Menge, eine eigenartig dumpfe Vereinigung von Stimmen, folgte den Pferden, und dann erschien das Feld wieder auf dem Hügel, Royal Danzig immer noch auf einem sicheren Platz in der Mitte.

Harry schüttelte den Kopf. «Linda ist ’ne ganz schräge Nummer.»

«Allerdings.» Mim schürzte die Lippen. Es lag ihr nicht, üblen Klatsch zu verbreiten, aber sie hatte einen solchen Widerwillen gegen die Forloines, daß es ihrer ganzen vorbildlichen Disziplin bedurfte, ihre Verachtung nicht jedem mitzuteilen, der es hören wollte.

«Zack Merchant ist auch nicht gerade einer von der edlen Sorte.» Harry fand es schrecklich, wie er mit Pferden umging; vor Kunden und neuen Auftraggebern kehrte er zwar den Tierliebhaber hervor, doch die anderen Pferdezüchter wußten von seinen brutalen Methoden. Bislang gab es aber keine Möglichkeit, Mißhandlungen beim Rennsport zu ahnden. Es wäre ein bißchen so, als würde man einem Mann verbieten, seine Frau zu prügeln. Man mochte ihn deswegen hassen. Man mochte den Wunsch haben, ihm die Fresse einzuschlagen, aber irgendwie – man konnte es nicht, solange man ihn nicht auf frischer Tat ertappte.

Die Stimme des Rennbahnkommentators überschlug sich. «Vier Längen voraus in diesem Rennen ist Royal Danzig, Royal Danzig, Royal Danzig, Isotone geht mit Abstand als zweiter über die Ziellinie, gefolgt von Hercule und Vitamin Therapy.»

«Gratuliere!» Harry gab Mim die Hand; Mim war keine Frau, die man spontan umarmte.

Mim nahm vorsichtig die dargereichte Hand. Ihr Gesicht lief rot an. Sie traute ihrem Glück nicht. Schließlich waren die Ergebnisse noch nicht offiziell. «Danke.» Sie blinzelte. «Ich gehe jetzt zu Chark und Addie. Das hat sie klug angestellt, im Feld zu bleiben bis zur Zielgeraden.»

«Sie haben einen sensationellen Tag.» Harry lächelte. «Und er ist noch nicht zu Ende.»

«Die offiziellen Ergebnisse des Montpelier Cup, zweite Abteilung: Royal Danzig, Isotone und Hercule.» Die Stimme des Rennbahnsprechers hatte einen rasselnden, metallischen Klang.

Mim entspannte sich. «Ah –» Sie wußte nicht, was sie sagen sollte.

«Gratuliere, Mrs. Sanburne.» Tucker keuchte vor Aufregung.

Mim sagte: «Tucker will etwas.»

«Nein, ich freu mich bloß für Sie», erwiderte Tucker.

«Tucker.»

«Warum sagst du mir immer, ich soll still sein, wenn ich höflich bin?» Tuckers Ohren zuckten vor und zurück.

«Ich muß machen, daß ich zum Winners' Circle komme. Ah, da kommt mein Ritter in schimmernder Rüstung.»

Jim Sanburne kam im Landrover angefahren. «Komm, steig ein, mein Herz.»

Larry lachte. «Gut gemacht, Mim die Mächtige!»

«Hi, Jungs.» Harry steckte den Kopf zum Fenster hinein. «Sagt Fair, er soll das Pferd untersuchen, das Linda geritten hat. Es sieht sehr mitgenommen aus.»

«Wird gemacht», sagte Larry Johnson, während Jim seiner Frau, die auf den Vordersitz rutschte, einen Kuß gab.

Larry Johnson stieg nach hinten, und als Mim ihre attraktiven Beine hineinschwenkte und dicht nebeneinander stellte, wie es sich für eine wohlerzogene Südstaatenlady gehörte, hatte Harry einen Augenblick lang eine Ahnung, wie Mim gewesen sein mußte, als sie jung war: anmutig, zurückhaltend, liebreizend. Der Liebreiz hatte sich in tadellose Aufmachung verwandelt, als sie die 39,999 erreicht hatte und dort verweilte ... wie Miranda Hogendobber es ausgedrückt hatte, als sie selbst sechzig wurde. Daß Mim von jeher tyrannisch war, gehörte in dieser Stadt so sehr zu den Selbstverständlichkeiten des Lebens, daß kaum noch jemand ein Wort darüber verlor. Wenigstens stellte sie ihre Tyranneien in den Dienst von Belangen, die über ihr eigenes Ego hinausgingen.

Harry ging zu Mims Baum und lehnte sich an die rauhe Rinde. Tucker setzte sich ihr zu Füßen. Die Temperatur stieg auf fünfzehn Grad, der Himmel war knallblau und mit sahnefarbenen Wolken durchsetzt. Harry fühlte sich seltsam schlapp.

Miranda, deren Golfschuhe ihr festen Halt auf dem Gras

gaben, schritt geradewegs über den Hügel, duckte sich unter dem Innenrail hindurch, überquerte die Bahn und duckte sich unter dem Außenrail durch. Ihr Schottenrock, der von einer großen Messingnadel gehalten wurde, vervollständigte einen Aufzug, den sich nur Miranda ausdenken konnte. Das ganze Outfit raunte «Landleben», abgesehen von der jägergrünen Baskenmütze, auf der Miranda bestand, weil sie es nicht leiden konnte, wenn der Wind ihre Frisur in Unordnung brachte. «Federn sind nichts für mich», hatte sie verkündet, als sie Harry auf der Farm abholte. Harrys Vorstellung von einer Kopfbedeckung war ihre Baseballmütze vom Smith College oder ein uralter verbeulter Cowboyhut, den schon ihr Vater getragen hatte.

«Abgeschlafft?» Miranda setzte sich bedachtsam neben sie.

«Hm, mein täglicher toter Punkt.»

«Meiner kommt um vier, was Sie nur zu gut wissen, weil ich mich dann immer auf den Stuhl fallen lasse und Sie zwinge, Tee aufzubrühen.» Miranda faltete die Hände. «Ist das ein Trubel dort. Ich habe noch nie so viele Menschen gesehen, und Mim kann keinen Schritt vor oder zurück machen. Das hier ist *ihr* Montpelier.»

«Scheint so.»

«Ist das nicht wunderbar mit den Valiant-Kindern?» Miranda bezeichnete sie als Kinder, obwohl beide über zwanzig waren. «Sie geben Mim, was sie sich wünscht – Sieger!»

«Hm-hm.»

«Wenn ich daran denke, was diese beiden jungen Leute durchgemacht haben – also, unfaßbar. Beide Eltern verloren, als sie noch Teenager waren. Dabei muß ich an den vierzigsten Psalm denken.» Sie verfiel in ihren pastoralen Ton. «‹Ich harrte des Herrn; und er neigte sich zu mir und hörte mein Schreien und zog mich aus der grausamen Grube und aus dem Schlamm und stellte meine Füße auf einen Fels, daß ich gewiß treten kann –›» Sie verschnaufte.

Harry warf ein: «Miranda, wie können Sie sich so viel merken? Sie könnten zwei Wochen ohne Pause aus der Bibel zitieren.»

«Ich liebe die Heilige Schrift. Wenn Sie in meine Kirche vom Heiligen Licht kämen, würden Sie sehen, weshalb ich meine Stimme erhebe –»

Harry unterbrach sie wieder. Das war nicht ihr Stil, aber sie hatte keine Lust auf einen religiösen Disput. «Ich komme zu Ihren Konzerten.»

Miranda, die eine schöne Stimme besaß, erwiderte: «Das ist wahr. Vergessen Sie nicht unser großes Liederfestival am dritten Wochenende im November. Ich wünschte, Sie würden zu einem richtigen Gottesdienst kommen.»

«Kann ich nicht. Das heißt, ich könnte, aber Sie wissen ja, ich gehöre zu Reverend Jones' Herde.»

«Oh, Herbie, der silberzüngige! Wenn er zur Kanzel hinaufsteigt, glaube ich, die Engel beugen sich herab, um zu lauschen. Trotzdem, die protestantische Kirche hat viele Makel, die» – sie bemühte sich, vorurteilslos zu klingen – «sich im Laufe der Jahrhunderte zwangsläufig einschleichen mußten.»

«Miranda, Sie wissen, wie ich bin.» Harry schlug einen entschlossenen Ton an. «Aus irgendeinem Grund bin ich heute die Zielscheibe des Tages. Boom Boom ist aufgekreuzt, um mir eine offene Aussprache aufzuzwingen. Ätzend! Dann kam Senator Satterwaite, aber ich hab ihm keine Gelegenheit gegeben, seinen Leierkasten anzuschmeißen. Und jetzt Sie.»

Miranda blinzelte. «Sind Sie heute mit dem falschen Bein zuerst aufgestanden?»

«Nein.»

«Sie sollten Ihre Stimmung nicht von Boom Boom beherrschen lassen.»

«Tu ich gar nicht», konterte Harry, mit dem leisen Verdacht, daß es wahr sein könnte.

«Ah-ha», kam es bedeutungsvoll zurück. Miranda verschränkte die Arme.

Harry wechselte das Thema. «Sie haben recht, die Valiants haben eine Menge durchgemacht. Diese Siege müssen süß sein.»

«Mich würde es quälen, nicht zu wissen, wo die Leiche meiner Mutter ist. Wir wissen alle, daß sie tot ist. Man kann nur eine gewisse Zeit hoffen, und es ist fünf Jahre her, daß Marylou verschwand. Aber wenn man nicht weiß, wie oder wo jemand gestorben ist, kann man sich damit nicht abfinden. Ich kann meinen George besuchen, wann ich will. Ich lege ihm gerne Blumen aufs Grab. Das hilft mir.» George, Mirandas Mann, war seit neun Jahren tot. Er war Posthalter in Crozet gewesen, bevor Harry seinen Posten übernahm.

«Vielleicht denken sie nicht darüber nach. Sie sprechen nicht darüber – zumindest habe ich es nie gehört, aber ich kenne sie ja auch nur von gesellschaftlichen Anlässen.»

«Es ist da – unterschwellig.»

«Ich vermute, wir werden nie erfahren, was mit Marylou passiert ist. Wissen Sie noch, wie Mim zehntausend Dollar Belohnung für jeden Hinweis ausgesetzt hat, der zu Marylous Entdeckung führt?»

«Alle haben Detektiv gespielt. Der arme Rick.» Miranda meinte den Sheriff von Albemarle County, Rick Shaw, der mit den aberwitzigsten Theorien belagert worden war.

«Nach Charleys Tod war Marylou mit einigen unscheinbaren Männern zusammen. Sie hatte Charles geliebt, und ich glaube, lange Zeit konnte sich keiner mit ihm messen. Er war ja auch erst achtunddreißig, als er starb. Schwerer Herzinfarkt. Charley war tot, bevor er auf den Boden sank.» Miranda hielt die Hände in die Höhe, die Handflächen nach außen. «Nun, ich sitze nicht zu Gericht. Eine Frau Ende Dreißig, Anfang Vierzig, plötzlich allein, ist allerdings anfällig. Vielleicht erinnern Sie sich nicht, aber sie war mit diesem verblassenden Filmstar zusammen, Brandon Miles. Er wollte, daß sie seinen Comeback-Film finanziert. Sie hat Männer verbraucht wie Popcorn ... das heißt, bis Mickey Townsend kam.»

«Das nächste Rennen!» Harry stand plötzlich auf. Das feste Hindernis war neben dem Besen.

Im fünften Rennen, dem mit 40000 Dollar dotierten Virginia Hunt Cup, der letzten Abteilung der Virginia-Fall-Timber-Meisterschaften, traten keine Probleme auf, abgesehen von zwei Reitern, deren Pferde sich von ihnen trennten, was die Chance für diejenigen erhöhte, die noch im Sattel saßen. Mickey Townsend und Charles Valiant befehdeten sich nicht. Ihre Pferde und Jockeys waren in dem 6500-Meter-Rennen so weit auseinander, daß keiner sich über eine Behinderung des anderen beklagen konnte.

Linda Forloines hatte sich Zack Merchants übrige Pferde geschnappt und war im Virginia Hunt Cup Dritte geworden. Dabei war ein bißchen Kleingeld für sie abgefallen, zehn Prozent von den 4400 Dollar Preisgeld für den dritten Platz.

Das sechste Rennen, die erste Abteilung des Battleship Cup, der nach Mrs. Scotts berühmtem Pferd benannt war, ging 3500 Meter über Besen und war mit 6000 Dollar dotiert. Miranda, des Trubels müde, blieb bei Harry. Die Spannung schwappte über den Hügel. Sie konnten die Aufregung förmlich spüren. An der Barriere versuchte Mim, die gespannt war wie ein Flitzebogen, ruhig zu bleiben. Die Jokkeys umrundeten den Führring. Addie, die auf Mims Bazooka saß, einem Grauen von 163 Stockmaß, würde mit einem rasend schnellen, kräftigen Ritt glänzen, wenn sie das Tier bei der Sache halten konnte. Sie ging Chark immer noch aus dem Weg. Nigel, der Mickey Townsends rote Farben mit der blauen Schärpe trug, scherzte mit ihr. Beide Reiter sahen auf, als das niedrige Tor geöffnet wurde, so daß sie die Grasbahn betreten konnten. Linda Forloines, in den braungelben Farben von Zack Merchant, sprach mit niemandem. Das sechste Rennen war schon schwer genug für die Jockeys, die ihre Pferde kannten; sie kannte ihres nicht. Coty Lamont strahlte Zuversicht aus; er lächelte in die Menge, als er auf die Bahn ging.

Das Startsignal ertönte. «Sie sind gestartet!»

Es schienen nur Sekunden, bevor das Feld auf Harry zupreschte, über das östliche Hindernis flog und sich dann donnernd entfernte.

«Schnelles Tempo», sagte Harry zu Miranda.

Der Lärm der Menge verklang über den Hügel und hob wieder an, als die Pferde dort erschienen, wo die meisten Zuschauer warteten. Abermals erstarb der Lärm, als das Feld bergauf kam und die andere Seite der Strecke umrundete; nur die Stimme des Kommentators durchschnitt die Spannung, als er die Plazierungen und die Hindernisse ansagte.

Wieder elektrisierte der Rhythmus der Hufschläge Harry, das Feld raste um die Kurve und behielt ein scharfes Tempo bei.

Bazooka, in blendender Verfassung, lag konstant auf dem vierten Platz. Harry wußte von Mim, daß Addies Strategie, die sie lange vorher mit Chark ausgearbeitet hatte, vorsah, sich bei der vorletzten Hürde ins Zeug zu legen.

Als die Pferde auf ihr Hindernis zupreschten, sah sie, wie Linda Forloines Nigel scharf anrempelte. Er hatte Mühe, sich im Sattel zu halten, als sein Pferd aus dem Tritt geriet.

«Verdammte Scheiße!» schrie er.

Linda lachte. Nigel, der das bessere Pferd hatte, ritt neben sie, dann zog er ab. Vor dem Hindernis sah Harry Linda mit dem linken Arm ausholen und ihre Peitsche durch Nigels Gesicht ziehen. Mit blutenden Lippen setzte Nigel über die Hürde. Linda sprang einen Sekundenbruchteil nach ihm hinüber. Erneut peitschte sie Nigel, doch diesmal war er auf sie gefaßt. Er hatte seine Peitsche von der linken in die rechte Hand gewechselt und schlug Linda rückwärts ins Gesicht, Gleiches mit Gleichem vergeltend. Linda schrie. Harry und Miranda beobachteten bestürzt, wie die Jockeys bergauf ritten und dabei aufeinander einschlugen.

«Harry, was werden Sie tun?»

«Nichts vor Ende des Rennens. Dann muß ich schleunigst zum Turm und Bericht erstatten. Aber solange keiner von ihnen protestiert, wird nichts geschehen. Wenn es einer tut – dann gibt's einen Aufruhr!»

«Gemein!»

«Linda Forloines?»

«Ja, aber der andere war fast genauso schlimm.»

«Ja, aber er war in der nicht gerade beneidenswerten Lage, etwas tun zu müssen, oder Linda wäre noch aggressiver geworden. Menschen wie sie halten nichts von Fairness. Sie interpretieren sie als Schwäche. Man muß noch härter zurückschlagen, als sie einen geschlagen haben.»

«Bei einem Rennen?» Miranda stieg schnaufend hinter Harry den Hügel hinauf, während die Siegerin verkündet wurde – Adelia Valiant auf Bazooka. Tucker, die Ohren angelegt, tollte voraus.

«In der besten aller möglichen Welten nicht, aber gerade dann gehen Menschen wie Linda auf einen los. Wenn sie denken, man kann oder wird sich nicht wehren. Ich hätte sie jedenfalls umgebracht.»

Sie kamen zum Turm, Mrs. Hogendobber keuchte.

«Miranda, steigen Sie hier rauf. Sie sind auch eine Zeugin.»

Miranda stapfte die drei Treppenabsätze zum Turm hinauf, wo der Rennbahnsprecher, Arthur Tetrick, und Colbert Mason, der Verbandspräsident, residierten. Tucker blieb am Fuß der Treppe.

Die Pferde galoppierten vor der Tribüne aus.

«Harry», sagte Arthur Tetrick und bot ihr etwas zu trinken an, «vielen Dank für alles, was Sie heute getan haben. Oh, Pardon, Mrs. Hogendobber, ich hatte Sie gar nicht gesehen.»

«Arthur.» Harry nickte Colbert Mason zu. «Colbert, ich muß leider einen gefährlichen und unsportlichen Vorfall melden am östlichen Hindernis. Linda Forloines hat Nigel Danforth schwer behindert. Es könnte Zufall gewesen sein –»

«So etwas kommt vor», unterbrach Colbert sie jovial; denn er wollte hinuntereilen, um Mim Sanburne zu dem erstaunlichen Ereignis zu gratulieren, zwei Rennen, eines davon das strapaziöse feste Hindernis, gewonnen und den zweiten Platz bei einem anderen gemacht zu haben, alles an einem Tag. Besonders freute es ihn, daß Mim den Virginia Cup gewonnen hatte.

«Einen Moment noch, Colbert. Dann schlug sie ihm mit der Peitsche ins Gesicht. Nach dem Sprung haben sie aufeinander eingedroschen wie zwei Boxer. Mrs. Hogendobber hat es auch gesehen.»

«Miranda?» Arthurs sandfarbene Augenbrauen verharrten über seiner Schildpattbrille.

«Das hätte mit schweren Verletzungen enden können, oder noch schlimmer», bestätigte Miranda.

«Ich verstehe.» Arthur beugte sich über den Schreibtisch und rief zu dem Rennsekretär im zweiten Stock herunter: «Paul, hat es bei diesem Rennen einen Protest gegeben?»

«Nein, Sir.»

In diesem Augenblick beugte sich Colbert über die Tribüne. «Donnerwetter...» Jetzt konnte er die Striemen in Nigels Gesicht und seine blutende Lippe sehen, da der Jockey auf dem Weg zum Führring vorüberritt. Ein Blick auf Lindas Gesicht bestätigte ihm, daß es einen Kampf gegeben hatte.

Arthur beugte sich ebenfalls herüber, um es zu sehen. «Mein Gott.» Er rief: «Nigel Danforth, kommen Sie einen Moment hierher. Linda Forloines, auf ein Wort, bitte.»

Ohne sich gegenseitig eines Blickes zu würdigen, ritten die beiden Jockeys zum Zielrichterturm, während ihre Trainer und Pferdepfleger nach draußen liefen, um das Zaumzeug ihrer Pferde zu ergreifen.

«Haben Sie zu dem ungewöhnlichen Zustand Ihrer Gesichter etwas zu sagen?» bellte Arthur.

«Nein, Sir», erwiderte der Engländer.

«Linda?» fragte Arthur.

Sie schüttelte den Kopf und schwieg.

«Na schön.» Arthur entließ sie, während Mim auf Wolken in den Winner's Circle schwebte. «Harry, unter diesen Umständen kann ich nichts machen, aber ich habe das mulmige Gefühl, daß es noch nicht vorbei ist. Wenn Sie mich bitte entschuldigen, ich muß in den Winner's Circle. Ich habe den Scheck.» Er klopfte auf seine Brusttasche. «Meine Damen, wir sehen uns auf Mims Party.»

Während die Menge sich langsam zerstreute, gingen die Pferdepfleger, Jockeys und Trainer ihrer Arbeit nach, bis am Ende nur noch die Bahnrichter übrigblieben. Selbst die Wahlkampfkandidaten waren verschwunden. Ein Pferd nach dem anderen wurde vom Madison-Anwesen gefahren.

Harry, Mrs. Hogendobber und Tucker sprangen in den Falcon. Die Sonne versank hinter den Blue Ridge Mountains. Dunkelheit umfing sie, als sie langsam den Weg hinunterfuhren.

«Im Hauptstall ist noch Licht», bemerkte Harry. «Es ist soviel zu tun.» Die Pferde erforderten nach einem Rennen viel Zuwendung – ihre Beine mußten kalt abgespritzt, sie mußten gefüttert und mit Medikamenten versorgt werden, und zum Schluß wurde das Sattelzeug gesäubert.

«Alles erledigt», verkündete Miranda laut.

«Wie bitte?»

«Das Licht ist gerade ausgegangen.»

«Oh.» Harry lächelte. «Schön, jedenfalls einer, der zeitig nach Hause kommt.»

Eine Stunde später schrillte das Telefon in Montpelier, wohin Arthur und Colbert sich zurückgezogen hatten, um sich etwas aufzuwärmen und sodann die Tagesergebnisse zusammenzustellen und an das Nationalbüro in Elkton, Maryland, zu faxen.

«Hallo.» Arthurs Gesichtsausdruck veränderte sich so drastisch, daß Colbert aufstand, um ihm notfalls beizustehen. «Wir kommen sofort.» Arthur legte den Hörer sorgfältig auf die Gabel zurück.

Er lief hinaus zu seinem Wagen, Colbert neben ihm her, und sie fuhren zum Hauptstall.

3

«Wo bleibt er nur?» brummte Harry. «Man sollte meinen, ich hätte mich inzwischen daran gewöhnt. Er konnte noch nie pünktlich sein. Sogar seine eigene Mutter hat zugegeben, daß er mit einer Woche Verspätung auf die Welt kam.»

«Das letzte Mal habe ich Fair gesehen, als er das Pferd mit dem Sehnenbug untersuchte», sagte Addie, während wieder jemand kam, um ihr zu gratulieren. «Wo er auch ist, Nigel ist vermutlich bei ihm. Er kann auch nie pünktlich sein.»

Mim hob ihr Champagnerglas. «Auf den besten Trainer und den besten Jockey in diesem Sport!»

Die Versammelten jubelten und gratulierten ihr zum Sieg.

Chark hob ebenfalls sein Glas und erwiderte: «Auf die beste Besitzerin.»

Weitere Trinksprüche hallten von den geschmackvollen Wänden von Mim Sanburnes georgianischer Villa im Nordwesten von Crozet wider.

Jim, ihr Ehemann, mischte sich vergnügt unter die Gäste, die von livrierten Dienern mit Champagner – Louis Roederer Cristal –, Kaviar, Hähnchenscheiben, geräuchertem Truthahn, köstlichem geräuchertem Schinken, Mais- und Bohneneintopf, Aufläufen und Desserts – hochkarätige Kalorienbomben – versorgt wurden.

Unter dem Bedienungspersonal waren viele Studenten der Universität von Virginia. Trotz ihres ungeheuren Reichtums warf Mim ihr Geld nicht zum Fenster hinaus, und im Hinblick auf zu zahlende Sozialversicherung, Steuern, Arbeitslöhne und Krankenversicherung dachte sie nicht daran, ihre Ausgaben mit einem Haufen Gehälter in die Höhe zu treiben. Für Anlässe wie diesen stellte sie Personal ein, die übrige Zeit begnügte sie sich mit einer Köchin, einem Butler und einem Hausmädchen. Ein Gutsverwalter und zwei Vollzeitarbeiter vervollständigten die Lohnliste.

Charles und Adelia Valiant ritten ihre Pferde zu, aber sie trainierten auch die von anderen Leuten. Einmal im Monat erhielt Mim eine aufgegliederte Rechnung. Da sie das halbe Jahr über von ihren Einrichtungen profitierten, gewährten sie Mim einen ansehnlichen Rabatt. Die andere Hälfte des Jahres überwinterten und trainierten sie in Aiken, South Carolina.

Mim bezeichnete Hindernisreiter als langsame Zigeuner, weil sie vier bis sechs Monate blieben und dann weiterzogen.

Reverend Herbert Jones, der mit den Eiswürfeln in seinem Glas klimperte, gesellte sich zu Harry, als Addie von einem Gast fortgezogen wurde.

«Schöner Tag heute. Immerhin, beim Montpelier-Rennen weiß man nie. Ich habe schon im Schnee und im Regen gestanden, ich habe mich bei fünfundzwanzig Grad in der Sonne geaalt. Der heutige Tag war einer der schönsten.»

Harry lächelte. «Das ist wahr.»

Herb beobachtete Boom Boom Craycroft aus dem Augenwinkel. Sie arbeitete sich im Raum in einem Halbkreis zu Harry vor. Er senkte seine rauhe Stimme. «Boom Boom ist im Anmarsch.»

«Nicht schon wieder.»

«Oh?» Seine Augenbrauen schnellten in die Höhe.

«Sie hat zwischen dem ersten und zweiten Rennen großzügig ihre innersten Gefühle mit mir geteilt. Vergebung und Erlösung sind zum Greifen nahe, wenn man zu ‹Lifeline› geht.»

«Ich dachte, Vergebung und Erlösung seien mein Ressort.» Reverend Jones lachte über sich selbst. «Ach was, lassen Sie sie quasseln. Wer weiß, vielleicht hat ‹Lifeline› ihr ja wirklich irgendwie geholfen. Ich persönlich ziehe Gebete vor.»

Im Hintergrund klingelte das Telefon. Rick Shaw, der Sheriff von Albemarle County, wurde an den Apparat gerufen.

«Er kommt nie zur Ruhe. Coop auch nicht.» Coop, Cynthia Cooper, war Shaws Stellvertreterin.

«Nach Montpelier sind immer viele Betrunkene auf der Straße.»

«Die brauchen die Rennen nicht als Ausrede. Die nehmen das Zeug doch bestimmt intravenös zu sich.»

Rick legte den Hörer auf, flüsterte Mim etwas zu und verließ die Party. Mims Gesicht drückte Entsetzen aus. Dann schlüpfte sie rasch wieder hinter ihre Gesellschaftsmaske.

4

Sheriff Rick Shaw, eine Stablampe in der Hand, zog ein Augenlid zurück. Nichts. Er fuhr fort, die Leiche vorsichtig zu untersuchen, wobei ihn Dr. Larry Johnson beobachtete. Shaw wollte die Leiche noch nicht fortschaffen lassen.

Nigel Danforth saß genau so, wie Fair Haristeen ihn gefunden hatte – aufrecht auf einer Sattelkiste, in seinem roten Seidendress mit der blauen Schärpe. Ein Messer steckte in seinem Herzen.

Obwohl der Mord offensichtlich in Orange County verübt worden und Rick der Sheriff des Nachbarbezirks war, hatte Frank Yancey, der Sheriff von Orange, ihn hinzugezogen. Rick hatte mehr Erfahrung mit Morden, und dieser war ein Rätsel, vor allem, weil das Messer eine Spielkarte durchstochen hatte, die Kreuzdame, die Nigels Herz bedeckte.

Fair wartete mit verschränkten Armen, sein Gesicht war kreidebleich.

«Seine Leiche war *genau* wie jetzt, als Sie ihn fanden?» fragte Rick den schlaksigen Tierarzt.

«Ja.»

«Haben Sie irgendwas gesehen, irgendwen?»

«Nein. Ich bin durch den Nordeingang hereingekommen und habe Licht gemacht. Alle Pferde hätten inzwischen weg sein sollen, aber ich dachte, ich sehe lieber noch mal nach. Er saß da. Ich habe nicht gemerkt, daß etwas nicht stimmte, obwohl ich es eigenartig fand, daß er im Dunkeln saß. Ich rief ihm etwas zu, und er antwortete nicht. Als ich näher kam, sah ich das Messer in seiner Brust. Ich habe ihm den Puls gefühlt. Aus.»

«Wie war seine Körpertemperatur, als Sie ihn berührten?»

«Noch warm, Larry. Er war vielleicht seit einer Stunde tot. Seine Gliedmaßen hatten sich noch nicht mit Flüssigkeit gefüllt. Es sah wirklich aus, als säße er einfach nur da.»

«Keine Spur von irgendwem – irgendwas?» Rick seufzte. Er kannte Fair seit Jahren, achtete ihn als Tierarzt und daher als einen Mann der Wissenschaft. Auf Fairs Erinnerungsvermögen konnte er sich hundertprozentig verlassen.

«Im Stall war niemand. Ein paar Lastwagen fuhren auf der Straße. Der Lärm hätte jemanden, der weglief, übertönen können. Ich habe in den Boxen nachgesehen, auf dem Heuboden, in der Sattelkammer. Nichts, Sheriff.»

«Die Karte ist ein raffinierter Trick.» Frank Yancey schüttelte den Kopf. «Vielleicht ist es die Abrechnung für eine Spielschuld.»

«Heftige Abrechnung», sagte Larry Johnson.

«Heftige Schuld?» Frank hob die Hände.

«Frank, haben Sie die Fotos und Abdrücke, die Sie brauchen?» Als Frank nickte, fuhr Rick fort: «Gut, dann schaffen wir die Leiche fort. Haben Sie was dagegen, wenn Larry bei der Autopsie anwesend ist?»

«Nein, nein, ich bin froh, ihn dabeizuhaben.»

«Schätze, ich kann das aus den Zeitungen raushalten.» George Miller, der Bürgermeister von Orange, rang unbewußt die Hände. Er war wenige Minuten nach Yanceys Anruf eingetroffen. «Colbert Mason und Arthur Tetrick waren entsetzt, wurden dann aber ganz schnell zugeknöpft. Vor allem wollten sie nicht, daß ein Foto von der Leiche in die Zeitung kommt.»

«Ein einziger Mord in Rennbahnkreisen bedeutet nicht, daß sie in Korruption versinken», bemerkte Larry besonnen.

«Vor fünf Jahren hat es schon mal einen Mord gegeben.» Fairs tiefer Bariton klang düster in dem Stall.

Frank beugte sich vor. «Wovon reden Sie?»

«Marylou Valiant.»

«Man hat sie nie gefunden, nicht?» erinnerte sich Frank Yancey und blinzelte.

«Nein», antwortete Rick. «Wir wissen von keiner anderen Verbindung zu Hindernisrennen, als daß sie eine Reihe guter Pferde besaß. Das ist kein Motiv für einen Mord. Es gibt auch immer noch Leute, die glauben, daß sie nicht tot ist. Daß sie einfach aus ihrem Leben entschwunden ist.»

«Das haben sie von Elvis auch gesagt», entgegnete Fair. «Hat jemand Adelia Valiant verständigt?»

«Warum?» fragten Frank und George gleichzeitig.

«Sie war mit Danforth zusammen ... ziemlich ernste Sache, glaube ich.»

Frank musterte den großen Mann. «Hm – können Sie's ihr sagen?»

Rick und Fair warfen sich einen Blick zu, dann sahen sie Larry an.

«Ich mach's», sagte der alte Doktor leise. «Aber ich möchte, daß Sie mitkommen. Und Rick, fallen Sie nicht gleich mit der Tür ins Haus, ja?»

Der Sheriff verzog das Gesicht. Er bemühte sich, feinfühlig zu sein, aber der Drang, einen Mörder zu schnappen, konnte seine Anstrengungen zunichte machen. «Ja, ja.»

Zwei Sanitäter schoben die Bahre durch den Südeingang des Stalls herein, während Fair, Larry und Rick durch den Nordeingang hinausgingen.

Rick wandte sich an Fair: «War er ein guter Jockey?»

«Nicht schlecht.»

5

Will Forloines' Gesicht wurde lang und länger. Er lief dunkelrot an. Er konnte nicht mehr an sich halten. «Das war verdammt blödsinnig, was du mit Nigel gemacht hast.»

«Scheiß drauf.»

«Quatsch mich nicht dumm an, Linda. Ich kann auch ganz anders, dann wird dir das Lachen vergehen.»

«Ich liebe es, wenn du wütend wirst», parodierte sie alte Filme.

Er wendete den Blick von der Straße zu ihr. «Du kannst von Glück sagen, daß er keine Klage eingereicht hat.»

«Ich hatte ihn doch in der Hand.»

«Ach – und wenn er dich drangekriegt hätte? Du konntest nicht wissen, daß er nichts gegen dich unternehmen würde.»

«Will, überlaß mir das Denken.»

Ein Rad des nagelneuen Nissan kam von der Straße ab. Will lenkte den Blick schleunigst wieder auf die Fahrbahn. «Du riskierst zuviel. Eines Tages geht der Schuß nach hinten los.»

«Waschlappen.» Während sie ihn beschimpfte, ließ sie vorsichtshalber ihre Hand auf seinen Schoß fallen.

«Es läuft gerade so gut. Ich will nicht, daß was schiefgeht.»

«Will, reg dich nicht auf. Fahr weiter und hör zu.» Sie atmete durch die Nase ein. «Nigel Danforth hat die letzten zwei Monate massenweise Kokain gekauft. Er kann nicht singen.»

«Von wegen. Er kann uns als Dealer verpfeifen.»

«Der ist doch lieber wegen einem Rennen wütend auf mich, als daß er seinen Kontakt verliert. Und wenn er uns verpfeift, läßt er sich selbst auffliegen – und seine Freundin gleich mit. Das ganze Geld kommt schließlich nicht von Renneinnahmen.»

Will fuhr ein paar Minuten. «Ja, aber du setzt alles aufs Spiel.»

«Hat immerhin diesen Wagen finanziert.» Sie rückte näher an ihn heran.

«Linda, du» – er zischte – «gehst zu viele Risiken ein.»

«Das Risiko ist der Kick.»

«Nicht für mich, Babe. Das *Geld* ist der Kick.»

«Und wir sitzen mittendrin. Dr. D'Angelo schwimmt in Geld, und er ist dumm wie Brot.»

«Nein, ist er nicht», widersprach Will. «Er ist dumm, was Pferde angeht, aber nicht in seiner Arbeit, sonst hätte er nicht soviel Geld verdient. Früher oder später wird er Lunte riechen, wenn du versuchst, ihm zu viele Pferde auf einmal zu verkaufen. Geh es langsam an. Ich möchte gern mal ein paar Jahre an ein und demselben Ort leben.»

Sie wartete einen Moment. «Klar.»

Da dies nicht sehr überzeugend klang, schoß Will verärgert zurück: «Mir gefällt es, wo wir leben.»

Sie flüsterte ihm ins Ohr; sie ließ ihre Meinungsverschiedenheit mit ihm gerade so weit ausufern, daß sie bei der Auseinandersetzung «gewinnen», ihn in der Hand behalten konnte. Vielleicht liebte sie ihren Mann, aber auf alle Fälle brauchte sie ihn. Er war so leicht zu gängeln, daß sie sich stark und gerissen vorkam. «Wir werden so viel Geld verdienen, daß wir uns eine eigene Farm kaufen können.»

«Ja ...» Seine Stimme verklang.

Sie lächelte. «Nigel wird es vergessen. Garantiert. Er schuldet mir Geld für ein Kilo. Er kommt morgen, um den Rest zu bezahlen. Einen Teil hab ich heute vor dem Rennen bekommen.» Sie lachte. «Der konnte es wahrscheinlich gar nicht fassen, als ich ihm eine gelangt habe. Aber er wird es vergessen. Er wird so vollgekokst sein, daß er mich für seine beste Freundin hält.»

6

Als Fair Haristeen auf Mims Party kam, beschloß Harry, ihn nicht zu beachten. Trotzdem bemerkte sie seine angespannten Kiefermuskeln, ein untrügliches Anzeichen von Besorgnis. Dr. Larry Johnson und Sheriff Rick Shaw begleiteten ihn, und Larry steuerte direkt auf Addie Valiant zu, Fair hinterdrein.

«Das verheißt nichts Gutes», bemerkte Susan Tucker.

«Hoffentlich hat niemand ein Pferd verloren», sagte Harry.

«Ja. Montpelier war so ungewöhnlich heute. Das Schlimmste war der Sehnenbug, eigentlich erstaunlich, wenn man an manche früheren Unfälle denkt. Aber vielleicht liegt es daran, daß die Strecke so schwierig ist. Die Leute sind vorsichtig.»

«Was?»

«Harry, hörst du überhaupt zu?» fragte ihre beste Freundin.

«Ja, aber ich dachte gerade, daß du mich mit nach Hause nehmen könntest, damit Miranda nicht zu mir und dann den ganzen Weg zurückfahren muß. Sie macht bekanntlich um neun die Schotten dicht.» Harry meinte Mirandas lebenslange Gewohnheit, früh schlafen zu gehen und früh aufzustehen.

«Klar. Wie ich vorhin sagte, bevor du abgedriftet bist: Weil die Strecke schwierig ist, sind die Jockeys konzentriert. Wenn sie leichter ist, werden sie manchmal nachlässig.»

«Mom, ich hab Hunger», bettelte Tucker.

Susan warf dem Hund ein Stück Kuchen hin.

«Susan, du verwöhnst Tucker schlimmer als ich.» Susan war es, die den Corgi gezüchtet hatte. Harry bemerkte, daß Larry Addies Arm nahm und Rick Mim etwas ins Ohr flüsterte. «Da ist was im Busch. Verdammt, hoffentlich kein nachträglicher Protest. Das würde ich Mickey Townsend glatt zutrauen. Er kann einfach nicht verlieren.»

Fünf Minuten vergingen, dann ertönte ein Schmerzensschrei aus der Bibliothek. Alle Gespräche verstummten.

Mim, die die Hand ihres Mannes hielt, legte ihre andere Hand auf Charks Schulter und führte ihn in die Bibliothek. Larry hatte Addie verständigen wollen, bevor er ihren Bruder holte. Die Verwirrung und Besorgnis in Charks Gesicht sagten selbst dem schwerfälligsten Menschen im Raum, daß Leid in der Luft lag.

Mim schloß die Tür der Bibliothek hinter sich. Aller Augen waren jetzt auf sie gerichtet. Sie ging zu dem dreiteiligen Schiebefenster und sammelte sich. Dann, mit ihrem Mann an der Seite, sprach sie zu den Anwesenden.

«Ich bedaure, Ihnen mitteilen zu müssen, daß es in Montpelier» – sie räusperte sich – «offenbar einen Mord gegeben hat.» Ein Raunen ging durch die Menge. «Nigel Danforth, der englische Jockey, der für Mickey Townsend ritt, wurde heute abend im großen Stall tot aufgefunden. Sheriff Shaw sagt, zu diesem Zeitpunkt wisse man noch sehr wenig. Er bittet Sie für die kommenden Tage um Geduld und Hilfsbereitschaft, da er einige von uns aufsuchen wird. Die Party ist jetzt leider zu Ende, aber ich danke Ihnen, daß Sie diesen Tag mit mir gefeiert haben, der ein Freudentag war – bis jetzt.» Sie breitete die Hände aus, als wolle sie einen Segen erteilen.

Little Marilyn, außerstande, ihre Bewegung zu verbergen, rief aus: «Mummy, wie wurde er getötet?»

«Erstochen, ins Herz.»

«Großer Gott!» rief Herbie Jones, worauf ein ohrenbetäubender Lärm folgte, weil alle auf einmal redeten.

«Das erklärt alles», sagte Susan zu Harry, die wußte, daß sie Fairs desolate Verfassung meinte. «Wollen wir uns bei unserer Gastgeberin bedanken und gehen?»

Miranda hastete herbei. «Ich muß sagen, schrecklich, und schrecklich auch für Mim. Das wirft wahrlich einen Schatten auf ihren Triumph. Harry, ich fahre Sie nach Hause.»

«Susan hat es mir schon angeboten.»

«Auch gut. Dann bis Montag.»

Auf dem Heimweg fragten sich Harry, Susan und Tee Tucker, warum man einen Jockey nach dem Rennen ermorden sollte. Sie gingen die üblichen Todesursachen in Amerika durch: Geld, Liebe, Drogen und Glücksspiel. Da sie wenig über Nigel wußten, stellten sie die Mutmaßungen bald ein.

«Noch ein schwerer Schlag für Addie.» Harry legte die gewölbte Hand unters Kinn und sah aus dem Fenster in die schützende Dunkelheit.

«Ist dir jemals aufgefallen, daß manche Menschen von Pech und Tragödien verfolgt sind?»

«King Lear?» witzelte Harry, ohne respektlos klingen zu wollen. «Verzeihung.»

«Ich werde wohl nie begreifen, wie dein Verstand funktioniert», sagte Susan trocken zu ihrer Freundin.

«Es gibt Tage, da funktioniert er überhaupt nicht.»

«Wem sagst du das. Vor allem, wenn man Kinder hat. Was vom Verstand übrig ist, fliegt zum Fenster raus.» Als Mutter von zwei Teenagern ertrug und genoß Susan ihre Sprößlinge. Sie bog in die langgestreckte Zufahrt zu Harrys Farm ein.

«Wetten, daß Boom Boom sich auf Addie stürzt, sobald sie aus der Bibliothek kommt», brummte Harry.

«Mim wird sie vorher verscheuchen.»

«Ha!» spottete Harry. «Boom Boom wird sich erbieten, nach der Party aufzuräumen, diese Schleimscheißerin. Und dann löchert sie Addie garantiert mit der Aufforderung, sie zu ‹Lifeline› zu begleiten. Blutsaugerin.»

«Die Probleme anderer Menschen scheinen sie tatsächlich zu beflügeln.» Susan atmete ein. «Aber dieser Kursus in

Selbstenthüllung, oder was immer das ist, hat sie wirklich ruhiger gemacht.»

«Ich nehm's ihr nicht ab.»

«Kann ich verstehen.» Susan hielt vor der Fliegentür an der Rückseite des Hauses. Mrs. Murphy ließ sich am Fenster blicken, dann verschwand sie. «Deine Miezekatze kann es nicht erwarten, dich zu sehen.»

«Du glaubst nicht, was passiert ist», rief Tucker, begierig, ihrer Freundin alles zu berichten, und ebenso begierig, Mrs. Murphy wüten zu sehen, weil sie es verpaßt hatte.

«Tucker, sei still.» Harry öffnete die Autotür und steckte den Kopf heraus. «Danke.»

Susan winkte, fuhr los, ihre Reifen knirschten auf dem Kiesweg. Die Temperatur betrug um die zehn Grad und fiel weiter, und die Kälte heftete sich an Harrys Fersen, weshalb sie schleunigst hineinging. Die Küche, verdächtig still, lockte mit Wohlbehagen.

«Hier, Kätzchen, Kätzchen.»

«Ich hasse dich», rief Mrs. Murphy aus dem Schlafzimmer.

Harry ging ins Wohnzimmer, Tucker hinterher.

«Ah-oh.» Tucker legte die Ohren an.

Die Sofalehne war zerfetzt, systematisch zerstört. Zu Boden geschmetterte Lampen gaben Zeugnis von der Wut der Tigerkatze. Sie hatte zudem die Geistesgegenwart besessen, Illustrierte, Zeitungen und einen einsamen Roman, der auf Harrys Ohrensessel lag, zu zerkratzen, zerreißen, zerbeißen. Die Krönung war ein Vorhang, der mit voller Kraft heruntergerissen worden war und halb an, halb von der Stange hing.

Harrys Kinnladen hing herunter, fast eine Imitation des Vorhangs. Sie schlug aufgebracht die Hände zusammen.

«Mrs. Murphy, komm sofort hierher.»

«Pustekuchen.» Die Stimme der Katze war schrill.

«Ich weiß, wo du dich versteckst. Du bist nicht sehr einfallsreich, du kleiner Scheißer.» Harry stürmte in ihr Schlafzimmer, knipste das Licht an, ließ sich auf die Knie fallen und hob die gerüschte Tagesdecke hoch. Und wirklich, aus der hintersten Ecke des Bettes starrte sie ein Paar funkelnde grüne Augen an.

«Ich zieh dir die Haut bei lebendigem Leibe ab!» wütete Harry.

«Du steckst ganz schön in der Tinte», winselte Tucker.

«Bis morgen hat sie es vergessen», war die flapsige Antwort.

«Glaub ich nicht. Du hast das ganze Haus ruiniert.»

«Davon ist mir nichts bekannt.»

7

Da Harry das Tierpförtchen versperrt hatte, blieb Mrs. Murphy im Haus. Sie wäre lieber in den Stall gegangen, nur für den Fall, daß Harry mit Wut im Bauch aufwachte. So aber wartete sie wohlweislich, bis sie hörte, wie die Katzenfutterdose geöffnet wurde, bevor sie in die Küche schlich.

«Du bist unmöglich.» Harry, deren gute Laune nach einem tiefen Schlaf wiederhergestellt war, kraulte die Katze am Schwanzansatz.

«Ich hasse es, wenn du mich allein läßt.»

Als Harry Krabben und Kabeljau in eine Schüssel löffelte, auf der prophetisch POLSTERVERNICHTER geschrieben stand, strich Tucker ihrer Mutter um die Beine.

«Warum fütterst du sie zuerst? Nach dem, was sie getan hat.»

«Du kriegst gleich was.»

«Sie füttert mich zuerst, weil ich so faszinierend bin.»

«Du kotzt mich an.» Tucker fiel ein, daß die Katze nichts von den bizarren Ereignissen des gestrigen Tages wußte. Sie vergaß ihren Ärger, als sie sich dem Vergnügen hingab, Mrs. Murphy zu quälen. *«War ein schöner Tag beim Rennen.»*

«Halt's Maul.»

«Aber Boom Boom ist über Mom hergefallen.»

Mrs. Murphy, die auf der Anrichte saß, wandte den Kopf. *«Oh, hat Mom sie zur Schnecke gemacht?»*

«Nee.» Tucker steckte ihre lange Nase in das Dosenrindfleisch, das mit Trockenfutter vermischt war.

Harry brühte Tee auf und kramte nach diversen Zutaten, um sie zu einem Omelett zu verarbeiten, während die Tiere plauderten. Tucker vertilgte ihr Fressen so schnell, daß es ihr Sprechvermögen kaum beeinträchtigte.

Die Tigerkatze, deren Eßgewohnheiten gesittet waren, hielt zwischen den Bissen inne und putzte sich vorsichtig die Schnurrhaare, falls etwas daran haftengeblieben war. Sie betrachtete die Verwüstungen im Wohnzimmer ohne Gewissensbisse. *«Wie hat Mim abgeschnitten?»*

«Zweite im zweiten Rennen, das vierte Rennen gewonnen, und das große hat sie auch gewonnen.»

«Donnerwetter.» Sie schlug auf ihre Futterschüssel, von neuem erbost, weil sie ausgeschlossen – vielmehr eingeschlossen – gewesen war. *«Ich bin mit Pferden aufgewachsen. Ich weiß nicht, warum Mutter denkt, ich würde mich in Montpelier nicht anständig benehmen. Als hätte ich noch nie eine Menschenmenge gesehen.»*

«Hast du auch nicht. Keine so große.» Tucker leckte sich die Lippen, sie genoß ihr Frühstück ebenso wie den Verdruß der Katze.

«Ich kann damit umgehen!» Sie funkelte böse auf den Hund herunter. *«Ich bin beim Autofahren besser als du. Ich belle nicht. Ich bettel nicht alle fünfzehn Minuten um Futter, und ich winsel nicht, wenn ich mal raus muß.»*

«Nein, du machst einfach unter den Sitz.»

Mrs. Murphy fauchte, ihre weißen Reißzähne waren sehr imponierend. *«Das ist unfair. Ich war krank, und wir waren unterwegs zur Tierärztin.»*

«Ja, ja. Bandwürmer. Diese Ausrede kann ich nicht mehr hören.»

Die hübsche Katze schauderte. *«Ich hasse die Bandwurmspritzen, aber sie wirken. Hatte seitdem keine Beschwerden mehr. Allerdings ist die Flohsaison ja auch vorbei.»*

Sie hatte gehört, wie die Tierärztin erklärte, daß manche Flöhe die Bandwurmlarven in sich tragen. Wenn Tiere sich an der Stelle beißen, wo ein Floh sie gebissen hat, nehmen sie zuweilen einen infizierten Floh in sich auf und lösen so den Kreislauf aus, bei dem sich der Parasit in ihren Innereien festsetzt. Katze und Hund waren sich des Problems bewußt, doch wenn ein Floh beißt, fällt es schwer, nicht zurückzubeißen.

Harry setzte sich mit ihrem warmen Omelett an den Tisch. Mrs. Murphy nahm neben ihrem Teller Platz, um ihr Gesellschaft zu leisten.

«Ich geb dir nichts ab, Murphy. Und daß du's weißt, die nächsten Tage rücke ich keinen Krümel Futter extra raus – bis ich die Verwüstungen in diesem Haus beseitigt habe. Am liebsten würde ich dich morgen nicht mit zur Arbeit nehmen, aber dann würdest du einen neuen Feldzug starten.»

«Worauf du dich verlassen kannst.»

Tucker, die sich ärgerte, weil sie nicht auf dem Tisch Platz nehmen konnte, ließ sich unter Harrys Stuhl plumpsen, stand dann wieder auf, um sich ans Knie ihrer Mutter zu setzen. *«O Murph, noch eine Kleinigkeit ... gestern abend wurde im Stall von Montpelier, in dem großen alten, ein Jockey ermordet.»*

Die grünen Augen wurden größer, und das Tier beugte sich über den Tisch. *«Was?»*

«Mrs. Murphy, beherrsch dich.» Harry streichelte die Katze, die ihr Fell aufplusterte.

«Ein Jockey, Nigel Soundso – wir kennen ihn eigentlich nicht, bloß Addie Valiant – er wurde erstochen. Direkt ins Herz.» Tucker ließ sich das letzte Detail auf der Zunge zergehen.

«Das hast du mir die ganze Zeit verheimlicht?» Murphy fuhr ihre Krallen aus, dann zog sie sie wieder ein.

Tucker lächelte. *«Wenn du mir das nächste Mal vorhältst, daß Katzen schlauer sind als Hunde, dann denk dran, daß ich einiges weiß, was du nicht weißt.»*

Murphy sprang vom Tisch, hielt ihre Nase direkt an Tuckers und grummelte: *«Leg dich nicht mit mir an, Freundchen. Du gehst mit Mom zum Rennen. Du kommst nach Hause und erzählst mir nichts bis eben. Ich hätte es dir auf der Stelle erzählt.»*

Der kleine Hund ließ sich nicht beirren. *«Vielleicht hättest du's getan, vielleicht auch nicht.»*

«Wann habe ich dir schon mal eine wichtige Neuigkeit vorenthalten?»

«Als du und Pewter im Laden Roastbeef geklaut habt.»

«Das war was anderes. Außerdem weißt du doch, daß Pewter von Essen besessen ist. Wenn ich ihr nicht geholfen hätte, das Roastbeef zu klauen, hätte ich kein Fitzelchen davon abgekriegt. Sie hätte es ja allein geklaut, aber sie ist zu fett, um sich in die Truhe zu quetschen. Das ist was anderes.»

«Nein, ist es nicht.»

Harry beobachtete das Geplänkel. «Was ist denn heute morgen in euch gefahren?»

«Nichts.» Mrs. Murphy stolzierte aus der Küche, und als der Hund den Kopf abwandte, versetzte sie Tucker einen Hieb aufs Hinterteil.

Harry bückte sich vorsorglich und packte Tucker am Halsband. «Ignorier sie.»

«Mit Vergnügen.»

Das Telefon klingelte. Harry ging ran.

«Tut mir leid, daß ich am Sonntag morgen so früh anrufe», entschuldigte sich Deputy Cynthia Cooper. «Der Chef möchte, daß ich dir zu dem Rennen gestern ein paar Fragen stelle.»

«Klar. Willst du herkommen?»

«Ich wünschte, ich könnte. Kann ich loslegen?»

«Ja.»

«Was weißt du über Nigel Danforth?»

«Nicht viel, Coop. Er ist ein neuer Jockey, reitet für keinen bestimmten Stall. Wir nennen so was Free Lancer. Ich bin ihm gestern kurz begegnet.»

Als Mrs. Murphy dies hörte, kehrte sie mürrisch in die Küche zurück. Sie würdigte Tucker keines Blickes, als sie an dem Hund vorbeiging, der ebenfalls lauschte.

«Meckerziege.»

«Egoistin», schoß die Katze zurück.

«Hast du mit Nigel gesprochen?»

«Bloß ‹freut mich, Sie kennenzulernen›.»

«Weißt du was über seine Beziehung zu Addie?»

«Sie hat mir gestern morgen erzählt, daß sie ihn mag.» Harry überlegte einen Moment. «Sie hat angedeutet, daß sie sich in ihn verlieben könnte, und wollte, daß wir uns nach den Rennen auf der Party treffen.»

«Und, habt ihr euch getroffen?»

«Nun, ich war auf Mims Party. Addie war auch da.» Sie

fügte hinzu: «Aber ich habe mich nach dem letzten Rennen zunächst mal am Turm in Bereitschaft gehalten, falls Arthur Tetrick oder Mr. Mason wollten, daß ich eine Meldung mache. Es hat an meiner Hürde, dem östlichen Hindernis, einen häßlichen Vorfall zwischen Nigel Danforth und Linda Forloines gegeben.»

«Ich bin ganz Ohr.»

Harry konnte Cooper kritzeln hören, als sie den Vorfall schilderte.

«Das ist ziemlich ernst, oder? Ich meine, könnten sie nicht gesperrt werden?»

«Ja. Ich habe es Arthur gemeldet und Colbert Mason, er ist der Verbandspräsident, aber das weißt du bestimmt inzwischen. Doch keiner der Jockeys hat Protest eingelegt. Ohne Protest können die Funktionäre nichts machen.»

«Wer hat in so einer Situation Entscheidungsbefugnis?»

«Der Rennleiter. Arthur in diesem Fall.»

«Warum hat Arthur Tetrick die beiden nicht hochkant rausgeschmissen?»

«Das ist eine gute Frage, Coop.» Harry nahm einen Schluck Tee. «Aber ich kann dir eine Meinung sagen. Keine Antwort – bloß eine Meinung.»

«Wir wollen sie hören», riefen Katze und Hund.

«Schieß los.»

«Also, bei jedem Sport gibt es Schiedsrichter, Unparteiische, die dafür sorgen, daß Streitigkeiten auf ein Minimum beschränkt bleiben. Aber manchmal muß man das den Gegnern selbst überlassen. Hart, aber gerecht.»

«Das mußt du mir genauer erklären.»

«Wenn ein Funktionär eingreift, kann ein Punkt erreicht werden, wo Jockey A zuviel Protektion erhält. Verstehst du, Coop, wer da mitmacht, muß sich allerhand gefallen lassen, unter anderem, weil manche Reiter nicht ganz astrein sind. Wenn sie meinen, daß keiner hinsieht, dann behindern sie.»

«Aber du hast hingesehen.»

«Das ist es ja, was ich nicht verstehe.» Harry erinnerte sich an die Unverfrorenheit der Situation.

«Ist Linda dumm?»

«Beileibe nicht. Sie ist ein mieses, verlogenes, berechnendes Miststück.»

«He, tu deinen Gefühlen nur keinen Zwang an», zog Cynthia sie auf.

Harry lachte: «Es gibt auf dieser Erde nur wenige Menschen, die ich verachte, aber sie gehört dazu.»

«Warum?»

«Ich habe beobachtet, wie sie absichtlich bei einem Pferd Lahmheit vorgetäuscht und dann Mim deswegen belogen hat. Sie hat das Pferd von Mim übernommen und mit Gewinn an einen Trainer in einem anderen Stall verkauft. Sie wußte nicht, daß ich sie gesehen habe. Ich – ach, das spielt keine Rolle. Du verstehst, was ich meine.»

«Aber sie ist nicht blöd, warum begeht sie dann so ein krasses Foul und riskiert, daß sie gesperrt wird? Und direkt vor deinen Augen?»

«Ich werd daraus nicht schlau.» Harry war ratlos.

Coop blätterte in ihren Notizen. «Sie schafft es nicht, einen Job, egal welchen, länger als ein Jahr zu halten. Das kann eine Menge bedeuten, aber eins bedeutet es mit Sicherheit, nämlich daß sie nicht über längere Zeit mit Leuten auskommt.»

«Mit Nigel Danforth scheint sie jedenfalls nicht ausgekommen zu sein.» Harry trank wieder einen Schluck Tee.

«Hast du eine Ahnung, und es ist mir egal, wie *verrückt* es sich anhört, warum Linda Forloines Nigel Danforth ins Gesicht geschlagen hat?»

Harry spielte mit der langen Telefonschnur. «Ich habe keine Ahnung, es sei denn, sie waren Feinde, abgesehen davon, daß sie Gegner im Wettkampf waren. Das einzige, was ich dir noch sagen kann – es ist mir eben eingefallen – ist, daß Linda angeblich mit Drogen dealt. Aber es hat ihr noch keiner was anhängen können.»

«Hab ich auch gehört», erwiderte Cooper. «Ich melde mich später noch mal bei dir. Entschuldige, daß ich dich so früh gestört habe, aber ich weiß, daß du meistens vor Sonnenaufgang auf bist. Ziemlich frisch heute morgen.»

«Ich zieh meine Wollsachen an. Ich möchte dir eine Frage stellen.»

«Okay.»

«Haben alle ein Alibi für den Zeitpunkt des Mordes?»

«Nein», antwortete Cooper offen. «Wir können ziemlich genau sagen, wann er starb, innerhalb eines Zeitraums von zwanzig Minuten, aber eigentlich könnte jeder die Zeit gehabt haben, sich hineinzuschleichen und ihn zu töten. Der Trubel erschöpft die Leute, trübt ihre Sinne, vom Trinken gar nicht zu reden.»

«Das ist wahr. Also, wenn mir noch was einfällt, ruf ich dich an. Ich bin gern behilflich.»

Harry legte auf, nachdem sie sich verabschiedet hatten. Sie hatte Cynthia gern, und mit den Jahren waren sie Freundinnen geworden.

«Ich konnte nicht hören, was Cynthia gesagt hat. Erzähl's mir», verlangte Murphy.

Harry, die Tasse an den Lippen, stellte sie zurück auf die Untertasse. «Wißt ihr, es ergibt keinen Sinn. Es ergibt einfach keinen Sinn, daß Linda Forloines direkt vor meiner Nase auf Nigel Danforth einschlägt.»

«Was?» Mrs. Murphy, außer sich vor Neugierde, rieb sich

an Harrys Arm, nachdem sie auf die Anrichte gesprungen war.

«Ich werde dir alles berichten», versprach Tucker wichtigtuerisch, während Harry einen ausgeleierten Kaschmirpullover überzog, sich den alten Cowboyhut auf den Kopf packte und die Arme durch ihre Daunenweste schob.

«Kommt, Kinder, die Pflicht ruft.» Harry öffnete die Tür. Sie traten hinaus in den frostigen Novembermorgen, um sich an die Arbeit zu machen.

8

Will Forloines erhob sich, als Linda aus Sheriff Frank Yanceys Büro geschlendert kam. Zuerst hatte das Ehepaar sich dagegen gesträubt, einzeln verhört zu werden, aber dann hatten beide nachgegeben. Es würde noch schlimmer für sie aussehen, wenn sie nicht kooperierten.

Will war über Sheriff Yanceys harmlose Fragen erstaunt gewesen – teils, weil er befürchtet hatte, die Polizei hätte Wind von seinen Drogengeschäften bekommen. *Wo sind Sie um sieben Uhr am Abend des Mordes gewesen? Wie gut kannten Sie den Verstorbenen?* Und dergleichen mehr.

Linda drehte sich um und lächelte Frank zu, der zurücklächelte und seine Tür schloß.

Will reichte Linda ihren Mantel, und sie gingen hinaus. Der Tag, kalt, aber strahlend, würde sich vielleicht noch etwas erwärmen.

Erst als sie im Wagen waren, sprachen sie.

«Was hat er dich gefragt?» Will ließ den Motor nicht an.

«Nicht viel.» Im Profil ähnelte ihre Stupsnase einer Miniatursprungschanze.

«Also, was?» wollte Will wissen.

«Wo ich gewesen bin. Ich hab ihm gesagt, mit Mickey Townsend im Wohnwagen. Die Wahrheit.»

«Was noch?» Er ließ den Motor an.

«Er wollte wissen, warum ich Nigel vor dem östlichen Hindernis mit der Peitsche ins Gesicht geschlagen hab.»

«Und?» Will trat in seiner Aufregung so fest aufs Gaspedal, daß er bremsen mußte, wodurch sie nach vorn geworfen wurden. «Verzeihung.»

«Ich hab gesagt, er hätte mich gerempelt, er hätte mich die ganze Zeit gerempelt, und ich hätte es verdammt satt gehabt. Aber nicht satt genug, um ihn deswegen umzubringen.»

«Und?»

«Das war alles.»

«Du warst eine halbe Stunde da drin, Linda. Er muß dich noch mehr gefragt haben. Es sieht nicht gut aus für uns. Ich hab dir gesagt, du sollst kein Risiko eingehen. Du bist eine Verdächtige.»

Sie ging darüber hinweg. «Wir haben geplaudert. Er hat gefragt, wie lange ich schon reite. Wo ich es gelernt habe. Nichts zur Sache. Ich hab dem Kerl ins Gesicht geschlagen. Das heißt nicht, daß ich ihn getötet habe.»

«Das gefällt mir nicht.»

«He, wem gefällt das schon?»

Will überlegte einen Moment. «Hat er dich was über Drogen gefragt? Ich meine, was ist, wenn Nigel Koks im Körper hatte?»

«Nein, so was hat er nicht gefragt.» Sie faltete die Hände und höhnte: «Ich habe gesagt, da Fair Haristeen derjenige war, der Nigel gefunden hat, sollte man ihn überprüfen. Ich hab angedeutet, daß Fair Pferde gedopt hat. Die Andeutung dürfte reichen, um ihn auf eine falsche Fährte zu schicken.»

Will sah sie aus dem Augenwinkel an. Er hatte sich an ihre ständigen Lügen gewöhnt. «Keiner, der Fair Haristeen kennt, wird das glauben.»

«He, es wird sie etwas Zeit kosten.»

«Bist du sicher, daß er keine Fangfragen gestellt hat?» Sein Ton wurde härter.

«Nein, verdammt noch mal. Warum reitest du so darauf rum?»

«Weil er uns getrennt verhört hat, um zu sehen, ob unsere Geschichten sich widersprechen.»

«Ich habe keine Geschichten erzählt außer der Sache mit Fair. Dem werd ich's noch heimzahlen, und Mim auch, der reichen Schlampe.»

«Über die beiden würde ich mir jetzt keine Gedanken machen.»

Sie kniff die Augen zusammen. «Dich hat sie auch gefeuert.»

«Wenn du gefeuert wirst, sagst du, du kündigst. Die Leute glauben, was sie glauben wollen. Wir verdienen jetzt gut. Rache braucht zuviel Zeit.»

Sie feixte. «Alle denken, Mim hat uns arbeitslos gemacht, und wir sind pleite. Aber denen sind die Augen aus dem Kopf gefallen, als wir in dem nagelneuen Transporter nach Montpelier kamen.»

Sie rechnete gar nicht mit der Möglichkeit, daß die meisten Leute sich mehr für die Rennen interessierten als für sie. Nur wenige hatten den neuen Transporter bemerkt, aber Linda bezog eben immer alles auf sich.

«Du hast ihm wirklich nichts erzählt?» Ein flehender Ton schlich sich in seine Stimme.

«NEIN! Wenn du Manschetten kriegst, dann halt dich raus. Ich mach das schon. *Himmel,* Will.»

«Okay, okay.» Sie fuhren auf der Route 15 nach Norden. «Unseren Lieferanten wird es nicht freuen, wenn unsere Namen in die Zeitung kommen. Ich bin eben nervös.»

«Eine komische Frage hat der Sheriff mir gestellt.» Sie sah seine Knöchel weiß werden, als er das Lenkrad umklammerte. «Nicht viel. Aber er hat gefragt, ob ich irgendwas über Nigels Green Card weiß.»

«Du meinst seine Einwanderungsbescheinigung? Seine Arbeitserlaubnis?»

«Ja, die Green Card.» Sie zuckte die Achseln. «Ich hab gesagt, die hab ich nie gesehen. Warum er wohl danach gefragt hat?»

9

Montags mußten Harry und Mrs. Hogendobber Post schaufeln. Berge von Katalogen, Postkarten, Rechnungen und Briefen ergossen sich aus dem leinenen Postkarren auf den Holzboden, der vom jahrelangen Gebrauch blank poliert war.

Mrs. Murphy, verstimmt, weil sie sich nicht in den Postkarren kuscheln konnte, flitzte durch die Tierpforte, die für sie am Hintereingang eingebaut worden war, nach draußen. Tucker lag schnarchend auf der Seite mitten auf dem Fußboden, wo sie das größte Hindernis bildete. Die Katze weckte sie nicht auf.

Um die Wahrheit zu sagen, sie liebte Tucker, aber Hunde,

selbst Tucker, gingen ihr auf die Nerven. Sie waren so geradeheraus. Mrs. Murphy hatte Freude an Feinheiten und leisen Tönen. Tucker neigte zum Schwafeln.

Das Türchen klappte hinter ihr zu. Sie setzte sich auf die rückwärtige Veranda des Postamtes und beobachtete die Gasse, die die Reihe alter Geschäftshäuser von den privaten Gärten trennte. Mrs. Hogendobbers Grundstück lag direkt hinter dem Postamt. Ihr gemulchter und gedüngter Garten, der normalerweise von Farben überquoll, war auf den Winter vorbereitet. Sie hatte die letzten Chrysanthemenblüten abgezwickt.

Die Katze atmete den eigentümlichen Geruch absterbender Blätter und feuchter Erde ein. Da es schon elf Uhr war, hatte der Frost sich verflüchtigt, und die Witterung von wilden Tieren schwand mit ihm. Mrs. Murphy ging gern im Herbst und Winter auf die Jagd, weil es leicht war, der Witterung zu folgen.

Sie plusterte ihr Fell auf, um die Kälte abzuwehren, dann marschierte sie zu Markets Laden hinüber.

Während sie sich dem Hintereingang näherte, schmetterte sie: *«Pewter, Pewter, Autoscooter, komm raus und spiel mit mir!»*

Die Tierpforte, die erst kürzlich im Lebensmittelladen installiert worden war, schwang auf. Pewter wälzte sich heraus wie eine graue Kanonenkugel.

«Alle sind heute von der Rolle.»

Mrs. Murphy pflichtete ihr bei. *«Montags sind Menschen mies drauf. Ist dir das schon mal aufgefallen?»*

«Das sowieso, aber seit dieser Jockey erstochen wurde, gibt jeder seinen Senf dazu.» Sie hob den Kopf hoch in die Luft. *«Komm, laß uns unter Mrs. Hogendobbers Veranda stöbern.»*

Die zwei stürmten über die Gasse und duckten sich unter Mirandas Veranda.

«Er war heute nacht wieder hier.» Pewters Pupillen weiteten sich.

Mrs. Murphy schnupperte. *«Wie ein Stinktier, bloß, hmm, süßer.»* Sie trat vorwärts, und ihre Schnurrhaare verfingen sich in Spinnweben. *«Ich hasse Spinnen!»* Sie schoß unter der Veranda hervor.

«Haha!» Pewter folgte ihr, sie fand die über Schnurrhaare und Gesicht ihrer Freundin drapierten Spinnweben äußerst amüsant. *«Du siehst aus wie ein Gespenst.»*

«Wenigstens bin ich nicht fett.»

Die verdutzte Pewter erwiderte: *«Ich bin nicht fett, bloß rund.»* Sie schlenderte zum Garten hinüber. *«Wetten, Mrs. H. würde einen Anfall kriegen, wenn sie wüßte, daß sie jede Nacht von einem Fuchs heimgesucht wird.»*

«Er muß gute Beute machen.»

«Ich möchte nicht ungezähmt sein», bekannte Pewter, die gekochte Speisen über alles liebte.

«Hock du nur im Laden und träum schön. Ich hab noch nie über so was nachgedacht.»

«Weißt du, worüber ich noch nachgedacht habe?» Pewter wartete eine Antwort nicht ab. *«Sushi. Was Crozet noch fehlt, ist eine gute Sushi-Bar. Stell dir vor, jeden Tag frischen Thunfisch. Also, Thunfisch aus der Dose mag ich auch, am liebsten leicht eingelegt, nicht in schwerem Öl, wohlgemerkt. Aber frischer Thunfisch ... himmlisch.»*

Die Tigerkatze leckte ihre rechte Pfote und wischte sich damit über die Ohren. *«Müssen wir dann mit Stäbchen essen?»*

«Sehr komisch. Ich wette, ich könnte Sushi von einem Paar Stäbchen auf dem Weg zu irgendeinem dämlichen Mund klauen.» Sie führte ihre Bewegung des Klauens vor, ein einziger schneller Schlag mit der Pfote, mit ausgefahrenen Krallen. Bei dem Gedanken daran schauderte sie vor Wonne.

«He, guck mal», unterbrach Mrs. Murphy Pewters Tagträume.

Beide Katzen sahen Addie Valiant hinter dem Postamt vorfahren und parken. Sie schloß die Tür ihres blauen Subaru-Kombi, der hinten vollbeladen war mit Sattelzeug, Decken, Sattelunterlagen und diversem anderem Pferdezubehör. Sie schlug den Kragen ihres dicken Hemdes hoch, klopfte an die Hintertür des Postamtes, lauschte, öffnete dann die Tür.

«Los, komm.» Murphy lief durch den Garten.

«Wozu?» Pewter rührte sich nicht von der Stelle.

«Der tote Jockey war ihr Freund.»

«Oh.» Pewter beeilte sich, sie einzuholen. Beide Katzen erreichten die Tierpforte zur gleichen Zeit, fauchten sich an, dann schlüpfte Murphy zuerst hinein, die verstimmte Pewter im Gefolge.

Da Murphy erst das halbe Gesicht geputzt hatte, glitzerte die andere Hälfte von Spinnweben.

Addie zog ihre Post aus der Rückseite ihres Postfachs.

Harry sah in dem Zeitschriftenstapel nach, ob etwas für sie dabei war.

«Meine Liebe, wenn wir etwas für Sie tun können, irgendwas, lassen Sie es mich wissen.» Miranda reichte Addie ein süßes Brötchen mit Orangenglasur. Sie war eine vorzügliche Bäckerin und verdiente sich ein bißchen Geld nebenbei, indem sie für Markets Laden buk.

«Danke, ich habe keinen Hunger.»

«Aber ich», schnurrte Pewter.

Tucker, die jetzt wach war, rappelte sich hoch. *«Ich auch.»* Sie bemerkte Mrs. Murphys Gesicht. *«Halloween ist vorbei.»*

Harry sah es zur gleichen Zeit. «Wo bist du gewesen?»

«Unter Mirandas Veranda.»

Harry hob die hübsche Katze hoch, nahm ein Papiertuch und wischte die Spinnweben ab, was nicht so leicht ging, wie sie dachte, weil sie klebrig waren.

Addie ließ sich auf einen Stuhl fallen. «Was dagegen, wenn ich mich einen Moment hinsetze? Ich bin fix und fertig.»

«Das macht der Schock.» Miranda tätschelte ihren Rükken.

«Ja – ich weiß. Ich hatte wohl nicht damit gerechnet, daß mir noch mehr passieren könnte.»

«Das Leben ist voll seltsamer Überraschungen, guter und böser», sagte die gütige Frau.

«Ißt jemand das Orangenbrötchen?» fragte Pewter.

«Plaudertasche.» Harry kraulte die graue Katze hinter den Ohren.

Miranda brach kleine Stückchen von dem Brötchen ab und kaute darauf herum.

Pewter stieß ein Geheul aus. *«Gib mir was!»*

Miranda achtete nicht auf sie, deshalb kletterte Pewter auf einen Stuhl und von da auf den kleinen Tisch, auf dem die Brötchen verlockend auf einem weißen Teller ruhten. Sie schleckte die Glasur ab, was die Menschen, ganz ins Gespräch vertieft, nicht bemerkten. Mrs. Murphy wollte nicht zurückstehen und leistete ihrer Freundin Gesellschaft.

Tucker beklagte sich bitterlich. Murphy warf dem Hund ein hartgewordenes Bröckchen Glasur vom Tisch herunter, damit er Ruhe gab. Wenn Tucker weiter solchen Krach machte, bemerkten die Menschen womöglich, daß sie sich unaufgefordert bedienten.

«Sie haben so viele Fragen gestellt, daß mir schwindlig wurde.» Die junge Frau schlug die Hände vors Gesicht. «Ich konnte kaum die Hälfte beantworten. Ich war keine große Hilfe. Chark haben sie auch ganz schön ausgequetscht.»

«Rick Shaw hat gesagt, Frank Yancey ist in Ordnung, also nehme ich an, er hat nur gefragt, was notwendig war.» Harry wollte gern behilflich sein, wußte aber nicht, was sie tun oder sagen sollte.

Addies große blaue Augen verschleierten sich. «Ich fing gerade an, ihn besser kennenzu – –»

«Natürlich, natürlich.» Diesmal tätschelte Miranda ihre Hand.

«Wie lange kannten Sie ihn schon?»

«Zwei Monate, rund. Ich habe ihn beim Fair-Hill-Rennen kennengelernt, und rrumms!» Sie schlug die Hände zusammen.

Harry lächelte. «So geht es manchmal.»

«Wir hatten soviel gemeinsam. Pferde. Pferde und Pferde», sagte Addie. «Er hat mir viel beigebracht. Ihr wißt doch, wie das ist, manche Leute behalten ihr Wissen für sich. Sie wollen andere nicht teilhaben lassen. Nigel war anders. Er hat mir gern alles gezeigt und hat genauso gern von mir gelernt.»

«Hört sich nach einem reizenden jungen Mann an», erwiderte Miranda, die ewige Romantikerin, sanft.

Harry, weit weniger romantisch veranlagt, wollte trotzdem Trost spenden, doch ihre neugierige Natur ließ sich nicht lange unterdrücken. «Glaubst du, daß er Feinde hatte?»

«Harry, du klingst wie Frank Yancey.» Addie schlug die Beine übereinander und zuckte zusammen.

«Was haben Sie?» erkundigte sich Miranda besorgt.

«Die Knie. Die werden ziemlich in Mitleidenschaft gezogen, wissen Sie.» Sie wandte sich wieder an Harry. «Soviel ich weiß, hatte er keine Feinde. Niemand kannte ihn lange genug, und außerdem hat er immer für Stimmung gesorgt, ein echt positiver Mensch.» Sie hielt inne. «Aber Feinde hat eigentlich jeder.»

«Seine armen Eltern in England.» Miranda schüttelte den Kopf.

«Daran habe ich gar nicht gedacht», sagte Harry. «Hast du eine Ahnung, warum das passiert ist?» Ihre Neugierde ließ sich nicht mehr bremsen.

«Nein.» Addie stand auf. «Das fragen mich alle.»

«Tut mir leid. Aber es ist ganz natürlich.»

«Ich hoffe, wer auch immer ihn ermordet hat, schmort in der Hölle!» brauste Addie auf, dann wischte sie die unvermuteten Tränen fort.

«‹Wer Menschenblut vergießt, des Blut soll auch durch Menschen vergossen werden; denn Gott hat den Menschen zu seinem Bilde gemacht›», zitierte Mrs. Hogendobber aus dem Ersten Buch Mose.

«Ich werde mit Freuden Blut vergießen.» Addie preßte die Lippen zusammen.

«Wie meinst du das?» fragte Harry.

«Ich meine, wenn ich den Mörder als erste finde ...»

«So etwas sagt man nicht», platzte Miranda heraus.

«Ja, so etwas sagt man nicht», unterstützte Harry ihre ältere Freundin.

«Ist mir doch egal. Wenn der Mörder geschnappt wird, kommt er vor Gericht. Es wird eine Menge Geld ausgegeben, und das System ist so korrupt, daß er vermutlich nicht verurteilt wird, und wenn, wird er im Nu unter Auflagen entlassen. Das ist eine Farce.»

Sosehr Harry geneigt war, ihr zuzustimmen, sie wollte Addie nicht zum Mord ermuntern. «Weißt du, das Beängstigende dabei ist, was, wenn du den Mörder findest oder nahe dran bist? Was, wenn er auf dich losgeht, Addie? Halt dich da raus. Du hattest den Mann gern, aber du kanntest ihn nicht gut genug, um für ihn zu sterben.»

«Harry, man kann sich von einem Augenblick zum anderen verlieben. Bei mir war es so.»

«Oh, Addie ...» Harrys Stimme verlor sich.

Miranda legte den Arm um Addies schmale Schulter. «Harry möchte nicht mit Ihnen streiten oder Sie verärgern, meine Liebe. Sie möchte nur nicht, daß Sie im Affekt etwas tun, das Ihr Leben ruinieren könnte. Und ich stimme ihr zu. Keine von uns möchte, daß Sie sich der Gefahr aussetzen. Schließlich weiß niemand, warum Nigel getötet wurde. Wissen Sie, es ist nicht nur das Wer, es ist das Warum. Da liegt die Gefahr.»

Addie weinte wieder. «Sie haben recht. Ich weiß, daß Sie recht haben.»

Beide Frauen trösteten sie, so gut sie konnten. Als Addie das Postamt verließ, kam sie an dem inzwischen leeren weißen Teller vorbei. Die Katzen waren neben dem Schauplatz ihres Verbrechens eingeschlafen.

10

Die Arbeit ging weiter, trotz des Kummers, mit dem Adelia Valiant zu kämpfen hatte. Die Pferde mußten gefüttert, abgespritzt, trainiert, gestriegelt, nach draußen gebracht werden und über eine Boxentür hinweg Zuspruch erhalten. Diese seltsam tröstende Routine betäubte Addies Gedanken.

Mim sagte, sie solle sich freinehmen, wenn sie es nötig hätte, doch Addie ritt weiter. Schließlich hatten sie und ihr

Bruder noch andere Kunden, und wer zahlt, erwartet Resultate.

Das Vermögen der Valiants, gut achtzehn Millionen schwer, das noch zunahm durch kluge Investitionen, die von Arthur Tetrick getätigt wurden, hätte gewährleisten können, daß Adelia und Charles für ihr täglich Brot nicht zu arbeiten brauchten.

Doch Marylou hatte gesehen, welch unheilvolle Wirkung es haben konnte, wenn Kinder mit Massen von Geld gepolstert wurden, um die harten Schläge des Lebens abzufangen. Sie wollte nicht, daß ihre Kinder solch schwache, engstirnige Tyrannen wurden, wie sie sie oft beobachtet hatte. Sie wollte ihnen Mumm mitgeben.

Dem Treuhandvermögen wurde jährlich genug entnommen, um davon Unterkunft, Autos, Kleider, Dinge des täglichen Bedarfs zu bestreiten. Damit waren ihre Kinder gezwungen zu arbeiten, wenn sie mehr wollten. Wenn sie sich nach Adelias Volljährigkeit in vornehme Müßiggänger verwandelten, sei's drum.

Aber die Geschwister mochten ihre Arbeit. Bei keinem von ihnen bestand ein Zweifel, daß sie weiterarbeiten würden, nachdem sie ihr Erbe angetreten hatten. Sie würden sich vielleicht einen eigenen soliden Stall aufbauen, doch sie wollten weiterhin trainieren und reiten.

Addies vergangene Drogenprobleme hatten mehr mit ihrer Persönlichkeit als mit ihrer Herkunft zu tun. Auch viele arme Jugendliche richteten sich mit Drogen zugrunde. Und viele arme Jugendliche gaben ihr Geld aus, sobald sie ihren Lohn erhielten. Addies Impulsivität und ihr Hang zu Ausschweifungen hatten nichts mit gesellschaftlichem Rang zu tun.

Addie rieb gerade das letzte Pferd für den Tag ab, einen

langbeinigen Grauen, als der weiße Lieferwagen der Firma Southern States durch die Zufahrt gefahren kam.

«Der Futtermann.»

Chark rief vom anderen Ende des Stalles: «Ich kümmere mich darum. Mach du deine Sachen fertig.»

Als Addie die Beine des Grauen mit Blue Lotion abrieb, hörte sie die Metalltür des Lieferwagens aufklappen und den Rollwagen auf den Boden aufplumpsen, dann hörte sie das Stöhnen ihres Bruders und des Lieferanten, als sie Halbzentnersäcke Frischfutter mit 14 Prozent Proteingehalt auf den Rollwagen luden.

Nachdem sie die verzinkten Futtereimer gefüllt hatten – Mim dachte in ihrem Stall an alles, trotzdem fielen die Mäuse ein –, murmelte der Lieferant etwas zu Chark, dann fuhr er davon.

Als ihr Bruder, ein mittelgroßer, wohlproportionierter Mann, zu ihr schlenderte, fragte Addie: «Sind wir mit der Rechnung im Rückstand?»

«Alles bezahlt –», er lächelte, «– ausnahmsweise.»

«Was wollte er dann?»

«Nichts. Er sagte, es tut ihm leid, was er von deinem Freund gehört hat.»

Die Linien um ihren Mund entspannten sich. «Das war lieb von ihm. Die Leute überraschen mich.»

«Ja.» Chark schob die Hände in seine Jeans. «Schwesterherz, tut mir leid, daß du leidest, falls du verstehst, was ich meine, aber ich konnte Nigel nicht ausstehen, und das weißt du, deshalb kann ich jetzt nicht heucheln. Nicht, daß ich ihm den Tod gewünscht habe.»

«Du hast ihm keine Chance gegeben.»

«Öl und Wasser vertragen sich nicht.» Er bohrte seinen Absatz in den geteerten Gang.

Sie führte den Grauen in seine Box. «Du kannst keinen Mann besonders gut leiden, mit dem ich zusammen bin.»

«Du hast keinen besonders guten Geschmack.» Chark hörte sich barscher an, als er beabsichtigt hatte. «Ach, entschuldige. Du mußt sie küssen, ich nicht.» Er hörte auf, mit seinem Absatz zu kreisen. «Nigel war ein Schwindler.»

«Du kannst Leute mit englischem Akzent nicht ausstehen.»

«Das stimmt. Sie sind überheblich, sprechen durch die Nase und erzählen uns, wie sie in den Downs von Exmoor galoppieren. Wir sind hier in Amerika, und ich trainiere auf meine Art.»

Sie stemmte die Hände in die Hüften. «Ich dachte, das hätten wir 1776 geklärt. Du erträgst es nicht, wenn dir jemand sagt, was du zu tun hast, oder einen Vorschlag macht, den du als verschleierte Kritik begreifst.»

«Ich höre auf dich.» Seine Augen, mandelförmig wie die seiner Schwester, trübten sich.

«Manchmal» – sie schob nervös die Hände in die Taschen – «hast du Nigel wie Dreck behandelt. Und ich – ich –» Sie konnte nicht weitersprechen. Tränen traten ihr in die Augen.

Er stand da, wollte sie trösten, war aber gleichzeitig nicht bereit, im Hinblick auf den verachteten Nigel nachzugeben. Die Bruderliebe gewann die Oberhand, und er umarmte sie. «Wie gesagt, ich habe ihm den Tod nicht gewünscht. Vielleicht war es Linda Forloines.»

Addie versteifte sich. «Linda ... sie hat um sich geschlagen wie eine Süchtige.» Addie meinte den Hieb mit der Peitsche.

«Eben.» Chark ließ seine Schwester los. «Ich gehe jede Wette ein, daß die beiden wieder dealen. Woher sollten die Forloines sonst das Geld für einen neuen Transporter haben?»

«Hab ich nicht gesehen.»

«Ein nagelneuer Nissan. Netter Wagen.» Er rieb sich die Hände. Er hatte Arthritis in den Fingern, die er sich vor Jahren gebrochen hatte, und die Kühle der einbrechenden Nacht ließ seine Gelenke schmerzen.

Sie zuckte die Achseln. «Wer weiß.» Aber sie wußte es.

«Vermutlich dopt sie Pferde genauso wie Menschen.»

«Weiß ich nicht.»

«Es würde mich nicht überraschen, wenn sie und Will – hm, da mit drinstecken. Ich hab so ein Gefühl.»

«Weiß ich nicht», wiederholte sie. «Aber ich hatte heute meine eigene Begegnung der dritten Art.»

«Hm?»

«Ich hab die Post abgeholt, und Harry und Mrs. H. waren wirklich großartig, außer daß Harry schlimmer ist als der Sheriff – sie stellt zu viele Fragen. Jedenfalls hab ich die Beherrschung verloren und gesagt, wenn ich früher als der Sheriff rauskriege, wer Nigel getötet hat, würde ich ihn umbringen. Da sind sie mir beide fast an die Gurgel gesprungen und haben gesagt: ‹So was sagt man nicht.›»

«Da haben sie recht. Es passieren die verrücktesten Sachen.»

«'ne Gänsehaut hab ich gekriegt, als sie gesagt haben, wenn ich dem Mörder zu nahe käme, würde er vielleicht auf mich losgehen.»

«Verdammt», flüsterte Chark.

11

Der Dolch, mit dem Nigel Danforth getötet wurde, lag mit Etikett und Nummer versehen auf Frank Yanceys Schreibtisch. Rick Shaw und Cynthia Cooper saßen auf der anderen Seite des Tisches.

Rick bewunderte die Waffe. «Das ist nicht bloß ein billiges Stück Metall.»

Frank berührte den Dolch mit dem Radiergummi seines Bleistifts. «Die Klinge ist neunzehn Zentimeter lang, und die Gesamtlänge beträgt dreißig Zentimeter. Die Klinge ist zweischneidig und aus rostfreiem Stahl, frisch geschliffen, wie Sie sehen können, und der Griff ist mit Draht umwickelt, fast wie ein Fecht... hm – dingsda –»

«Florett.» Cooper fand das Wort für ihn.

«Richtig.» Frank runzelte die Stirn. «Ich glaube, dies war ein Mord im Affekt. Warum sollte jemand einen teuren Dolch in Nigels Brustkasten steckenlassen?»

«Wenn es Affekt war, warum dann die Kreuzdame?» entgegnete Rick.

Frank strich über die Bartstoppeln auf seiner Wange. «Hm –»

«Und noch etwas, Sheriff Yancey», wandte sich Cynthia respektvoll an den älteren Mann, «ich habe die ganze Zeit am Computer recherchiert, seit das passiert ist. Ich habe mit Scotland Yard gesprochen. Es gibt keinen Nigel Danforth.»

«Das hatte ich befürchtet.» Frank verzog das Gesicht. «Genau, wie ich befürchtet hatte, daß wir keine Fingerabdrücke finden. Nicht einen.»

«Und es gibt auch keine Unterlagen über inländische Steuern und Abgaben, keine Pässe, keine Krankenversicherung, kein gar nichts», sagte Cynthia.

«Verdammt, wer ist der Mann im Leichenschauhaus?» Frank stellte diese rhetorische Frage.

«Das einzige, was wir tun können, ist, uns Zahnabdrücke zu verschaffen und rüberzuschicken. Das wird uns weiterhelfen, sofern von dem Typ, ich meine, dem Verblichenen», korrigierte sich Cooper, «eine Polizeiakte vorliegt. Andernfalls sind wir auf bloße Vermutungen angewiesen.»

«Die Sache gefällt mir nicht.» Frank schlug mit der Hand auf den Schreibtisch. «Die Leute wollen Resultate.»

«Keine Angst, dies ist kein Wahljahr für Sie, Frank, und es ist ja nicht so, als würde ein Serienmörder die Straßen von Orange unsicher machen. Der Mord ist auf eine kleine Welt beschränkt.»

«Hoffentlich», sagte Cynthia.

«Die Sache gefällt mir nicht», wiederholte Frank. «Ich knöpfe mir Mickey Townsend vor. Warum hat er einen Mann ohne Arbeitserlaubnis eingestellt?»

«Aus demselben Grund, weshalb viele Obstplantagenbesitzer Mexikaner einstellen und nicht nach ihrem Einwandererstatus fragen. Sie denken, sie können die Ernte einbringen, bevor die Einwanderungsbehörde die Leute festnimmt. Jeder amerikanische Arbeitgeber, dessen IQ höher ist als seine Körpertemperatur, weiß, daß er nach der Arbeitserlaubnis fragen oder den ganzen Schwachsinn durchmachen muß, um seinem Angestellten eine zu besorgen.» Rick schlug das rechte Bein über das linke Knie.

«Das ist die moderne Version der Leibeigenschaft. Arbeitserlaubnis gegen lebenslange Schuld», fügte Cynthia hinzu.

«Nun, ein paar Dinge wissen wir.» Rick faltete die Hände über der Brust, fühlte die Packung Lucky Strike in seiner Tasche und spürte ein starkes Verlangen nach einer Zigarette.

«Aber ja», sagte Frank. «Wir wissen, daß ich bis zum Hals in der Scheiße stecke und einer Horde Reporter erzählen muß, daß wir auf einer eiskalten Spur sind.»

«Nein, wir wissen auch, daß der Mörder auf teure Waffen steht. Vielleicht hat der Dolch eine symbolische Bedeutung, wie die Kreuzdame. Wir wissen auch, daß Nigel seinen Mörder kannte.»

«Nein, das wissen wir nicht», sagte Frank stur.

«Ich kann es natürlich nicht beweisen, aber es gibt keine Anzeichen von einem Kampf. Er hat seinen Mörder gesehen, von Angesicht zu Angesicht. Er wurde nicht fortgeschleppt, sonst hätten wir Spuren auf dem Fußboden im Stall gefunden.»

«Der Mörder hätte ihn erdolchen und dann zu der Kiste tragen können», überlegte Cynthia laut.

«Das wäre möglich, und es bedeutet, der Mörder muß stark genug sein, um sich einen – schätze mal – hundertzehn Pfund schweren Jockey auf die Schulter zu laden.»

«Oder die Mörderin. Eine starke Frau könnte das.» Cynthia kritzelte ein paar Notizen auf ihren Spiralblock.

«Ich wünschte, Larry und Hank würden sich melden.» Frank wurde nervös.

«Wir könnten rübergehen und nachsehen, was sie herausgefunden haben.» Rick stand auf.

Genau in diesem Moment klingelte das Telefon. «Yancey», sagte Frank.

Hank Cushings helle Stimme fing an, Organgewichte und Mageninhalt hervorzusprudeln. «Normales Herz und –»

«Das ist mir schnuppe. Wurde einmal auf ihn eingestochen oder zweimal?» bellte Frank ins Telefon.

«Zweimal», erwiderte Hank. «Der Zustand der Leber zeigte Anzeichen von beginnender Alkoholschädigung und –»

«Das interessiert mich nicht. Schicken Sie mir den Bericht.»

«Hm, aber das hier dürfte Sie vielleicht interessieren.» Verschnupft hob Hank die Stimme. «Er hat sein Alter für seine Bewerbung als Jockey beim Nationalen Hindernisrennverband mit sechsundzwanzig angegeben, aber ich schätze ihn eher auf circa fünfunddreißig. Könnte sich lohnen, daß Sie sich diese Kleinigkeit merken, ebenso wie die Tatsache, daß er eine hohe Dosis Kokain im Blut hatte. Ich schicke die Akte rüber, sobald ich meinen Bericht geschrieben habe.» Beleidigt legte Hank auf.

Frank knallte den Hörer hin. «Arschloch.»

«Und –?» fragten Rick und Cynthia gleichzeitig.

«Zweimal gestochen. Vollgekokst.»

«Klingt plausibel. Er wäre kaum da sitzen geblieben, während ihm jemand eine Karte aufs Herz legt.»

«Doch, Rick, wenn man ihm eine Pistole an den Kopf gehalten hat.»

«Eins zu null für Sie, Partnerin.» Rick lächelte Cynthia an.

«Noch etwas. Hank sagt, sein Alter sei eher fünfunddreißig gewesen als sechsundzwanzig, wie er beim Rennverband angegeben hat.»

«Hmm», murmelte Rick. «Wer immer er war, er war ein erstklassiger Lügner.»

«So erstklassig nun auch wieder nicht», erwiderte Coop. «Er ist tot. Jemand hat ihn ertappt.»

«Also, ich weiß Ihre Hilfe wirklich zu schätzen.» Frank stand auf. «Ich nehme an, die braven Bürger von Orange können nachts ruhig in ihren Betten schlafen.»

«Genau das tu ich jetzt. Nach Hause gehen, ins Bett.» Cynthia hatte ein Gefühl, als hätte sie Sand in den Augen, nachdem sie die letzten zweieinhalb Tage auf den Computerbildschirm gestarrt hatte.

Auf dem Weg nach Charlottesville in einem nicht gekennzeichneten Wagen rauchte Rick eine Zigarette, nachdem er zuvor das Fenster einen Spalt geöffnet hatte. «Frank ist überfordert.»

«Ja.»

«Wenn wir Glück haben, war dieser Mord ein Racheakt, und damit hat die Sache ein Ende. Wenn nicht, wird sich das auf andere Hindernisrennen oder andere Rennställe ausweiten, was bedeutet, daß die braven Bürger von Orange und Albemarle County vielleicht nicht so ruhig schlafen können – sofern sie Pferde im Stall haben.»

Cynthia streckte die langen Beine aus. «Pferdeliebhaber sind besessen.»

«Ich mag sie nicht besonders», sagte Rick nüchtern.

«Das kann ich nicht sagen, ich weiß nur, daß sie sich in zwei Kategorien aufteilen.»

«Nämlich?»

«Sie sind entweder sehr, sehr intelligent oder total bekloppt. Nichts dazwischen.»

Rick lachte und überschritt die Geschwindigkeitsbegrenzung.

12

Ein schnittiger BMW 750il, das Zwölfzylindermodell, kreuzte Dienstag morgen um halb acht vor dem Postamt herum. Harry bemerkte Mickey Townsend am Steuer, als sie in ihrem Transporter vorbeifuhr.

«Das ist mal ein Wagen!»

Mrs. Murphy und Tucker warfen pflichtschuldig einen

Blick auf das metallicsilberne Automobil, doch da sie keine Autonarren waren, wandten sie sich wieder wichtigeren Angelegenheiten zu.

«Hey, Ella!» rief Mrs. Murphy Eloquenz zu, Herb Jones' jüngster Katze, die vor der Haustür des Pastors saß. Da das Fenster nicht heruntergekurbelt war, konnte Eloquenz es nicht hören, Harry dafür um so besser.

«Du bist schuld, wenn mir das Trommelfell platzt.»

«Mutter, ich muß dich morgens, mittags und abends hören.»

«Ja, aber sie kreischt ihre Freundinnen nicht an.»

«Tucker, du bist ruhig.» Die Katze boxte ihr auf die lange, herausfordernde Nase. Murphy fragte sich, was Katzen machten, die mit Möpsen, Bulldoggen und Chow-Chows zusammenlebten, deren Nasen reingedrückt waren. Vermutlich sprangen sie ihnen auf den Rücken und bissen sie in den Nacken.

Drinnen war schon Licht, als Harry den Transporter parkte.

«Hallo», rief sie. Sie öffnete die Hintertür, und der Duft nach frischem Zimt stieg ihr in die Nase.

«Morgen.» Mrs. Hogendobber gab Kaffeebohnen in eine zylindrische elektrische Kaffeemühle. Das Geräusch erschreckte Tucker, die sich unter den leeren Postkarren verkroch.

«Angsthase.»

«Ich hasse das Geräusch», winselte der Hund.

Harry erhitzte Wasser auf der Kochplatte. Sie konnte nicht viel Kaffee trinken, deswegen machte sie Tee. Doughnuts, noch dampfend, waren in konzentrischen Kreisen auf dem weißen Teller angerichtet.

«Zimt?» fragte Harry.

«Und auch Doughnut-Törtchen. Ich experimentiere mit

zwei verschiedenen Teigsorten.» Ein Klopfen an der Hintertür unterbrach sie. «Wer ist da?»

«Attila der Hunne.»

«Kommen Sie rein», antwortete Mrs. Hogendobber.

Susan Tucker, das Gesicht rosig von der Kälte, öffnete die Tür. «Ist das eisig heute morgen. Hi, Tucker.» Sie bückte sich, um den Hund zu streicheln. «Hallo, Mrs. Murphy, ich weiß, daß du im Postkarren bist, ich kann die Ausbuchtung unten drunter sehen.»

«Morgen», lautete die schläfrige Antwort.

«Hab Mickey Townsend vorbeifahren sehen», sagte Susan.

«Hab ihn unterwegs überholt. Ach, Susan, ich habe ein Einschreiben für dich.»

«Verdammt.» Für Susan bedeuteten eingeschriebene Briefe gewöhnlich Strafmandate oder, schlimmer noch, eine dringende Mahnung vom Finanzamt.

Harry angelte den Brief mit dem angehefteten dicken rosa Papier samt Durchschlag heraus. «Du mußt fest drücken, damit deine Unterschrift auf dem Durchschlag erscheint.»

Den Kugelschreiber in der Hand besah sich Susan den Absender. «Plaistow, New Hampshire?» Sie schrieb ihren Namen mit Nachdruck.

Harry riß sorgfältig den rosa Zettel ab, den sie behielt, während die Durchschrift am Umschlag blieb.

Susan klemmte den Zeigefinger unter die versiegelte Umschlagklappe und öffnete den Brief. «Ach, das ist ja nett.»

«Was?» Harry las über Susans Schulter mit.

«State Line Tack sind die reduzierten Teppiche in Rotgold ausgegangen. Wenn ich mich für einen marineblauen mit roter Borte entscheide, geben sie mir noch einmal zehn Prozent Rabatt, und sie entschuldigen sich für die Unannehmlichkeit. Sie konnten mich telefonisch nicht erreichen.» Sie zerriß den Zettel. «Weil die verdammten Blagen immer die Leitung blockieren! Das ist ja eine klasse Firma.»

«Das kann man wohl sagen. Weißt du, welche auch noch wirklich gut ist: L. L. Bean.»

«Superb.» Mrs. Hogendobber aß ein Doughnut. «Hmm. Hab mich selbst übertroffen.»

Susan faltete den Brief zusammen, steckte ihn in den Umschlag zurück, und dann sprang sie, wie es zwischen alten Freundinnen so oft geschieht, ohne Erklärung zu einem anderen Thema über, weil sie wußte, daß Harry den Zusammenhang verstehen würde: Unterschriften. «Du mußt alle Unterschriften in Crozet kennen.»

«Tun wir alle beide.» Mrs. Hogendobber wischte sich Krümel vom Mund. «Wir könnten als sachverständige Zeugen in Fälschungsprozessen auftreten. Ich wünschte, Sie würden einen von diesen probieren. Meine besten.»

Harry schnappte sich einen Zimtdoughnut, obwohl sie geschworen hatte, es nicht zu tun.

«Greifen Sie zu.» Mrs. Hogendobber beobachtete, wie Susan vor dem Teller das Wasser im Munde zusammenlief. «Ich kann sie nicht alle allein essen.»

«Ned hat gesagt, ich darf diesen Winter nicht wieder fünf Pfund zunehmen. Er hat mir sogar einen Heimtrainer gekauft.» Susan starrte auf die Doughnuts.

«Laß das Mittagessen ausfallen.» Harry ersparte ihr die Qual der Entscheidung und reichte ihr einen Doughnut.

Kaum wehte ihr der frische Duft in die Nase, schob sich Susan den Doughnut in den Mund. «Oh, verdammt.» Sie nahm sich eine Tasse Tee. «Hab was Dolles gehört.»

«Ich warte mit zimtigem Atem – statt angehaltenem Atem.» Harry band den ersten Postsack auf.

«Nigel Danforth hat tausend Dollar auf das erste Rennen gesetzt – Mims Pferd, nicht Mickey Townsends.»

Miranda, die sich an den zweiten Postsack machte, überlegte laut: «Ist das schlimm?»

«Ein Jockey würde nicht gegen sich selbst wetten oder gegen den Stall, für den er reitet, abgesehen davon, daß ein Jockey überhaupt nicht wetten darf. Das gilt für alle Sportarten. Denken Sie an Pete Rose, der hat das beim Baseball gemacht, und das war auch illegal.» Susan, die die Qualen der Verdammten litt, schnappte sich noch einen Zimtdoughnut.

«Würde das nicht heißen, daß er das Rennen manipuliert?»

«Könnte sein, aber nicht unter diesen Umständen.» Susan fuhr fort: «Mickey Townsends Stute hatte so gut wie keine Chance. Natürlich hat Nigel die Wette über einen Dritten plaziert. So habe ich es jedenfalls gehört.»

«Ja, aber beim Hindernisrennen – eine Massenkarambolage, und ein Außenseiter könnte siegen.» Harry beugte sich über Mrs. Murphy. «Murphy, ich muß die Post reinkippen.»

«Nein.»

«Komm schon, Kätzchen.»

«Nein.» Zum Beweis ihrer Entschlossenheit rollte Murphy sich auf den Rücken und ließ ihren schönen beigen Bauch mit den kräftigen schwarzen Streifen sehen.

«Na gut, Großmaul.» Harry schüttelte ein bißchen Post auf die Katze.

«Ich geh hier nicht weg.» Mrs. Murphy wälzte sich auf die Seite.

«Sturkopf.» Harry langte mit beiden Händen hinein, zog sie heraus und setzte sie in das Tipi aus Fliesstoff, das sie eigens für die Katze gekauft hatte.

Murrend ging Mrs. Murphy drinnen dreimal im Kreis

herum und setzte sich dann hin. Sie brauchte ihr Morgennikkerchen.

«Klingt in meinen Ohren nicht reell.» Mrs. Hogendobber benutzte gelegentlich Ausdrücke aus ihrer Jugend, die heute aus der Mode geraten waren.

«Nicht gerade ein kluger Schachzug.» Harry kippte den Rest der Post aus ihrem Sack in den Karren, dann schob sie ihn zu den Postfächern.

«Ich würde mir weniger darum Gedanken machen als darüber, woher ein Jockey tausend Dollar Bargeld hat.» Susan ging bei den Drucksachen zur Hand. «Die Jungs kriegen nur fünfzig Dollar pro Rennen. Wenn sie gewinnen, Sieg oder Platz, erhalten sie einen Prozentsatz vom Renngewinn.»

Harry lachte. «Der Sold der Sünde.»

«Wißt ihr ...» Susans Stimme verklang.

«Wir sollten mittags zu Mims Stall gehen», sagte Harry. «Larry kommt heute her.» Dr. Larry Johnson, im Teilruhestand, übernahm in der Mittagspause die Vertretung, damit Harry und Mrs. Hogendobber Besorgungen machen oder sich bei einem Essen in der Pizzeria ausruhen konnten.

«Nun mal langsam, Mädels. Sie haben ein Gerücht gehört, Susan, keine Tatsache. Sie sollen niemanden verleumden, auch nicht, wenn er tot ist.»

«Ich verleumde ihn nicht. Ich habe es nur weitererzählt, und ich glaube nicht, daß es schadet, wenn wir ein bißchen herumschnüffeln.»

«Das Schnüffeln ist mein Ressort», teilte Tucker ihnen mit.

«Wir könnten mit den Pferden reden. Die wissen, was vorgefallen ist. Zu schade, daß keine mehr im Stall waren, als Nigel erdolcht wurde», ließ sich Mrs. Murphy schleppend aus ihrem Tipi vernehmen.

«Selbst wenn eins dagewesen wäre, Murph, hätte man das Pferd

höchstwahrscheinlich in seinen Stall zurückgefahren, und wie wollten wir dorthin kommen? Vor allem, wenn es ein Pferd aus Maryland war?» Tucker legte sich vor das Tipi und steckte die Nase hinein. Mrs. Murphy hatte nichts dagegen.

Die Vordertür ging auf. Reverend Herb Jones und Market Shiflett kamen geschäftig herein.

«Ist die Post schon sortiert?» fragte Market.

«Ist es schon acht?» Harry warf Post in Fächer.

«Nein.»

«Ich hab deine gleich hier. Hab mit ihr angefangen, weil ich dich *so* gern habe», zog Harry ihn auf.

Als Market zum Vordereingang hereingestürmt kam, schneite Pewter hinten herein.

«Was ist mit mir?» fragte Herb.

«Sie habe ich auch *soo* gern.» Harry lachte und reichte ihm einen Haufen Zeitschriften, Rechnungen, Briefe und Kataloge.

Pewter ging um Tucker herum und steckte den Kopf in das Tipi. Dann zwängte sie sich hinein und rollte sich neben Mrs. Murphy zusammen.

«Mann, bist du fett», murrte die Tigerkatze.

«Das sagst du immer.» Pewter schnurrte, denn sie hatte es gern kuschelig. *«Aber ich wärme dich.»*

«Sagen Sie, ich habe gehört, daß Linda Forloines tausend Dollar auf das fünfte Rennen gegen das Pferd gesetzt hat, das sie ritt.» Herb Jones warf unerwünschte Werbeprospekte in den Papierkorb.

«Na also», rief Miranda triumphierend, während sie mit dem Sortieren fortfuhr.

«Also was?» fragte er.

«Susan hat dasselbe von Nigel Danforth gesagt», rief Miranda hinter den Postfächern hervor.

«Oh.» Herb stapelte seine Post ordentlich und machte ein Gummiband darum. «Wieder Nährstoff für die Gerüchteküche.»

«Nun, irgend jemand muß tausend Dollar auf das fünfte Rennen gesetzt haben.» Susan, das Kinn vorgeschoben, gab nicht so leicht auf.

Market beugte sich über den Tresen. «Ihr wißt, wie so was läuft. Als nächstes werdet ihr hören, daß die Leiche verschwunden ist.»

13

Fair stand in der Tür und sah so ernst aus wie ein Herzinfarkt. Normalerweise hätte Harry mit ihm geschimpft, weil sie es überhaupt nicht mochte, wenn er bei ihr hereinschneite, ohne vorher anzurufen. Manchmal vergaß er, daß sie nicht mehr verheiratet waren, eine interessante Wendung, denn als sie verheiratet waren, hatte er auch das manchmal vergessen.

Als sie seine blassen Lippen sah, blieb ihr der Protest im Halse stecken.

«Daddy!» Tucker huschte herbei, um Fair mit Liebe zu überschütten.

«Schleimscheißerin.» Mrs. Murphy kehrte ihm den Rücken zu, und ihre Schwanzspitze zuckte. Sie hatte Fair gern, aber nicht so sehr, daß sie sich zum Narren machte, indem sie zu seiner Begrüßung eilte. Auch fühlte Murphy, die selbst einst unter einem Schwerenöter von Gatten zu leiden gehabt hatte, dem hübschen schwarzweißen Paddy, von ganzem Herzen mit Harry.

«Mach die Tür zu, Fair. Es ist kalt.»

«Das kann man wohl sagen.» Er schloß leise die Tür hinter sich, zog sein dickes grünkariertes Arbeitshemd aus und hängte es an einen Haken bei der Tür.

«Bei mir gibt's heute abend nur Käse und Cracker, weil ich seit Wochen nicht im Supermarkt war. Du kannst gern was abhaben.»

«Kein Appetit. Hast du 'n Bier?»

«Klar.» Sie holte eine kalte Flasche Sol aus dem Kühlschrank, öffnete sie, nahm ein Henkelglas und gab es ihm, worauf er ins Wohnzimmer ging. Er ließ sich in den prall gepolsterten Sessel fallen, ein Überbleibsel aus den vierziger Jahren. Harrys Mutter hatte ihn bei einem Ramschverkauf erstanden. Er war so oft neu bezogen worden, daß von dem ursprünglichen Muster, goldene Sterne auf schiefergrauem Grund, nur an den Ecken noch Reste übrig waren, wo die Polsternägel vereinzelte Originalfäden festhielten. Das letzte Mal war der Bezug vor sieben Jahren erneuert worden. Mrs. Murphy hatte mit ihren Krallen das Holz unter dem Stoff freigelegt, weshalb man auch die Polsternägel sehen konnte. Die stete Ausübung ihres kätzischen Zerstörungswillens zwang Harry, den Sessel mit einem Überwurf zu bedecken. Nachdem sie sich daran gewöhnt hatte, gefiel ihr die dunkelgrüne, gold eingefaßte Decke ganz gut, die einst dazu gedient hatte, bei bitterer Kälte die Hinterhand von Pferden warm zu halten.

«Was verschafft mir das Vergnügen?»

Fair tat einen langen Zug aus der Flasche. «Man ermittelt gegen mich –»

«Wegen der Ermordung von Nigel Danforth?» platzte Harry heraus.

«Nein – wegen Pferdedoping. Mickey Townsend ist zu

Mim gefahren, um es ihr zu sagen, und Mim hat es mir gesagt, und natürlich hat Colbert Mason vom Verband es bestätigt. Er hat freundlicherweise gesagt, daß niemand es glaubte, aber er müsse der Sache pro forma nachgehen.»

«Hat dich jemand formell beschuldigt?»

«Noch nicht.»

«Das ist ja totaler Hirnriß!»

«Ganz meine Meinung.» Die tiefen Falten um seine hellen Augen unterstrichen seine männliche Erscheinung. Er rieb sich die Stirn. «Wer mag so was nur tun?»

«Wer immer dir sagt, daß er es nie tun würde», bemerkte Harry. «Wer hat etwas davon, dir das anzutun? Ein anderer Tierarzt?»

«Harry, du kennst die anderen Pferdeärzte so gut wie ich. Keiner von ihnen würde so tief sinken. Außerdem arbeiten wir zusammen.»

Murphy schleppte ihre kleine Spielmaus herein, die mit Kaninchenfell bezogen war, eine von ihren Lieblingsspielsachen. Sie hoffte, Harry dazu verleiten zu können, sie zu werfen, damit sie ihr nachjagen konnte. Sie sprang auf die Armlehne des Sessels und ließ die Maus in Harrys Schoß fallen.

«Murphy, geh, fang dir eine richtige.»

«Ich hab dieses Haus von Mäusen befreit. Ich bin die Mäusefängermeisterin», prahlte sie.

«Ha!» Tucker zwängte sich auf Harrys Fuß.

«Du könntest ja nicht mal 'ne Maus fangen, wenn dein Leben davon abhinge.»

«Und du könntest keine Kühe hüten, wenn dein Leben davon abhinge. So, da hast du's.»

Harry warf die Maus über die Schulter, und die Katze sprang vom Sessel, stürmte durchs Zimmer, schlitterte an der Maus vorbei, weil sie zu spät abgebremst hatte, stieß mit dem Hinterteil gegen die Wand, fuhr herum, zog die Pfoten an und hieb auf die Maus ein.

«Tod dem Geschmeiß!» Sie warf die Maus über ihren Kopf. Sie schlug sie mit ihren Pfoten. Sie warf sie im hohen Bogen in die Luft und fing sie im Herunterfallen.

«Möchtest du nicht einmal auch so sein?» Harry bewunderte Mrs. Murphys hemmungslose Wildheit.

«Freiheit.» Fair lachte, als die Tigerkatze, die Spielmaus im Maul, über die Corgihündin sprang.

«Ich hasse es, wenn du das machst», knurrte Tucker.

Mrs. Murphy sagte nichts, weil sie ihre Maus nicht fallen lassen wollte, deshalb machte sie kehrt und übersprang Tucker von der anderen Seite. Tucker legte sich flach auf den Teppich, die Ohren angelegt.

«Angeberin.»

Die Katze achtete nicht auf sie, sondern raste ins Schlafzimmer, um die Maus hinter den Kissen verstecken und dann darunterkriechen zu können, um den Feind aufs neue zu vernichten.

Harry kam auf das Thema zurück. «Erinnerst du dich an die Bücher über Kriegsphilosophie, die du früher gelesen hast? Eines war *Die Kunst des Krieges* von Sunzi. Eine Passage darin lautet ‹Feuer auf der Ostseite, Angriff vom Westen›. Vielleicht wird so was mit dir gespielt.»

«Du hast diese Bücher genauer gelesen als ich.»

«Von Clausewitz fand ich am besten.» Sie setzte sich in den Schneidersitz. «Niemand, der dich kennt, niemand, der dich bei der Arbeit an einem Pferd beobachtet hat, kann jemals glauben, daß du Pferden aus Gewinnsucht Medikamente gibst. Weil diese Beschwerde aus Rennbahnkreisen kommt, muß sie sich nicht unbedingt auf den Mord beziehen, aber es

lenkt die Leute schon auf eine falsche Spur, läßt sie den Blick sozusagen nach Osten wenden.»

«Ja – man wird Zeit mit mir verschwenden», murmelte er.

«Wie gesagt, ‹Feuer auf der Ostseite, Angriff vom Westen›.» Sie hielt inne. «Hast du Nigel gekannt?»

«Er hat nicht viel geredet, wir haben uns meist bloß zugenickt.» Er schwenkte sein Bein über eine Armlehne des Sessels. «Möchtest du ins Kino gehen?»

«Nee. Ich streiche heute abend das Badezimmer. Ich kann es keine Minute länger ertragen.»

«Du arbeitest zuviel.»

«Das mußt du gerade sagen.»

«Kommt denn keiner hier rein und spielt mit mir?» rief Murphy aus dem Schlafzimmer und warf um der theatralischen Wirkung willen ein Kissen auf den Fußboden.

«Sie ist heute abend sehr gesprächig.» Fair trank sein Bier aus. «Bring mir dein Mäuschen.»

Zu beobachten, wie ein fast 1,95 Meter großes Kraftpaket von einem Mann eine Katze bittet, ihm ihr Mäuschen zu bringen, mutete Harry keineswegs seltsam an. Sie und Fair waren beide so auf Tiere eingestellt, daß das Sprechen mit ihnen so natürlich war wie das Sprechen mit Menschen. Im allgemeinen führte es zu besseren Resultaten.

Murphy kam aus dem Schlafzimmer geschossen, die Maus wieder im Maul, und ließ das kleine graue Spielzeug auf Fairs Stiefel fallen.

«So eine *kostbare* Maus. Murphy, du bist eine große Jägerin. Du mußt unbedingt auf Safari gehen.» Er warf die Maus in die Küche, und Murphy raste davon.

«Du verwöhnst sie.» Tucker ließ den Kopf auf die Pfoten sinken.

«Miranda und ich wollten eigentlich in der Mittagspause

zu Mim, um uns umzuhorchen wegen des Gerüchts, daß Nigel im sechsten Rennen – oder war es das fünfte? – gegen sich selbst gewettet hat.» Sie zuckte die Achseln. «Allerdings, über Linda Forloines kursierte dasselbe Gerücht.»

«Die tausend Dollar?»

«Nehme an, es hat sich rumgesprochen.»

«Ja. Warum seid ihr nicht hingegangen?»

«Larry hat uns erst spät abgelöst. Miranda bekam einen Anruf von ihrer Kirchengruppe, irgendwelche Probleme mit dem Liederfestival, und da bin ich in die Pizzeria gegangen. Es ist sinnlos, Gerüchten hinterherzulaufen, und deswegen kann ich nicht glauben, daß Colbert Mason sich mit dem, was dich betrifft, überhaupt abgibt. Na ja, ich nehme an, er muß der Sache nachgehen.»

«Du hast die Menschen immer besser verstanden als ich. Ich bin nicht bloß Tierarzt, weil ich Tiere liebe. Im tiefsten Innern mag ich die Menschen wohl nicht besonders – oder vielleicht mag ich nur ein paar Auserwählte wie dich.»

«Fang nicht schon wieder damit an», erwiderte Harry rasch.

«Mom, sei nicht so streng mit ihm.» Mrs. Murphy deponierte ihre Maus neben ihrer Futterschüssel.

«Ja, Mom», fiel Tucker ein.

«Ich fang nicht damit an.» Er seufzte. «Du weißt, ich habe bereut. Ich hab's dir gesagt. Ich bin dabei, mich zu ändern. Himmel, vielleicht werde ich sogar erwachsen.»

«Mutter hat immer gesagt, Männer werden nicht erwachsen, sie werden alt. Eigentlich dachte ich, Dad sei ein reifer Mann, aber eine Tochter sieht einen Mann ja nicht so wie eine Ehefrau.»

«Willst du mir damit sagen, ich kann nicht erwachsen werden?»

«Nein.» Sie löste die gekreuzten Beine und beugte sich vor. «Ich kann mit solchen Themen nicht gut umgehen. Im allgemeinen behauptet man, daß Frauen über Gefühle sprechen können und Männer nicht. Ich sehe nicht, daß ich das gut könnte, und ich sehe keinen Grund, es zu lernen. Ich weiß schließlich, was ich fühle. Ob ich das ausdrücken kann oder will, ist meine Sache, oder? Jedenfalls, Gefühle sind wie Quecksilber, rauf, runter, und wenn du das Thermometer zerbrichst, läuft das Zeug raus. Puff.»

«Mary Minor, sei nicht so widerborstig. Ein bißchen Innenschau kann nicht schaden.»

«Nicht schon wieder die Therapieschiene!» Sie hob die Hände.

Er ging nicht auf die Bemerkung ein. «Zuerst wollte ich ja nicht dahin, aber ich hatte mein Leben so durcheinandergebracht, daß mir nur die eine Wahl blieb: hingehen oder einen Pistolenlauf in den Mund stecken.» Er hielt inne. «Eigentlich freu ich mich auf die Sitzungen. Ich nehme an einem Collegekurs teil, und das Thema bin ich. Das bedeutet vermutlich, daß ich selbstsüchtig bin.» Er lächelte gequält.

«Worauf es ankommt, daß es für dich eine –» sie suchte nach dem richtigen Wort – «Bereicherung ist. Du bist offen dafür und hast eine Menge davon. Ich nicht. Ich bin verschlossen. Das ist nicht mein Ding.»

«Was ist dein Ding?»

«Harte Arbeit. Warum fragst du, was du eh schon weißt?»

«Ich wollte es von dir hören.»

«Du hast mich gehört.»

«Harry, es ist in Ordnung, seine Gefühle mitzuteilen.»

«Verdammt noch mal, das weiß ich. Es ist auch in Ordnung, sie nicht mitzuteilen. Wozu ist es gut, Fair? Und wo ist die Grenze zwischen mitteilen und jammern?»

«Jammere ich?»

«Nein.»

Sie saßen und schwiegen. Mrs. Murphy kam hereingetappt, ihre Maus ließ sie bei der Futterschüssel zurück.

«Geh mit ihm ins Kino, Mom», empfahl Tucker.

«Ja», fiel Murphy ein.

«Du weißt, wenn es eine Möglichkeit gibt, wie ich dir bei diesen Ermittlungen helfen kann, dann tu ich's.»

«Ich weiß.» Er saß und wartete darauf, zum Bleiben aufgefordert zu werden, und wußte doch, daß sie ihn nicht bitten würde. Schließlich stand er auf, warf die Bierflasche in den Abfall und nahm sein Hemd vom Haken. «Danke fürs Zuhören.»

Sie ging mit ihm in die Küche. «Es wird sich alles einrenken. Es ist Zeitverschwendung, aber tanz eine Weile nach ihrer Pfeife.»

«Als würde ich für mein Essen singen? Weißt du noch, als ich ganz am Anfang war, wie Mim mich hier und da im Stall arbeiten ließ und mich dann verköstigt hat? Ist schon komisch mit Mim. Sie ist herrisch und snobistisch, aber im Grunde ist sie eine gute Seele. Die meisten Menschen sehen das nur nicht.»

«Ich erinnere mich bloß, daß Little Marilyns erster Mann dir auf den Keks gegangen ist.»

«Dieser Kerl.» Fair schüttelte den Kopf. «Ich war froh, als sie ihn los war, obwohl es bestimmt schwer für sie war. Das ist es immer, wirklich. Bist du froh, mich los zu sein?»

«Einen Tag ja, einen Tag nein.»

«Und heute?»

«Egal.»

Er öffnete die Küchentür und ging. «Tschüs. Danke für das Bier», rief er.

«Ja.» Sie winkte zum Abschied und fühlte im Herzen einen Phantomschmerz gleich dem in einem amputierten Glied.

14

Bazooka, geschmeidig, durchtrainiert und sehr von sich eingenommen, tänzelte seitwärts zurück in den Stall. Addie war mit ihm ziemlich schnell geritten, aber er wäre am liebsten geflogen. Er stand ungern in seiner Box, und er beneidete Mims Jagdpferde, die ein normaleres Leben führten, sich auf den Weiden tummelten und nur nachts in ihre Boxen kamen.

Wie die meisten Rennpferde bekam Bazooka eine Kost mit hohem Proteingehalt und wurde ermutigt, während des Rennens gleichsam in die Luft zu gehen. Die meiste Zeit wollte er am liebsten zu Hause in die Luft gehen. Er wußte, daß er siegen konnte, sofern es keinen Unfall gab oder er nicht von einem hinterlistigen gegnerischen Jockey eingezwängt wurde. Er wollte siegen, um sich mit Ruhm zu bedecken. Bazookas Ego entsprach seiner Größe: enorm. Anders als die meisten Hindernispferde wußte er auch, daß er am Ende seiner Wettrenntage nicht verkauft würde. Mim würde ihn bei der Fuchsjagd einsetzen, ihn höchstwahrscheinlich selbst reiten, denn Mim war eine gute Reiterin.

Daß Mim besser reiten konnte als ihre Tochter, verschärfte nur Little Marilyns lebenslangen Groll. Gelegentlich durchbrachen Anwandlungen töchterlicher Ergebenheit das Verhalten der jüngeren Mim.

Mutter und Tochter sahen zu, als Bazooka stolz an ihnen vorbeitänzelte.

«Er ist heute gut drauf», rief Addie ihnen zu.

Mim grinste. «Er hat den Adlerblick.»

«Ich bin schön», prahlte Bazooka.

«Mom, ich wußte gar nicht, daß Harry vorbeikommt.» Little Marilyn war mit Mary Minor Haristeen aufgewachsen, doch wenn sie auch nicht sagen konnte, daß sie Harry nicht mochte, so konnte sie auch nicht sagen, daß sie sie mochte. Mit Persönlichkeiten war es wie mit Farben: Entweder sie harmonierten, oder sie harmonierten nicht. Diese beiden harmonierten nicht.

Mim dagegen fiel es leicht, sich mit Harry zu unterhalten, obwohl sie den mangelnden Ehrgeiz der jungen Frau beklagte.

Der supermanblaue Ford-Transporter tuckerte auf den Parkplatz hinter dem Stall. Tucker und Mrs. Murphy erschienen eher als Harry. Sie sagten guten Tag und liefen dann in den Stall. Harry trat zu Big Mim und Little Mim, die sie gelegentlich, wenn Harry in giftiger Stimmung war, auch Mini Mim nannte.

«Was haben Sie da?» fragte Mim, die bemerkte, daß Harry eine kleine Schachtel trug.

«Die Etiketten für die Einladungen zum Wildessen. Little Marilyn wollte die Einladungen drucken lassen.»

«Haben Sie die auf einem regierungseigenen Computer geschrieben?» Mim verschränkte die Arme.

«Ah – ja. Sind Sie nicht froh, daß Ihre Steuern für etwas Produktives verwendet wurden?»

Little Mim riß Harry die Schachtel aus den Händen. «Danke.»

«Wie sehen die Einladungen aus?» fragte Harry.

Little Marilyn blinzelte Harry an, was ihr hübsch geschminktes Gesicht verzerrte. «Hab sie noch nicht abgeholt.» Was soviel hieß wie: Sie hatte vergessen, sie in Auftrag zu geben, und die Etiketten sagten ihr, sie solle sich sputen. «Ich glaube, ich mach das jetzt gleich. Brauchst du was aus Charlottesville, Mum?»

«Nein. Ich habe deinem Vater meine Liste mitgegeben.»

«War nett, dich zu sehen, Harry.» Die tadellos gekleidete junge Marilyn spurtete zu ihrem Range Rover.

Es hätte keinen Sinn gehabt, sie zu kritisieren. Sie wußten beide, daß sie ihrer Aufgabe nicht nachgekommen war, doch unter Druck würde sie es tun. Ebenso sinnlos wäre es, das nun untereinander zu diskutieren.

Harry ging mit Mim in ihre wunderschön getäfelte Sattelkammer. Die Luft war schneidend, obwohl die Sonne hoch am Himmel stand.

«Wo ist Chark?»

«Am anderen Ende vom Stall. Er trainiert die letzten Pferde. Will alle vor elf Uhr bewegt haben, sagt er.»

Harry setzte sich, nachdem Mim auf einen Sitz gewiesen hatte, der mit einem hübschen dunklen Karo bezogen war. Harry hätte ohne weiteres in Mims Sattelkammer leben können, die schöner war als ihr eigenes Wohnzimmer.

«Mim, ich weiß, daß Mickey Townsend hier war, um Sie über die haltlosen Anschuldigungen gegen Fair zu informieren. Fair war gestern abend bei mir. Es ist unerhört» – ihr Gesicht lief rot an –, «daß jemand einen der besten praktizierenden Tierärzte verleumdet. Haben Sie eine Ahnung, wer eine solche Dreckschleuder sein könnte?»

«Nein.» Mim setzte sich Harry gegenüber. «Ich habe heute morgen als erstes Colbert und Arthur angerufen und ihnen gesagt, die Ermittlung soll bloß schnell und still vor sich gehen, sonst würde ich allen die Hölle heiß machen.» Sie hob die Hand, als wolle sie einem Publikum Schweigen gebieten. «Ich habe ihnen außerdem gesagt, daß es Zeitverschwendung ist, wo sie doch viel wichtigere Dinge zu tun haben.»

«Ja, und deswegen bin ich hier. Sie sind eine der einflußreichsten Persönlichkeiten im Verband.» Mim murmelte abwehrend, dabei hörte sie es ausgesprochen gern, und Harry fuhr fort: «Ich war heute morgen bei Ned Tucker. Susan hat ihn aufgeklärt. Er sagte, er würde Fair vertreten, unentgeltlich. Er hat ein Schreiben entworfen, ich habe es hier.»

Während Mim las, runzelte sie die Augenbrauen, dann lächelte sie. «Gut gemacht, Ned.»

Das Schreiben besagte in verschlungenem Juristencode, daß Fair nicht beabsichtige, sich ohne formelle Anklage einer Ermittlung zu unterziehen. Wenn man dies einreißen lasse, dann könne jeder Tierarzt, Trainer und Jockey durch zersetzenden Klatsch lahmgelegt werden. Er verlange, daß sein Ankläger sich melde, daß formell Klage erhoben werde. Sobald dies geschehe, werde er sich verteidigen.

«Was denken Sie? Vielmehr, was denken Sie, was der Nationale Hindernisrennverband denken wird?» Harry nahm den Brief aus Mims ausgestreckter Hand, die heute nur ihren Trauring und ihren Verlobungsdiamanten zur Schau trug, wieder entgegen.

«Ich nehme an, sie werden den Ankläger auf der Stelle festnageln. Aber können Sie Fair dazu bringen, das hier zu unterschreiben? Ich weiß, wie genau er es mit der Ehre nimmt. Neunzehntes Jahrhundert, aber das ist es ja gerade, was ihn zu so einem großartigen Menschen macht.»

«Natürlich kann ich ihn nicht dazu bringen, das zu unterschreiben. Er findet, die Menschen sollen ihre Differenzen auf jede nur mögliche Weise lösen, bevor sie sich an Rechtsanwälte wenden. Er versteht nicht, daß das in Amerika so nicht mehr funktioniert. Kaum sind wir auf der Welt, engagieren wir schon einen Anwalt.»

«Und was machen wir nun?»

«Ah – Mim, ich hatte gehofft, daß Sie Colbert dieses Schreiben faxen würden. Vielleicht schreiben Sie dazu, daß Ned Tucker hiermit zu Ihnen gekommen ist, weil er den Verband nicht noch mehr in Verlegenheit bringen will. Sie wissen, der Mord, Probleme mit dem öffentlichen Ansehen und so weiter. Sie werden Colbert und Arthur auch dringend warnen wollen, damit sie sich eine Antwort zurechtlegen können, sollte sich die Presse hierauf stürzen.» Harry atmete tief durch. Sie hatte nicht gemerkt, wie nervös sie war.

Mim ließ sich auf ihrem Stuhl zurückfallen, ihre lackierten Fingernägel tappten auf die Armstützen. «Harry, Sie sind viel raffinierter, als ich gedacht hatte – natürlich mache ich das.»

«Oh, vielen Dank. Fair wird nichts davon erfahren, wenn Colbert es ihm nicht erzählt.»

«Ich werde in meinem Begleitbrief andeuten, daß das unterzeichnete Schreiben nie ankommen wird, wenn diese Sache umgehend beigelegt werden kann. Fair werde kein gerichtliches Verfahren einleiten.»

Harry strahlte. «Sie sind so clever.»

«Nein – das sind Sie. Und Sie lieben ihn noch immer.»

«Das sagen alle, aber nein, ich liebe ihn nicht mehr», erwiderte Harry schnell. «Ich hab ihn gern, das ist was anderes. Er ist ein Freund und ein guter Mensch, und er hat diese üble Nachrede nicht verdient. Er würde für mich dasselbe tun.»

«Ganz bestimmt.»

Während Mim und Harry über Fair, die Liebe, Jim, Bazooka, Mirandas Kirchenchorveranstaltung zur Spendensammlung für die Kirche zum Heiligen Licht und über Gott und die

Welt redeten, hielten Mrs. Murphy und Tucker ein Schwätzchen mit der Stallkatze, einem kräftigen, großen rötlichbraunen Kater namens Rodger Dodger. Seine schildpattfarbene Freundin Pusskin schlief auf dem Heuboden, erschöpft, weil sie am morgen ein Streifenhörnchen gejagt hatte.

Bazooka, der in der Waschbox abgerieben wurde, lauschte, enttäuscht, weil die anderen Tiere nicht über ihn sprachen.

«Wie steht's mit der Jagd?» fragte Rodger Dodger Mrs. Murphy.

«Gut.»

Tucker kicherte. *«O ja, sie erlegt jeden Abend ihre Spielmaus.»*

«Halt's Maul. Ich leiste meinen Beitrag an Mäusen und Maulwürfen.»

«Nicht zu vergessen den Blauhäher. Da ist Mom total ausgeflippt», höhnte Tucker schadenfroh.

«Ich konnte den Blauhäher nicht ausstehen.»

«Ich kann die auch nicht ausstehen», pflichtete Rodger ihr ernst bei. *«Die stoßen senkrecht auf dich herunter und picken dich. Dann heben sie ab und segeln davon. Ich würde jeden einzelnen töten, wenn ich könnte.»*

«Was tut sich hier?» lenkte Tucker vom Thema Erlegen von Nagetieren und Vögeln ab. Ja, wenn sie darüber reden wollten, wie man Rinder oder Schafe hütete, dann könnte sie viele Geschichten beisteuern.

Rodger ließ seine Schnurrhaare nach vorn schnellen und trat nahe an die Tigerkatze und die Corgihündin heran. *«Gestern abend hat jemand Orion aus seiner Box geholt, ihn auf die Querschwelle gebracht und in der Box herumgegraben, aber er wurde gestört. Wer immer es war, hat das Loch wieder zugedeckt und Orion in die Box zurückgebracht.»*

«Kannst du in der Box was riechen?»

«Erde.» Rodger Dodger setzte sich auf sein Hinterteil.

«Sehen wir uns das mal an.» Mrs. Murphy flitzte den Gang entlang. Da Orion ein Jagdpferd war, tummelte er sich draußen auf einem Feld. Die Tiere konnten in seine Box gehen.

Tucker hielt die Nase an die Erde. Die Katzen scharrten mit den Pfoten die Holzspäne fort. Die Erde war tatsächlich frisch umgegraben.

Mrs. Murphy untersuchte vorsichtig die anderen Ecken der Box. Nichts.

Rodger beobachtete Tucker. *«Kann man nicht draus schlau werden, oder?»*

«Ich weiß nicht.» Sie hob den Kopf, atmete frische Luft ein, hielt die Nase dann wieder über die geglättete Stelle. *«Wenn wir jemanden dazu bewegen könnten, hier zu graben, finde ich womöglich was. Wenn etwas entfernt wurde, würde ich es riechen.»* Sie schnupperte. *«Im Moment ist tote Hose.»*

Die drei Tiere setzten sich in der Box nieder.

«Weißt du, wer es war?» fragte Tucker.

«Nein, ich war letzte Nacht draußen im Geräteschuppen. Reiche Beute. Als Orion es heute morgen auf seinem Weg nach draußen erwähnte, war ich zu groggy, um ihn auszuquetschen.»

«Gehen wir Orion fragen.» Mrs. Murphy verließ die Box just in dem Moment, als Bazooka von Chark Valiant in seine Box gebracht wurde.

«Ihr braucht Orion nicht zu fragen», sagte der Stahlgraue zu ihnen. *«Ich hab gesehen, wer's war. Coty Lamont.»*

«Coty Lamont!» rief Mrs. Murphy aus. Rodger sprang auf die Sattelkiste vor Bazookas Box und stellte sich auf die Hinterbeine, um mit dem Pferd zu plaudern. *«Bazooka, warum war er hier?»*

«Das hat er nicht gesagt», erwiderte Bazooka spöttisch. *«Aber Mickey Townsend kam auf Zehenspitzen rein und schloß die Boxentür, als Coty drin war. Coty wollte raus, aber Mickey hat*

ihn nicht gelassen. Er hat ihm gesagt, er soll's wieder zudecken und mit ihm kommen.»

«Der alte Kotex haßt Mickey.» Mrs. Murphy benutzte Cotys Spitznamen. *«Charles Valiant übrigens auch.»*

«Wetten, Coty ist nicht mitgegangen», sagte Tucker.

«Oh, ist er wohl.» Bazooka genoß die Geschichte. *«Mickey hat eine Pistole auf ihn gerichtet und ihm gesagt, er muß mitgehen.»*

«Und er ist mitgegangen?» Tuckers glänzende Augen weiteten sich.

«Klar doch. Hört mal, ich weiß nicht, wie er hierhergekommen ist. Mickey ist einfach in den Stall geschlichen», fügte Bazooka hinzu. *«Jedenfalls, Mickey hat ihm gesagt, er soll die Hände hinter den Kopf nehmen. Er hat den Riegel von der Box zurückgeschoben, und Coty ist vor ihm hergegangen.»*

«Mann, ist das unheimlich.» Rodger Dodger kratzte sich die Flanke mit dem Hinterbein.

Es war mehr als unheimlich, denn an diesem Abend wurde Coty Lamont, der beste Hindernisjockey seiner Generation, auf einer Lehmstraße im Osten von Albemarle County nicht weit von der Route 22 gefunden. Man hatte ihn auf die offene Ladefläche seines Ford-350-Lieferwagens gelegt, der in seiner Lieblingsfarbe lackiert war, metallic Kastanienbraun. Die Pikdame lag auf seinem Herzen, das von einem Stilett durchbohrt war.

15

Rick Shaw verlor Feuerzeuge, wie kleine Kinder Handschuhe verlieren. Deshalb benutzte er Wegwerffeuerzeuge.

Während er ein durchsichtiges limonengrünes Feuerzeug aus seiner Manteltasche zog, betrachtete er den Leichnam in dem Lieferwagen.

Cynthia Cooper kritzelte etwas in ihr Notizbuch, wurde schwach und zündete sich auch eine Zigarette an.

Die Ambulanzmannschaft wartete in einigem Abstand. Kenny Wheeler jr., der die Leiche entdeckt hatte, blieb beim Sheriff und seiner Stellvertreterin.

«Kenny, Sie haben mir das alles schon erzählt, aber wiederholen Sie es bitte noch einmal, weil ich es in die richtige Reihenfolge bringen muß», bat Rick den großgewachsenen jungen Mann mit der tiefen Stimme.

«Ich hab einen Zaun überprüft. Hatte es etwas eilig, weil ich nur noch wenig Licht hatte und im Rückstand war, Sie verstehen.» Er sah auf seine Stiefel hinunter. «Die alte Straße liegt eigentlich auf dem Grundstück meines Nachbarn, aber ich darf sie mitbenutzen, und da dachte ich, ich schwenke da durch, um auf die hinteren Felder zu kommen. Spart mir ein paar Minuten. Jedenfalls, ich hab diesen Lieferwagen gesehen. Kam mir bekannt vor. Und wie ich näher ranfuhr, sah ich ihn» – er wies auf den Leichnam – «auf der Ladefläche. Ich dachte, der Kerl ist vielleicht eingeschlafen oder so was – das heißt, bis ich näher kam. Na ja, da hab ich angehalten, bin ausgestiegen, hab über die Seite geguckt. Und da wußte ich, der Mann war tot, toter als mausetot, und ich weiß nicht, warum ich ‹He› gerufen habe. Ich bin eine Minute da gestanden, dann hab ich mich auf die Socken gemacht, hab erst Sie angerufen, dann Mom und Dad. Ich hab den Lieferwagen beschrieben. Sie kannten ihn nicht. Dad wollte sofort herkommen, aber ich hab ihm gesagt, er soll bleiben, wo er ist. Besser, ich bin der einzige, der damit zu tun hat.

Dad hat das gar nicht gepaßt. Er ist ein praktischer Mensch, Sie kennen ihn ja, aber ich hab gesagt: ‹Dad, wenn du hierherkommst, dann gerätst du in die Mühle mit Protokoll und Papierkram und so, und du hast genug zu tun. Ich hab ihn gefunden, also kümmer ich mich drum.› Da hat er dann schließlich okay gesagt, und hier bin ich.»

Cynthia klappte ihr Notizbuch zu. «Rick, brauchen Sie Kenny noch?»

«Ja, warten Sie.» Rick hatte sich Handschuhe übergestreift und zog die Zulassung heraus. «Der Wagen ist auf Coty Lamont zugelassen. Sagt Ihnen der Name was?» Rick lehnte sich an die offene Tür des Lieferwagens.

«Coty Lamont.» Kenny runzelte die Stirn. «Ein Jockey. Ich bin ziemlich sicher, daß ich den Namen schon mal gehört hab. Wir haben mit Rennen nichts am Hut, aber ... der Name kommt mir bekannt vor.»

«Danke, Kenny. Sie waren eine enorme Hilfe. Gehen Sie nach Hause. Ich rufe Sie an, wenn ich Sie brauche. Grüßen Sie Mom und Dad von mir. Ihre Frau auch.» Rick klopfte ihm auf den Rücken.

Als Kenny seinen Transporter wendete und losfuhr, warf Rick noch einen Blick auf die Ladefläche des Lieferwagens. «Irgendwas aufgefallen?»

«Ja, er wurde zusätzlich in den Rücken geschossen. Hat sich vermutlich gewehrt», antwortete Cynthia.

«Ah-ha. Sonst noch was?»

«So ziemlich derselbe Modus operandi wie beim letzten.»

«Die Karte, Cynthia, gucken Sie sich die Karte an.»

«Pikdame.» Sie stieß einen Pfiff aus. «Eine Menge Blut drauf.»

«Pik, Coop – die andere Karte war Kreuz.»

Cynthia rieb sich die Hände an ihren Oberarmen. Die untergehende Sonne über der südwestlichen Gebirgskette und die Abendluft fuhren ihr in Mark und Bein. «Kreuz, Pik – denken Sie, was ich denke?»

«Fehlen noch Karo und Herz.»

16

Die Glut seiner Zigarette schien in der sternenlosen Nacht durch Ricks Hand. Er hielt sie gewölbt, um den Wind abzuhalten, während er sich auf der Geländestrecke von Montpelier über die Barriere lehnte.

Barry McMullen, der den Stall am Renngeläuf gemietet hatte, zog die Schultern zusammen, um sich vor dem beißenden Wind zu schützen, und schlug seinen Kragen hoch.

«An diesem Tausend-Dollar-Gerücht ist nichts dran.» Barry schob entschlossen das Kinn vor. «Ich habe Coty Lamont gekannt, seit er als Stallbursche bei Mickey Townsend angefangen hat. Dann bekam er seinen ersten Ritt auf einem von Arthur Tetricks Pferden, damals, als Arthur zwanzig Pferde im Training hatte. Ich glaube einfach nicht, daß Coty sich an einem Zockerkreis beteiligt hat, und ich weiß, er hätte nie absichtlich ein Rennen verloren.»

«Auch nicht für ein paar hunderttausend Dollar?»

Barry dachte darüber nach. «Kein Jockey, der absichtlich ein Rennen verliert – und das ist beim Hindernisrennen verdammt leicht hinzukriegen –, würde so viel Geld bekommen. Die Einsätze sind erheblich niedriger als beim Flachrennen, erheblich niedriger.»

«Wieviel?»

«Vielleicht fünftausend. Maximal.»

«Dann reden wir also über Summen, nicht über Charakter.»

Barry brummte: «Legen Sie mir keine Worte in den Mund. Coty Lamonts Ego war dreimal so groß wie er selbst. Er war der Beste, mußte der Beste sein, mußte der Beste bleiben. Er hätte kein Rennen absichtlich verloren. Ich glaube, dieser Wettverdacht ist unbegründet – bei ihm. Ich hab nicht den leisesten Schimmer, was mit dem anderen Typ war, der ermordet wurde. Diesem Nigel.»

«Wir auch nicht.» Rick fühlte heiße Asche in seiner Hand. Er kippte sie halb, ließ die Glut auf die kalte Erde fallen und trat sie mit dem Fuß aus.

«Angenehmer Bursche. Wollte gern hier reiten. Hatte ein gutes Händchen für Pferde, aber ich hatte keinen Platz für ihn.» Er wickelte seinen Schal enger um den Hals. «Gibt es einen Grund, weshalb wir hier draußen in der Kälte stehen, Rick?»

«Ja. Im Moment traue ich niemandem in irgendeinem Stall.»

Barrys hellbraune Augen weiteten sich. «Meinem Stall?»

«Jedem Stall. Wenn Sie meine Fragen weitererzählen, kann ich nicht viel machen. Schließlich stehe ich im öffentlichen Dienst, und meine Ermittlungen sind nicht verdeckt, aber sie müssen auch nicht überall verbreitet werden. Ich möchte nicht, daß jemand lauscht, während er eine Box ausmistet oder Heu herunterwirft.» Er schüttelte den Kopf. «Ich habe ein mieses Gefühl bei dieser Sache.»

Barry straffte das Kinn. «Herrgott, was glauben Sie, was hier vorgeht?»

«Wie wäre es mit einem Syndikat, das Käufer mit hochwertigen Pferden ködert und diese zu hohen Preisen verkauft, sie dann mit billigen, ähnlich aussehenden vertauscht und die teuren Pferde für sich behält, um Rennen zu gewinnen oder sie abermals zu verkaufen? Möglich?»

«Früher, ja. Heute, nein. Jeder Vollblüter ist an der Lippe tätowiert –»

Rick unterbrach ihn. «Man könnte die Tätowierung kopieren.»

Barry erwiderte langsam: «Schwierig, aber möglich. Bloß, warum sich die Mühe machen? Heutzutage haben wir DNA-Tests. Der Jockey Club verlangt eine Blutprobe, bevor er ein Fohlen registriert, und er verlangt auch eine Probe von der Stute. Das System ist neunundneunzig Komma neunundneunzig Prozent idiotensicher.»

«Nicht wenn ein Eingeweihter die Blutproben austauscht.»

Das haute Barry um. «Wie kommen Sie bloß auf solche Ideen?»

«Ich habe tagein, tagaus mit Schuften, Verkehrssündern, Hausdrachen, Dieben und Schwerverbrechern zu tun. Wenn ich nicht denke wie sie, kann ich sie nicht schnappen.» Die tiefen Falten um Ricks Mund verliehen seiner schroffen Erscheinung Autorität. «Das Ding müßte von Insidern gedreht werden. Das heißt, der Verkäufer, der Tierarzt, möglicherweise ein Jockey oder ein Stallbursche und vielleicht sogar jemand vom Jockey Club müßten beteiligt sein.»

«Nicht der Jockey Club.» Barry schüttelte heftig den Kopf. «Niemals. Wir reden von *Mecca*. Sheriff, ich leg meine Hand dafür ins Feuer, daß niemand im Jockey Club diese Institution entweihen würde, nicht mal für einen großen Geldbetrag, und ich meine, ich bin gar nicht immer mit denen einverstanden. Ich finde sie manchmal rückständig, aber ich vertraue ihnen, das heißt, ich vertraue ihrem Engagement für Rassepferde.»

«Hoffentlich haben Sie recht. Wenn mein Verdacht vom Ködern und Vertauschen nicht stimmt, weiß ich auch nicht weiter. Zwei Jockeys sind innerhalb von sieben Tagen ermordet worden. Sofern wir hier nicht von einem bizarren Sexclub oder von aufgebrachten Ehemännern sprechen, tippe ich stark auf Wetten oder Pferdehandel.»

«Sie sollten den Glimmstengel wohl besser ausdrücken, Sheriff Rick.» Barry deutete lächelnd auf Ricks Hand.

In dem Moment verbrannte die Zigarette ihm die Handfläche; Rick wedelte mit den Händen und ließ den Stummel fallen. Die heiße Glut brannte im absterbenden Gras. Rick trat sie rasch aus. «Danke. War so vertieft, daß ich das verdammte Ding in meiner Hand ganz vergessen habe.»

«Die Dinger bringen Sie noch um.»

Rick grinste boshaft. «Besser die als ein Stilett. An irgendwas muß ich ja schließlich sterben.» Er verschwieg, daß er schon dreimal versucht hatte, aufzuhören, und der Arbeitsstress ihn jedesmal wieder auf das beruhigende Nikotin zurückgreifen ließ. «Wissen Sie, was Nigel in diesem Stall gemacht hat?» Er nickte zu dem imposanten Stall hinüber, der parallel zur Geländebahn lag.

«Sattelzeug holen. Ich glaube, das hat er gemacht. Manche Jockeys haben ihr Zeug hier verstaut, fernab der Menge.»

«Wo waren Sie unmittelbar nach dem Rennen?»

«Hab mich auf Cindy Chandlers Parkplatz-Party amüsiert.»

«Und danach?»

Er schob die Hände in die Taschen. «Arthur Tetrick getroffen und ihn auf seinem Weg zum großen Haus begleitet. Wir haben überlegt, ob Arthur ein vierjähriges Pferd kaufen soll, das ich in Upperville gesehen hab. Arthur will wieder ins Geschäft einsteigen. Wir sind bis zum Tor gegangen. Dort hab ich ihn verlassen und bin einen letzten Wohnwagen überprüfen gegangen, der von den hinteren Ställen wegfuhr, nicht von meinem.» Er wies nordöstlich seines Stalles, wo sich die kleineren Ställe befanden, weit außer Sicht. «Und da hat einer von Frank Yanceys Leuten mich gerufen. War schon ziemlich dunkel.»

«Wundern Sie sich nicht, wenn Frank Ihnen genau dieselben Fragen stellt wie ich. Ich habe natürlich mit ihm gesprochen.»

Barry, kein gebürtiger Virginier, lebte schon seit Anfang der siebziger Jahre in Orange County. Er kannte Sheriff Yancey gut. «Frank ist ein prima Kerl. Nicht furchtbar schlau, aber ein prima Kerl. Ich bin froh, daß Sie jetzt an der Sache dran sind.»

Rick konnte einen anderen Gesetzeshüter nicht verunglimpfen. «Frank ist vielleicht schlauer, als Sie denken. Verstehen Sie, Barry, es kommt nicht darauf an, was er weiß, sondern wen er kennt. Ich nehme Mickey Townsend morgen in die Mangel.» Er sprach das Wort genüßlich aus. «Vielleicht kann er mir etwas erzählen. Kommen Sie mit ihm aus?»

«Ja.»

Rick sah zum Streifenwagen hinüber. «Oh, noch etwas. Spielt jemand in diesem Klüngel Karten, bei den Rennleuten? Ich meine nicht ein freundschaftliches Spiel hier und da, sondern passionierte Kartenspieler?»

«Himmel, Mickey Townsend würde morden für einen Straight.»

17

Dr. Stephen D'Angelo, ein Lungenchirurg, ritt zum Stall. Er war stilvoll bekleidet mit Jagdstiefeln, brauner Reithose, weißem Hemd und legerem Tweedrock.

Linda Forloines ritt neben ihm. «Sie nimmt jedes Hindernis, ohne zu zögern.»

«Wo, sagten Sie, hat dieses Pferd gejagt?»

«Middleburg, Piedmont und Oak Ridge.»

Er klopfte seinem Pferd den Hals. «Wieviel?»

«Nun, sie verlangen zwanzigtausend Dollar. Aber gehen wir doch mal hin. Wenn Sie sie reiten und sie Ihnen gefällt, ich wette, daß ich den Preis drücken kann.»

«Okay. Treffen Sie eine Verabredung für Donnerstag nachmittag.» Er hielt vor der Stalltür an, saß ab und reichte Linda, die zuerst abgestiegen war, die Zügel.

Da Zeit für ihn Geld war, plante er seine Ritte jeden Tag zur exakt gleichen Zeit. Dann fuhr er ins Krankenhaus und zog sich dort um.

Als er aus New Jersey hierhergezogen war, hatte er sich geschworen, sich zur Ruhe zu setzen, doch die Kunde von einem guten Arzt spricht sich herum. Ehe er sich's versah, praktizierte er wieder und operierte an zwei Vormittagen im Krankenhaus.

Wie die meisten vielbeschäftigten Leute, die unter Hochdruck stehen, mußte er den Menschen um ihn herum vertrauen. Linda hielt den Stall sauber und die Pferde in Bewegung. Er konnte nicht ahnen, daß sie sich hinter seinem Rükken über ihn lustig machte.

Sie spottete über seine Reitkünste und nannte sie «todesmutig». Sie stöhnte über seinen Pferdeanhänger; sie wollte einen viel teureren. Sie lobte ihren Beitrag zu seiner Farm vor allen und jedem, obgleich sie die Hand biß, die sie fütterte.

Sobald die Pferde abgesattelt und abgerieben waren, wollte sie ihre Freundin in Middleburg anrufen, die das Pferd, für das sich Dr. D'Angelo interessierte, für jemand anderen verkaufte. Das Pferd war 7500 Dollar wert. Wenn die Stute Dr. D'Angelo gefiel, wollte Linda ihre Freundin «beknien», damit sie ihre Kundin bat, mit dem Preis herunterzugehen. Sie würden sich bei 15000 Dollar entgegenkommen. Die Besitzerin des Pferdes würde tatsächlich 7500 Dollar bekommen. Linda und ihre Freundin wollten sich die zusätzlichen 7500 Dollar teilen und in die Tasche stecken, ohne es jemandem zu erzählen. Die ursprüngliche Besitzerin würde nichts merken, weil sie den Scheck einlösen und sie bar bezahlen würden. So etwas wurde im Pferdegeschäft jeden Tag gemacht, von Leuten, die alles andere als ehrenhaft waren ... und oft Pferde verkauften, die alles andere als gesund waren.

Das Telefon klingelte, als Linda gerade eine irische Decke über eines der Pferde warf.

Das Wandtelefon hing an der Außenmauer.

Sie nahm ab.

«Hallo.»

«Linda», sagte eine tiefe Männerstimme, «Coty Lamont wurde tot auf der Ladefläche seines Lieferwagens gefunden. Ein Messer im Herzen.»

Sie stöhnte. «Was?»

«Du verlierst Kundschaft.» Er lachte. Dann wurde sein Ton kalt. «Ich weiß, daß Sheriff Yancey dich verhört hat.»

Bevor er fortfahren konnte, sagte sie: «He, ich bin nicht blöd. Ich habe kein Wort gesagt.»

Lange Pause. «Bleib dabei. Verbindlichkeiten haben in diesem Geschäft kein langes Leben. Mitternacht. Morgen.»

«Ja. Klar.» Sie hängte ein und stellte zu ihrer Verwunderung fest, daß ihre Hand zitterte.

18

Das fahle Novemberlicht ergoß sich wie Champagner über Mrs. Murphy und ließ das Tiefschwarz ihrer Streifen glänzen. Den Schwanz senkrecht, die Schnurrhaare leicht nach vorn gerichtet, sprang sie über die Felder zu Mims Haus. Neben ihr, und keineswegs glücklich, wabbelte Pewter – *keine* Freiluftfanatikerin. Tee Tucker hielt mühelos Schritt.

Mims Anwesen lag keine fünfzehn Minuten vom Postamt entfernt, wenn man über Gärten und Felder abkürzte.

«Oh, können wir nicht ein Stückchen gehen?»

«Wir sind gleich da.» Murphy drängte vorwärts.

«Ich weiß, daß wir gleich da sind. Ich kann nicht mehr», jammerte die graue Katze.

«Anhalten!» befahl Tucker.

Die zwei Katzen blieben stehen, Pewter atmete schwer. Ein Rascheln im Bartgras warnte sie, daß noch jemand da war. Die Katzen ließen sich auf den Bauch fallen, die Ohren nach vorn gerichtet. Tucker blieb auf der Stelle stehen.

«Wer geht da?» verlangte Tucker zu wissen.

«Die edelste Katze, die je auf Erden wandelte», lautete die kesse Antwort.

«Würg.» Pewter blinzelte. Sie hatte Paddy, Mrs. Murphys Exgatten, nie ausstehen können.

Murphy hob den Kopf. *«Was immer du auf dieser Seite von Crozet zu suchen hast, ich will es nicht wissen.»*

«Und das sollst du auch nicht, meine Liebste.» Er küßte sie auf die Wange. *«Pewter, du siehst schlanker aus.»*

«Lügner.»

«Welch reizende Worte für einen Gentleman, der dir ein Kompliment macht.»

«Was für ein Gentleman?»

«Pewter, sei höflich.» Murphy spielte nur ungern die Friedensstifterin. Sie wußte mit ihrer Zeit besseres anzufangen. *«Kommt jetzt, ihr zwei. Wenn wir bis Schalterschluß zurück sein wollen, müssen wir weiter.»*

«Wohin geht ihr?»

«Mims Stall. Komm mit, und ich gebe dir die nackten Tatsachen.» Mrs. Murphy benutzte einen Ausdruck, den Mrs. Hogendobber gelegentlich verwendete, wenn der braven Frau nach Pikanterie zumute war.

«Laßt uns traben. Ich renne nicht», schmollte Pewter.

«Schon gut, schon gut», willigte Tucker ein, um sie bei Laune zu halten. *«Denk dran, daß wir deinetwegen hier im Einsatz sind.»*

«Es ist nicht meinetwegen, es ist, weil Coty Lamont tot auf einem Lieferwagen gefunden wurde, mit einer Kugel im Rücken und einem Messer im Herzen. Ich habe nichts anderes getan, als diese Nachricht heute morgen zu melden.»

«Wie kommt es, daß Harry es nicht zuerst wußte – oder die ehrwürdige Mrs. Hogendobber?» Paddy witterte einen starken Wildgeruch, der sich im Frost gut hielt.

«Cynthia hat es Harry als zweite erzählt. Sie kam auf einen Kaffee und eins von Mrs. Hogendobbers Gebäckstückchen bei uns vorbei. Heute waren es Arme Ritter und irgendwas Zusammengeklapptes mit Puderzucker. Als nächstes schaute sie beim Postamt –»

Tucker warf ein: *«Sie sagte, sie würden es später in der Zeitung lesen, drum wollte sie ihnen die wahren Tatsachen liefern.»*

«Und dann hab ich mich von euch überreden lassen, hier rauszukommen. Warum, werde ich wohl nie wissen.» Pewter beklagte laut ihre wunden Pfotenballen.

«Weil Coty Lamont sich in der Nacht oder am frühen Morgen, als er ermordet wurde, in Mims Stall geschlichen hat, darum, und weil es keiner weiß außer Rodger Dodger, Pusskin, den Pferden und uns.»

Tucker erklärte es Pewter geduldig noch einmal. Es war, als würde man einem Welpen beibringen, einen Knochen zu verstecken. Wiederholung.

Tucker wußte, daß Pewter durchaus nicht schwer von Begriff war, aber durch Marotten und Gestöhne konnte sie sich in den Mittelpunkt spielen. Außerdem waren ihre Pfotenballen, nicht an schnelles Rennen gewöhnt, wirklich empfindlich.

«Doch, noch ein Mensch weiß Bescheid.» Mrs. Murphy nahm die Kuppeln des Stalles über ihr in Augenschein. *«Cotys Mörder.»*

«Das weiß man nicht», sagte Paddy, worauf er über die Vorgänge informiert wurde, die sich zugetragen hatten, bevor Coty gefunden wurde, die Vorgänge in Mims Stall. Beharrlich sagte er: *«Das hieße Mickey Townsend, da Rodger gesagt hat, er hat sich reingeschlichen und ihn gefunden.»*

«Sicher, sieht ganz so aus, aber ich habe gelernt, keine voreiligen Schlüsse zu ziehen, das geht nicht so schnell wie beim Mäusefangen», erklärte Murphy verschmitzt.

«Tu nicht so überheblich, Murphy. Das kann ich nicht ausstehen.» Pewter schnaufte, als sie durch das große offene Tor eintraten, das weiß gestrichen und dunkelgrün eingefaßt war.

Addie und Chark Valiant stritten sich in der Sattelkammer, die sich in der Mitte des Stalles befand.

«Du mußt dir mal ernsthafte Gedanken ums Geld machen.»

«Schwachsinn», erwiderte Addie trotzig.

Chark hob die Stimme. «Du wirst alles verplempern, Addie –»

Sie unterbrach ihn. «Alles, woran du und Arthur denken, ist Geld. Wenn ich mein Erbe durchbringe, ist das mein Pech.»

«Wir sollten unser Kapital zusammenhalten und investieren. Auf diese Weise vermehrt man sein Geld.»

«Das will ich nicht. Das hab ich nie gewollt. Du nimmst deinen Anteil, und ich nehme meinen.»

«Das ist verrückt!» brüllte er. «Ist dir denn nicht klar, was auf dem Spiel steht?»

«Mir ist klar, daß du vor zwei Jahren mit Arthur Tetrick vor Gericht gegangen bist, um Arthurs Treuhänderschaft zu verlängern.» Ihr Gesicht war gerötet. «Es ist mein Geld. Gott sei Dank hat der Richter die Frist nicht verlängert.»

«Du warst vollgepumpt mit Drogen, Addie. Wir haben versucht, dich *zu beschützen.*»

«Schwachsinn!» Sie schmiß ihren Hut auf den Boden.

Chark versuchte es anders. «Und wenn wir uns einen anderen Berater nehmen?»

«Den lieben Onkel Arthur abservieren?» Das Wort *Onkel* war von Sarkasmus durchtränkt.

«Wenn es dich dazu bringen könnte, unser Geld beisammenzuhalten, ja.»

Es folgte ein Schweigen, das Addie schließlich brach. «Nein. Du und Arthur könnt auf dein Geld aufpassen. Ich passe auf meins auf.»

«Verdammt noch mal, warum bist du so dumm?»

Sie kreischte: «Ich will nicht für den Rest meines Lebens unter deiner Fuchtel stehen!»

«Nein, du wirst bloß unter der Fuchtel des nächstbesten dahergelaufenen Mistkerls stehen, in den du dich verknallst – genau wie Mutter.»

Ein Schlag hallte durch den Stall. «Ich könnte dich umbringen. Es würde mich nicht wundern, wenn *du* Nigel umgebracht hättest.»

«Du hast sie nicht mehr alle!» Chark stürmte aus der Sattelkammer und aus dem Stall.

Die Tiere sahen reglos zu, als Addie aus der Sattelkammer stürzte, ihrem Bruder nachrannte und aus Leibeskräften brüllte: «Ich hasse dich. Verdammt, ich *hasse* dich!»

«Hi», rief Rodger vom Heuboden herunter. *«Achtet nicht auf sie, die streiten sich dauernd wegen Geld.»*

«Hi», rief Pusskin, Rodgers angebetete Freundin, die neben ihm saß.

«Habt ihr schon gehört?» Pewter verbreitete Neuigkeiten liebend gern als erste, Neuigkeiten aller Art.

«Nein.» Rodger kletterte rückwärts von der Leiter, die zum Heuboden führte. Pusskin folgte ihm.

«Coty Lamont wurde gestern abend ermordet aufgefunden», verkündete Pewter atemlos.

«Wie schrecklich.» Pusskin rutschte eine Sprosse hinunter und legte die Hinterpfote auf Rodgers Kopf.

«Deswegen sind wir alle hier, Rodg», sagte Mrs. Murphy. *«Laßt uns in Orions Box gehen.»*

Rodger, dem Paddys Ruf in puncto Katzendamen bekannt war, trat zwischen Pusskin und den gutaussehenden schwarzen Kater mit der weißen Smokingbrust und den weißen Gamaschen an den Pfoten.

Orion stand in seiner Box; denn er sollte heute geschoren werden, was ihm ein Greuel war. Die steifen Barthaare an seiner Nase und seinem Kinn würden mit einer Schermaschine abgeschnitten, wie sie Menschen für einen Bürstenschnitt benutzten. Seine Ohren würden geputzt werden, und am Genick hinter den Ohren würde ihm ein schmaler Pfad rasiert, ein Zaumpfad sozusagen. Die Box war verriegelt.

«Orion, wie geht's dir heute?» rief Rodger ihm von der Sattelkiste zu.

«Was glaubst du wohl? Diese verflixte Addie will mich bremsen, und Chark will Friseursalon spielen.» Eine Bremse, eine sogenannte Nasenbremse, diente dazu, Pferde während der Schönheitskur stillzuhalten. Eine Seilschlinge am Ende eines halben Besenstiels wurde um seine Lippe gewickelt.

«Ich mach dir einen Vorschlag», rief Mrs. Murphy ihm zu.

«Ich höre.» Orion ging hinüber, um die Versammlung auf seiner Sattelkiste zu beäugen. Tucker hatte daneben Platz genommen.

«Ich mach den Riegel auf. Ich denke, wenn wir Katzen gegen die Tür drücken, können wir sie zurückschieben. Also, ich hab nichts dagegen, wenn du abhaust, aber würdest du warten, bis wir mit dem Graben fertig sind?»

Das schöne Pferd blinzelte, die großen braunen Augen voller Neugierde. *«Was ist denn überhaupt in meiner Box? Klar, ich versprech's.»*

Mrs. Murphy, schlank und behende, streckte sich, um an den Riegel der Boxentür zu gelangen. Der Metallbolzen, etwa so breit wie der kleine Finger eines Menschen, aber länger, war in einen Schnäpper geschoben, ein oben abgerundetes Metallstück, so daß es einem Menschen möglich war, den Riegel mit einem Finger zurückzuziehen. Das half auch Mrs. Murphy. Nach vielem Ziehen und Zerren zog sie

den Fingergriff nach unten, dann zog sie mit aller Macht, um den ganzen Riegel zurückzuschieben.

«Du hast es geschafft.» Pewter war voller Bewunderung.

«Und jetzt drücken.» Rodger legte die Pfoten an die Boxentür, direkt unter den X-förmig angebrachten Hölzern, die das untere Türpaneel verstärkten. Paddy legte seine Pfoten ganz unten an die Tür. Pewter setzte ihre Körpermassen ein, und Tucker stieß mit der Nase. In Null Komma nichts schoben sie die Tür zurück, so leise sie konnten.

«Hier drüben.» Rodger flitzte zu der Stelle.

«Entfernen wir die Späne.» Pusskin machte sich ans Werk, und Späne flogen durch die Gegend.

Alle Katzen plus Tucker wurden mit kleinen Spanstückchen beworfen.

«Ich kann nichts riechen», erklärte Orion, *«und ihr wißt, ich habe einen guten Geruchssinn.»*

«Ich kann auch nichts riechen», bekannte Tucker. *«Aber Orion, wenn du mit deinen Vorderhufen die festgestampfte Erde aufscharrst, können wir schneller mit dem Graben anfangen. Vielleicht finden wir was. Bestimmt einen Schatz!»*

«Ein Schatz ist Frischfutter mit Melasse durchtränkt», sagte Orion kichernd, während er Erdklumpen herausriß.

Mrs. Murphy murmelte: *«Zu laut – das bringt die Menschen her.»*

So laut Orion war, er grub schneller eine tiefe Kuhle, als es die vereinten Katzen- und Hundekrallen vermocht hätten. Sie hörten draußen Schritte.

«Ich verzieh mich.» Orion machte kehrt und trabte aus seiner Box, gerade als Addie, deren Zorn verraucht war, am anderen Ende den Stall betrat.

Draußen sprang Orion über den Zaun auf die Weide, wo seine Freunde an einem ausgebreiteten Heuballen kauten.

Zwei weitere Menschen kamen von draußen in die Sattelkammer. Tucker sprang in die kleine Grube.

«Ist da was?» fragte Mrs. Murphy ihre getreue Gefährtin.

«Kannst du Gold riechen?» fragte Pusskin unschuldig.

Pewter verkniff sich eine Bemerkung. Die hübsche Schildpattkatze war ein Dummerchen, aber sie machte Rodger auf seine alten Tage glücklich.

«Ich rieche was. Schwach, ganz schwach. Vielleicht noch einen halben Meter tiefer, vielleicht weniger.»

«Was?» kam es im Chor.

«Hm, ich weiß nicht genau. Ein Säugetier, das schon lange, lange tot ist. Es ist so schwach und staubig, wie Schimmel, wenn die Sonne drauf scheint.»

Ehe die Tiere reagieren konnten, stürmten Addie, Charles und Arthur Tetrick in die offene Box.

«Was zum –?» Addie blieb der Mund offenstehen.

«Dieser verflixte Orion. Er ist einfach zu gerissen.» Chark klopfte sich auf den Schenkel. «Er hat die Schermaschine gehört.»

«Wie ist er rausgekommen?» Addie starrte die Tiere an, es kam ihr nicht in den Sinn, daß sie das Jagdpferd befreit hatten. «Was ist denn hier los, ein Tierkongreß? Mrs. Murphy, Tucker, Pewter, Paddy, Rodger und sogar Pusskin.»

Die Tiere verhielten sich still, und Tucker schlich sich zur Tür.

Arthur nahm das Loch in Augenschein. «Das muß sofort aufgefüllt werden. Es ist nicht gut für ein Pferd, in einer unebenen Box zu stehen. Gar nicht gut.»

«Aber das ist ja das Komische.» Charles nahm seine Baseballkappe ab und fuhr sich mit den Fingern durchs Haar. «Orion scharrt nie Löcher in den Boden.»

Arthur schnaubte. «Doch, jetzt hat er's getan.»

«Du solltest lieber tiefer graben», riet Mrs. Murphy Addie.

«Ja, Adelia, da unten ist was», fügte Rodger hinzu, dem auffiel, daß Addie ihren Bruder und Arthur geflissentlich ignorierte.

«Ich hol die Schaufel und schütte das wieder zu.» Charles verließ die Box.

«Grab weiter!» bellte Tucker.

«Der Hund hat so ein schrilles Kläffen.» Arthur runzelte die Stirn. «Ich konnte kleine Hunde noch nie leiden.»

«Ich konnte mäklige Menschen noch nie leiden», schimpfte Tucker zurück, dann rannte sie aus der Box, gefolgt von den anderen Tieren.

Adelia schimpfte auch, als sie aus der Box ging: «Ihr beiden haltet zusammen wie Pech und Schwefel. Ich geh Mittagessen.»

«Komm schon, Addie», sagte Charles, aber sie ging weiter.

«Rodger und Pusskin, haltet die Augen offen», sagte Mrs. Murphy zu ihnen, als ihre kleine Gruppe den Stall verließ. *«Achtet auf alles. Eine Abweichung im täglichen Ablauf –»*

«Machen wir», versprach Pusskin. *«Aber was die Menschen tun, ist ihre Sache.»*

«Die Neugier war der Katze Tod», pflichtete der große Rotbraune bei.

«Sag das nicht, Rodger. Ich hasse diesen Spruch.» Pusskin zog die Stirn kraus.

«Verzeih, meine Süße.» Er rieb eine Seite seines Gesichts an ihrem.

Pewter unterdrückte ein Lachen.

«Tschüs», riefen sie einander zu.

Während Mrs. Murphy ins Feld eintauchte, sagte Paddy: *«Du bist neugierig.»*

«Tja ...» Die Tigerkatze überlegte einen Moment. *«Es war*

mir ziemlich gleichgültig, bis Coty ermordet wurde und ich herausfand, daß er in der Nacht davor im Stall gewesen war. Ich weiß nicht – schätze, ich bin neugierig.»

«Ich bin hungrig.»

«Noch zehn Minuten», vertröstete Tucker Pewter liebevoll. *«Außer, du willst rennen.»*

«Nein, keinen Meter mehr!»

«Wenn ich nur wüßte, wie ich Mom oder sogar Mim dazu bringen könnte, die Box aufzugraben», dachte Mrs. Murphy laut.

«Sie weiß gerade mal, wann sie eine Dose Futter aufmachen muß.» Tucker liebte Harry, machte sich aber keine Illusionen über ihre geistigen Fähigkeiten.

«Da hast du recht», stimmte Murphy traurig zu.

«Was immer in der Box ist, wird verdammt viel Ärger verursachen», bemerkte Paddy weise. *«Und Orion muß da drauf stehen.»*

«Wenn er es aus bloßer Neugierde wieder aufscharrt, bringen sie ihn entweder in eine andere Box, um zu sehen, ob er es aus Gereiztheit macht, oder sie legen eine Gummimatte in seine Box. Ich bezweifle aber, daß er scharren wird.» Auch Tucker wurde allmählich hungrig.

«Warum sagst du das?» Pewter ging flotter, je näher sie ihrem Zuhause kam.

«Er kriegt sowieso schon genug Ärger, weil er aus seiner Box ausgerissen ist und weil er das Loch gegraben hat. Er wird eine Weile in Deckung gehen.» Tucker sah Mrs. Hogendobbers Haus. *«Wer als erster an der Tür ist.»*

«Nein», sagte Pewter unnachgiebig, doch die anderen sausten los, und sie wanderte murrend zurück zum Postamt. *«Angeber.»*

19

Ein kleiner Nikotinfleck verunzierte Arthur Tetricks Unterlippe. Der passionierte Pfeifenraucher stopfte zufrieden eine teure Mischung in seine Edelholzpfeife, als er sich in Mims Wohnzimmer entspannte. Er war ins Haus gegangen, nachdem Addie abgerauscht war.

«So ein gerissenes Pferd. Zu gerissen.» Er drückte den lokkeren Tabak fest, der, noch ungeraucht, einen süßlichen Duft verströmte. «Sie werden ein Kombinationsschloß an seiner Boxentür anbringen müssen.»

Aus dem Augenwinkel sah Mim Chark und einen ihrer Stallburschen Orion auf dem Feld nachjagen. Dies war ein Ferientag, ein ausgefallener Schultag für das Jagdpferd, und es kostete ihn weidlich aus.

«Einen Sherry, Arthur?»

«Nein, nein.» Er winkte ab. «Kein Alkohol, bevor die Sonne über den Jordan ist.»

«Dann vielleicht Kaffee oder Tee? Little Marilyn hat mir ein paar wunderbare Tees zum Geburtstag geschenkt.»

«Ein belebender Darjeeling würde mir mächtig guttun.» Er hielt das Streichholz über seinen Pfeifenkopf, der vom langjährigen Gebrauch glänzte; die Pfeife zog perfekt. Dieselbe Pfeife würde heute weit mehr als 250 Dollar kosten, daher war sie Arthur lieb und teuer. Kein richtiger Pfeifenraucher hielt die Flamme direkt in den Kopf, ebenso wie kein richtiger Zigarrenraucher die Flamme direkt ans Ende der Zigarre hielt.

Mim läutete mit einem winzigen Glöckchen. Gretchen erschien in der Tür. Gretchen und Mim waren schon so lange zusammen, daß keine sich ein Leben ohne die andere vorstellen konnte, so ungleich die Bedingungen auch waren. «Ja, Miz Big.» Ihre Abkürzung für Big Marilyn.

«Einen Darjeeling für den Herrn und einen Constant Comment für mich.»

«Morgen, Gretchen.» Arthur nickte ihr zu.

«Morgen, Mr. Arthur. Sahne oder Zucker?»

«Sahne, hm, halb-und-halb, wenn Sie haben.»

«Oh, Miz Big, die hat alles.» Gretchen machte kehrt, und ihr drahtiges Gestell hinterließ beinahe eine Rauchwolke, so schnell drehte sie sich um.

«Mim, ich bin hier, um Sie um einen Gefallen zu bitten.» Er räusperte sich. «Wie Sie wissen, tritt Adelia am 14. November, einen Tag nach dem Colonial Cup, ihr Erbe an. Es ist ein beträchtliches Vermögen, wie Ihnen ja bekannt ist. Sie wird dann womöglich beschließen, ihren Anteil von Charles' Anteil zu trennen, und ich bin natürlich dagegen. Adelia ist ein ganz, ganz reizendes Mädchen ohne jeglichen Geschäftssinn. Es dürfte ihr niemals gestattet werden, das Geld in die Finger zu bekommen. Sie würde allein von den Zinsen sehr gut leben können.»

«Wertpapiere. Sprechen Sie von Wertpapieren, Arthur?» fragte Mim scharfsinnig.

«Ja und nein. Momentan ist das Valiant-Vermögen so konservativ angelegt, daß es kaum sechs Prozent im Jahr einbringt. Ich habe es absichtlich konservativ angelegt, um kein Risiko einzugehen, bis die beiden das Erbe antreten. Sobald das geschieht, würde ich ihnen zwar raten, besonnen zu sein, aber das Kapital besser zu streuen, als ich es getan habe, als sie noch minderjährig waren. Wissen Sie, sie können sich ein gewisses Risiko erlauben, den Hauptteil sicher angelegt lassen und für einen kleinen Teil risiko- und ertragreiche Anlagen anvisieren. Ich befürchte nun, daß Adelia ihr Geld nimmt und –» Er hob die Hände. «Funkelnde Autos, die üblichen törichten Späßchen ... Mim, Sie und ich haben ungestüme Sprößlinge mehr Geld durchbringen sehen, als Adelia erben wird. So riesig der Betrag ist, kein Brunnen ist bodenlos. Sie hat großen Respekt vor Ihnen. Mich hält sie für einen alten Langweiler.»

«Unmöglich», sagte Mim munter, und im selben Moment brachte Gretchen den Tee.

Mims Teeservice, das sich seit George III. im Besitz ihrer Familie mütterlicherseits befand, fing das Licht auf dem glänzenden Silber ein. Niemand, der einen Sinn für Schönheit hatte, konnte das Teeservice ohne einen leichten Seufzer der Bewunderung betrachten.

«Brauchen Sie sonst noch was?» fragte Gretchen lächelnd.

«Neue Knie.»

«Ich hab Ihnen doch gesagt, Sie sollen sich diesen Sommer nicht im Garten hinhocken, aber Sie hören ja nicht auf mich. Sie hören auf überhaupt niemand.»

«Ich höre jetzt auf dich, Gretchen, meine Liebe.»

«Ja, Miz Big, meine Liebe.» Gretchen stemmte die Hände in die Hüften. «Mr. Arthur, reden Sie doch mal mit ihr. Sie ist die halsstarrigste Frau, die Gott je auf diese Erde gesetzt hat. Sie hört nicht auf mich. Sie hört nicht auf ihren Mann – nun ja, ich hör auch nicht auf meinen. Mit ihrem Eigensinn schadet sie sich nur. Jawohl.» Und damit wirbelte Gretchen herum und entschwand.

Arthur kicherte. «Sie ist einmalig.»

«Gott sei Dank. Ich glaube nicht, daß ich zwei von der Sorte ertragen könnte.»

Mim benutzte die zierliche Silberzange, um ein Stückchen

Zucker in ihren Constant Comment zu tun, was ihn noch süßer machte. «Also, wenn ich Sie richtig verstehe, möchten Sie, daß ich Adelia sage, sie soll mit ihren Anlagen etwas gewagter sein, aber nicht über die Stränge schlagen und natürlich nie, niemals, unter Todesstrafe, das Kapital anrühren. Im Idealfall würde sie ihr Geld mit dem von Charles zusammenlassen.» Sie machte eine wohlberechnete Pause. «Und Sie möchten als Berater oder in sonst einer Funktion verbleiben.»

«Ähem ...» Er nickte zustimmend und legte seine Pfeife in den Pfeifenaschenbecher, den Mim im Wohnzimmer stehen hatte, dann führte er vornehm die dünne Teetasse zum Mund. «Ich muß schon sagen, der Tee ist wundervoll. Mein Kompliment an Little Marilyn.»

«Bevor ich dieses Finanzgespräch mit Adelia führe, möchte ich wissen, wen Sie für die Zusammenstellung des Portefeuilles empfehlen. Schließlich sind Sie verpflichtet, jemand anderen zu empfehlen als sich selbst. Wir können lediglich hoffen, daß die Kinder so klug sind, an Ihnen festzuhalten.»

«Mir wäre Ed Bancroft von Strongbow and McKee am liebsten.»

«Ja, er ist sehr gut, aber er ist schon älter. Die Kinder würden vielleicht lieber mit jemandem um die dreißig zusammenarbeiten.»

Arthur wurde blaß. «Zu jung, zu jung. Ein junger Mensch hat nicht mehrere Zyklen durchlaufen. Die Unerfahrenen geraten bei Schwankungen in Panik.» Er weigersich, eine Rezession oder Depression beim Namen zu nennen.

«Das hat etwas für sich.» Sie lehnte sich in dem seidenbezogenen Sessel zurück. «Nun, Sie scheinen mir der Beste für diese Aufgabe. Da wäre immer noch Arnie Skaar, falls sie einen Wechsel wünschen sollten – Sie verstehen, eine Art Unabhängigkeitserklärung.»

«Ja, Arnie ist gut.»

«Wären Sie traurig, wenn Sie Ihren Job verlieren würden?» fragte sie unverblümt.

«Oh, ich habe das nie als Job gesehen, und in mancher Hinsicht war Charles mehr Adelias Vormund als ich. Ich werde ihnen auf alle Fälle weiter zur Seite stehen, egal, was geschieht. Als Marylou verschwand, war ich erschrocken, als ich entdeckte, daß sie mich zu ihrem Testamentsvollstrecker gemacht hatte. Ich hatte gedacht, sie wäre so in Mickey Townsend vernarrt gewesen, daß sie womöglich törichterweise ihr Testament geändert hätte. Sosehr es mich erschüttert hat, Marylou zu verlieren, so hat mich ihre Besonnenheit in dieser Angelegenheit doch aufgerichtet.» Er zog an seiner Pfeife. «Charles und ich konnten uns miteinander verbinden. Adelia gab Mickey den Vorzug, und, na ja, Frauen sind so unberechenbar.» Er hob die Hände, wie um einen Segen zu erbitten.

«Sie haben Ihr Bestes getan. Sich als Testamentsvollstrekker zu betätigen ist eine zeitraubende und betrübliche Prozedur. Ich war Mutters Testamentsvollstreckerin, und in dem einen Jahr habe ich wohl mehr gelernt als in allen Jahren davor.» Mim schenkte Arthur Tee nach. «Schreckliche Nachricht heute morgen. Hat uns allen einen Schauder eingejagt.»

«Was?» Er atmete das feine, doch kräftige Teearoma ein.

«Haben Sie es nicht gehört?» Mim setzte Tasse und Untertasse ab.

«Nein.»

«Coty Lamont wurde auf einer Lehmstraße abseits der Route 22 erstochen, mitten ins Herz. Und auf die Ladefläche seines Lieferwagens geworfen.»

«Großer Gott!» Die Tasse glitt Arthur aus der Hand. Er fing sie mit der Untertasse auf, verschüttete aber überall Tee. «Tut mir leid, Mim.»

«Scotchgard.» Sie klingelte wieder nach Gretchen. «Wirkt Wunder.»

«Ma'am.» Gretchen überblickte die Situation, sobald das Wort «Ma'am» ihren breiten, üppigen Mund verlassen hatte. «Bin gleich wieder da.»

Sie kehrte rasch mit Geschirrtüchern zurück, säuberte Arthur und tupfte den Teppich ab. «Nicht weiter schlimm.»

«Ich bitte um Entschuldigung. Es war so ein Schock.»

«Was für ein Schock?» Gretchen rührte sich nicht vom Fleck.

«O Gretchen, Sheriff Shaw rief mich an, um mir zu erzählen, daß wieder ein Mord geschehen ist. Coty Lamont.»

«Dieser gutaussehende Taugenichts von einem Jockey? Ist er nicht für Sie geritten, Mr. Arthur, als Sie noch im Geschäft waren?»

«Ja, ja, ich habe ihm den Einstieg ermöglicht. Ich habe vielen Männern Steighilfe gegeben, sozusagen. Er hat mich verlassen, um für Mickey Townsend zu reiten, und von da an ging es weiter. Das ist der Lauf der Welt – die Jungen und Ehrgeizigen klettern auf der Leiter nach oben.» Er wischte sich mit einem akkurat gefalteten Leinentaschentuch die Stirn ab. «Das ist zuviel. Warum haben Adelia und Charles nichts gesagt?»

«Sie wissen es noch nicht. Rick hat vorhin erst angerufen. Ich bilde mir gern ein, daß ich die erste war, die er anrief, aber ich bezweifle es. Ich werde mir so ein Funkgerät zulegen, mit dem man den Polizeifunk abhören kann.»

«Nein, das werden Sie nicht», schalt Gretchen. «Dann fahren Sie überall in der Gegend rum. Schlimm genug, daß

Mr. Jim dauernd unterwegs ist. Allerdings als Bürgermeister muß er das wohl, denk ich.»

«Irgendwas ist schrecklich faul», entfuhr es Mim. «Arthur, Sie sind Richter bei verschiedenen Rennen. Sie wissen doch sicher etwas.»

«Nein.» Er wischte sich wieder über die Stirn. «Coty Lamont. Unmöglich. Und ins Herz gestochen, sagen Sie?»

Mim nickte. «Offenbar war er nicht so leicht umzubringen wie Nigel Danforth, denn Rick sagte, daß vorher auf ihn geschossen wurde. Sie machen natürlich eine Autopsie, aber er glaubt, daß der Schuß vor dem Stich kam. Dieses groteske Symbol – das Stilett im Herzen. Und wieder eine Spielkarte.»

«Wie bitte?» fragte Gretchen, deren Neugierde die Oberhand gewann.

«Gretchen ... oh, setz dich und trink einen Tee. Ich bekomme Halsstarre, wenn ich mich beim Sprechen dauernd nach dir umdrehen muß.»

Gretchen holte rasch noch eine Tasse, ließ sich begierig niederplumpsen und schenkte sich von dem Darjeeling ein.

«Du mußt wissen», erklärte Mim, «der erste Ermordete hatte eine Spielkarte über dem Herzen. Die Kreuzdame. Fair Haristeen hat ihn gefunden. Übrigens, Arthur, ich muß mit Ihnen über Fair sprechen. Jedenfalls, dieser zweite Mord –» sie hielt inne. «Die Pikdame.»

«Fauler Zauber. Mojo.» Gretchen stürzte ihren Tee mit einem einzigen tiefen Schluck hinunter.

Arthur lächelte nachsichtig. «Ich glaube nicht, daß sich irgend jemand in Mittelvirginia mit Voodoo auskennt.»

«Mojo.» Sie preßte die Kiefer zusammen.

«Nun, wenn es nicht Mojo ist, etwas hat es trotzdem zu bedeuten.»

«Bedeutet was Wildes. Wenn Sie einen ins Herz stechen, müssen Sie ganz nah ran. Sie sehen ihm in die Augen und riechen seinen Atem. Sie müssen ihn schon schlimmer hassen als die Engel den Bösen. Ich weiß Bescheid über diese Dinge.»

Arthur schauderte. «Gretchen, Sie sind sehr plastisch.»

«Wann haben Sie Coty zuletzt gesehen?» fragte Mim ihn.

«Montpelier. Wissen Sie, ich war immer stolz auf ihn – daß ich sein Talent früh erkannt und gefördert habe. Seine Arroganz habe ich ganz entschieden nicht gefördert.»

Mims Tonfall wurde etwas bedrückt. «Aber er war arrogant – arrogant und überschlau.»

«Schlau ist er jetzt nicht mehr.»

«Das ist es ja eben, Gretchen. Vielleicht war er es, und wie gesagt, er war überschlau und hat immer durch Strohmänner wie Linda Forloines bei den Buchmachern Wetten abgeschlossen. Dabei konnte ihn keiner erwischen.» Sie strich ihren Rock glatt. «Ich werde wohl hinuntergehen und es Charles und Adelia sagen. Arthur, ich schiebe das Finanzgespräch mit Adelia noch ein, zwei Tage auf.»

«Natürlich, natürlich. So, ich mach, daß ich nach Hause komme. Eigentlich wollte ich in der Stadt ein paar Besorgungen machen und anschließend ins Büro, doch ich gehe lieber gleich nach Hause und, hm – denke nach.»

«Da gibt's nichts nachzudenken. Irgend jemand hat eine verdrehte Leidenschaft. Das ist schlimmer als Haß – verkehrte Liebe.» Gretchen nahm das Silbertablett und schlenderte gemächlich hinaus.

20

«Ich protestiere. Ich protestiere gegen diese ganze verfluchte Verhörmethode!» brüllte Mickey Townsend Rick Shaw ins Gesicht.

Rick, an derlei Vorstellungen gewöhnt, faltete ruhig die Hände, während Cynthia Cooper hinter ihm sich Notizen machte. «Ich glaube nicht, daß wir dies in irgendeiner Weise erfreulich gestalten können. Nigel Danforth ist für Sie geritten, und –»

«Zwei Monate ist er für mich geritten. Zum Kuckuck, woher sollte ich wissen, daß er eine äh – Unperson war?»

«Sie hätten seine Aufenthaltsgenehmigung prüfen können.»

«Hab ich aber nicht. Er war ein anständiger Jockey, und ich hab's laufen lassen, also, hetzen Sie mir doch die verdammten Bluthunde von der Einwanderungsbehörde auf den Hals. Die werden mich schikanieren, weil ich einen tüchtigen Briten angeheuert habe, aber sie lassen massenweise Gesocks über die Grenze, das dann von Sozialhilfe lebt, und wir müssen dafür bezahlen!»

«Mr. Townsend, davon ist mir nichts bekannt», sagte Rick Shaw trocken. «Aber Sie sind ein erfolgreicher Trainer. Sie kennen sich in Rennbahnkreisen aus, und innerhalb einer Woche sind zwei Jockeys unter ähnlichen Umständen ermordet worden. Sie kennen beide. Und beide sind zu verschiedenen Zeiten für Sie geritten.»

Er wurde rot. «Quatsch! Jeder in diesem Sport kannte Coty Lamont. Ich mag Ihre Verhörmethode nicht, Shaw, und Sie mag ich auch nicht besonders.»

«Sie sind es gewöhnt, daß alles nach Ihrem Willen geht, was?»

«Die meisten erfolgreichen Menschen sind das gewöhnt, Sheriff.» Townsend verschränkte die stämmigen Arme vor seiner Brust. «Schön, ich bin also ein Arschloch. Das macht mich noch lange nicht zum Mörder.»

«Haben Sie Nigel Danforth Geld geschuldet?»

«Durchaus nicht. Ich zahle am Ende des Renntags.»

«Ist auch einfacher, wenn Sie sich nicht mit einbehaltenen Steuern und Sozialversicherung rumschlagen müssen, wie?»

«Da haben Sie verdammt recht, und die Steuern machen diese Nation noch kaputt, das kann ich Ihnen flüstern.»

«Haben Sie Coty Lamont Geld geschuldet?»

«Warum sollte ich Coty Lamont Geld schulden?» Er runzelte die buschigen Augenbrauen.

«Das frage ich Sie.»

«Nein.»

«Haben Sie Coty Lamont gemocht?»

«Nein.»

«Warum nicht?»

«Das ist meine Sache. Er war ein talentierter Schweinehund. Mehr sage ich nicht.»

«Wir kommen viel schneller voran, wenn Sie mit mir kooperieren.» Er drehte sich herum, um einen Blick mit Coop zu wechseln, die die Stirn runzelte. Dies war Teil ihrer Routine vor widerspenstigen Staatsbürgern. Sie hätten «guter Polizist, böser Polizist» spielen können, aber Mick war zu schlau für dieses Spielchen.

«Schön, dann lassen Sie es mich anders versuchen. Hat Nigel Danforth oder Coty Lamont *Ihnen* Geld geschuldet?»

«Nein.» Mick fuhr mit dem Zeigefinger über seinen gepflegten schwarzen Schnurrbart. «Ja.»

«Wer und wieviel?»

«Nigel schuldete mir dreihundertsiebenundvierzig Dollar, aufgelaufene Pokerschulden, und Coty schuldete mir, oh, ungefähr hundertzweiundzwanzig Dollar.»

«Sie mochten Coty nicht, haben aber mit ihm Poker gespielt?»

«He, es gibt Ausfallzeiten in diesem Geschäft. Ich brauche einen Kerl nicht zu lieben, um ihn an einer Pokerrunde teilnehmen zu lassen.»

«Sind Sie ein guter Spieler?»

Mick zog die Schultern hoch.

Cynthia warf ein: «Alle sagen, Sie sind aalglatt.»

«Das sagen sie, weil sie sich nicht merken, welche Karten draußen und welche noch im Stapel sind. Wenn Sie Stud Poker spielen, ist das alles, was Sie zu tun haben.» Er zog abermals seine Schultern hoch. «Ich bin nicht so schlau.»

Rick rieb sich den fliehenden Haaransatz. Es war fast, als suchte er nach den Haaren. «Coop, fällt Ihnen noch was ein?»

«Eine Kleinigkeit – Mr. Townsend, haben die Kartenfarben eine bestimmte Bedeutung?»

«Wie meinen Sie das?»

«Was, wenn – verrückt, ich weiß, aber was, wenn ich einen Royal Flush mit Herz hätte und Sie hätten einen mit Pik. Wer würde gewinnen?»

«Ich. Die Farben sind in aufsteigender Reihenfolge Kreuz, Karo, Herz und Pik.»

«Aber würden die meisten Leute es nicht für unentschieden erklären?» gab Rick zu bedenken. «Ich meine, die meisten würden die Bedeutung der Farben nicht kennen. Nehme ich zumindest an. Wenn sich eine solche Situation ergäbe, würden Sie dann nicht eine Karte ziehen, und die höchste entscheidet?»

«In einer Situation mit zwei Royal Flushs würden beide einen Herzstillstand haben, und dann wäre es egal. So ein Zufall ist unmöglich.»

«Aber Sie kennen die Bedeutung der Farben.» Rick ließ nicht locker.

«Ja.»

«Gibt es noch eine andere Art, die Farben zu betrachten, eine Nicht-Poker-Art?» fragte Cynthia.

Er lehnte sich zurück. «Sicher.»

«Können Sie mir die nennen?»

«Sie haben Ihre Hausaufgaben gemacht. Sagen Sie's mir.» Er starrte sie an.

«Also gut.» Sie lächelte ihn an. «Kreuz verkörpert die Menschheit auf der niedrigsten Stufe. Pik ist ein Schritt höher. Karo ist offensichtlich noch eine Stufe höher, aber der höchste Menschentyp würde in die Kategorie Herz fallen.»

«Gut gesagt.» Mickey konnte nicht umhin, das Lächeln der jungen Polizistin zu erwidern. Sie sah gut aus.

«Ein Kreuz und ein Pik sind schon verwendet worden», sagte Rick gedehnt.

«Dann kommt als nächstes Karo. Jemand, der reich ist.» Mickey verschränkte die Arme. «Ich werd's nicht sein. Ich bin nicht reich.»

21

Totem, ein Vollblüter, heißer als der Hades, warf die meisten Menschen ab, die ihn bestiegen. Der einzige Grund, weshalb er nicht zu Hundefutter verarbeitet wurde, war der, daß er rennen konnte wie der Blitz. Dr. D'Angelo hatte ihn Mickey Townsend in Montpelier auf Anhieb abgekauft. Linda Forloines, wütend, weil sie nicht an dem Handel beteiligt war und daher keine Provision erhielt, heckte einen Plan aus, wie sie das Tier loswerden konnte.

Sie versprach Dr. D'Angelo, gewissenhaft mit Totem zu arbeiten. Sie nahm dann ein Stück Seife und schäumte ihn fünfzehn Minuten, bevor D'Angelo in den Stall kam, ein. Dadurch sah das Pferd aus, als sei mit ihm trainiert worden. Dann dachte sich Linda eine Geschichte aus, wie es sich aufgeführt hatte, gespickt mit lauter kleinen Details, um ihre Lügen zu zementieren. Sobald D'Angelo gegangen war, spritzte sie das Pferd ab und brachte es auf die Koppel.

Will ergriff das Halfter mit einem Führzügel über der Nase und half seiner Frau, das Pferd auf die Koppel zu führen.

«Innerhalb von zwei Monaten hab ich das Pferd hier weggeschafft», prahlte sie.

«Wie?»

«Sag Bob Drake, er soll ihn reiten, wenn D'Angelo hier ist.»

«Bob Drake kann dieses Pferd nicht reiten.»

«Genau.» Sie grunzte, als das große Tier sie anrempelte. Sie schlug ihm mit der Faust in den Brustkorb und hoffte, daß er sie nicht noch einmal anrempeln würde.

Beide stießen einen Seufzer der Erleichterung aus, als Totem in seine Koppel ging und das Tor sich hinter ihm schloß.

«Linda, Bob könnte verletzt werden – schwer.»

Sie zuckte die Achseln. «Er ist ein großer Junge. Er muß das Pferd nicht reiten.»

Will dachte darüber nach. «Angenommen, er kriegt einen Tritt. Was dann?»

«Dann sage ich D'Angelo, mit so einem Pferd könnte er gerichtlich belangt werden. Es wäre am besten, wenn ich ihn davon befreite.»

Will lächelte. «Das dürfte eine hohe Provision geben.»

«Denk nur» – sie zwinkerte ihm zu –, «wir werden unseren eigenen Stall haben – sehr bald. Wir können in diesem Geschäft Geld verdienen. Richtig viel Geld.»

«Und wenn D'Angelo nicht verkaufen will?»

«Er wird wollen.» Sie rieb sich die Hände. «Ich kenne ihn durch und durch. Hör mal, Schatz, ich muß heute abend eine Lieferung abholen. Ich werde sehr spät zurück sein.»

Er runzelte die Stirn. «Ich wollte, du würdest mich mitnehmen.»

«Mir passiert nichts. Besser, nur einer von uns kennt den Lieferanten. Es ist sinnlos, dich mit reinzuziehen. Und er würde es auch gar nicht erlauben.»

Will hielt schützend die Hände über den Kopf, als ein Windstoß Stroh- und Heuschnitzel durch die Gegend blies. «Es ist gefährlich.»

«Ach was.»

«Zwei unserer besten Kunden sind tot.»

«Das hat nichts mit uns zu tun.»

«Gott, das will ich hoffen.» Alles Leben wich aus Wills Zügen.

Aus zwei Gründen wollte Linda nicht, daß Will den Lieferanten kannte. In einer brenzligen Situation würde er womöglich auspacken und alles verderben. Und er würde die genaue Menge Koks erfahren, die an sie verkauft wurde. Das paßte ihr nicht in den Kram, weil er nicht wissen sollte, wieviel sie für sich selbst zurückbehielt. Sie verschnitt es einmal leicht, bevor sie es nach Hause brachte. Dann verschnitten sie und Will es zusammen mit einem weißen Abführpulver.

Will war sozusagen die Muskelkraft ihres Gespanns. Sie war das Gehirn. Für ihn galt das Motto: ‹Was ich nicht weiß, macht mich nicht heiß.›

Als Linda später am Abend, um halb elf, mit dem Transporter aus der Einfahrt fuhr, lief Will nach draußen und sprang in D'Angelos alten Farmtransporter. Er folgte ihr ohne Licht, bis sie in die Route 15 in südlicher Richtung einbog. Er ließ ein paar Autos als Pufferzone zwischen sich und seine Frau. Dann schaltete er die Scheinwerfer ein und folgte ihr zu ihrer Verabredung.

22

Der Regen ergoß sich in silbernen Schnüren über die Windschutzscheibe. Harry konnte kaum sehen, als sie zur Arbeit fuhr. Die Scheibenwischer schwirrten hin und her und gestatteten kurze Blicke auf die Straße, die sie zum Glück gut kannte.

Mrs. Murphy, aufmerksam die Pfoten am Armaturenbrett, half Harry beim Fahren. Tucker schaffte es nicht ganz, die Hinterbeine auf der Sitzbank abzustützen und mit den Vorderpfoten das Armaturenbrett zu erreichen.

«Große Pfütze voraus», warnte die Katze.

Harry nahm das Tempo herunter, wunderte sich über die Geschwätzigkeit ihrer Tigerkatze.

«Mom, ein gestrandeter Wagen voraus.» Mrs. Murphy grub die Krallen in das Armaturenbrett.

Mickey Townsends schöner silberner BMW stand am Straßenrand, die rechten Räder in einem Abflußgraben, der von einem Rinnsal zu einem reißenden Strom angeschwollen war.

Harry hielt an und schaltete den Blinker ein, weil die Warnblinkanlage des alten Transporters die Neigung hatte durchzubrennen. Was natürlich nicht so ärgerlich war wie der Schalthebel, der jedesmal klemmte, wenn sie den dritten Gang einlegen wollte. Das Beifahrerfenster sah aus, als ob der Niagara sich darüber ergösse. Sie konnte absolut nichts sehen.

«Verdammt.» Sie stellte sich vor das gestrandete Fahrzeug, sorgsam darauf bedacht, nicht dasselbe Schicksal zu erleiden. «Kinder, ihr bleibt hier.»

«Geh nicht da raus», sagte Mrs. Murphy. *«Du holst dir den Tod durch Erkältung.»*

«Hör auf zu jammern, Murphy. Du bleibst hier drin. Das ist mein Ernst.»

Sie packte sich den alten Cowboyhut ihres Vaters so auf den Kopf, daß das Wasser von der Vorder- und Rückseite des Hutes abgeleitet wurde. Sie hatte nie etwas Besseres gefunden, um den Regen von ihrem Gesicht fernzuhalten. Sie trug außerdem ihren Barbourmantel, dunkelgrün und mit Schlamm gesprenkelt, sowie ihre hohen Gummistiefel. Die würden sie trocken halten.

Sie stieg aus, schloß rasch die Tür und betete, daß niemand um die Kurve schlittern möge, wie es anscheinend Mickey Townsend passiert war. Sie hielt die Hand über die Augen und spähte zum Fahrersitz hinein. Nichts. Sie ging auf die andere Seite, um sich zu vergewissern, ob er sich nicht außerhalb seines Wagens vornüberbeugte und überlegte, wie er sich aus diesem Schlamassel befreien könne. Er war nicht da.

Sie kletterte wieder in den Transporter, schaltete das Blinklicht aus und fuhr weiter. Bis sie, Mrs. Murphy und Tucker unter ihren Barbour geklemmt, zur Hintertür hereinkam, hatte Mrs. Hogendobber schon einen Postsack sortiert.

«Miranda, tut mir leid, daß ich mich verspätet habe. Ich konnte nicht schneller als vierzig fahren, die Sicht war so miserabel.»

«Machen Sie sich deswegen mal keine Gedanken», erwiderte Mrs. Hogendobber munter. «Das Wasser für den Tee ist bereit, und ich habe gestern abend Hafermuffins und noch einen Schwung glasierte Doughnuts gebacken. Ich kann gar nicht genug Doughnuts für Market backen. Um zehn Uhr ist er ausverkauft.»

«Oh, danke.» Harry zog erleichtert ihren Regenmantel aus, und Mrs. Murphy und Tucker schüttelten die wenigen Wassertropfen ab, die sie abbekommen hatten. Harry hängte ihren Mantel an den Garderobenständer am Hintereingang und schenkte sich eine Tasse Tee ein. «Ich würde sterben ohne Tee.»

«Das bezweifle ich, aber Sie wären morgens gewiß ziemlich griesgrämig.» Miranda schenkte sich eine zweite Tasse ein.

«Oh, ich muß Rick anrufen.» Harry nahm die dampfende Tasse mit zum Telefon.

«Was gibt's denn?»

«Mickey Townsends BMW ist bei Harper's Curve gestrandet.» Sie wählte die Nummer.

«Hoffentlich ist ihm nichts passiert. Im Moment ist alles so – verdreht.»

Harry nickte. «Sheriff Shaw bitte, hier spricht Mary Minor Haristeen.» Sie wartete eine Minute. «Hi, Sheriff, Mickey Townsends BMW ist mit zwei Rädern bei Harper's

Curve in einen Graben gerutscht. Ich bin ausgestiegen und habe reingeguckt, er ist leer.»

«Danke, Harry. Ich schicke jemanden hin, sobald es hier ein bißchen ruhiger zugeht. An einem Tag wie heute gibt's einen Blechschaden nach dem anderen.» Er hielt einen Moment inne. «Sagten Sie, Mickey Townsends Wagen?»

«Hmm-ja.»

Seine Stimme klang angespannt. «Danke. Ich kümmere mich sofort darum. Die Kurve kann übel sein.»

Es knackte in der Leitung, und Harry legte den Hörer zurück auf die Gabel.

«Und?»

«Zuerst schien er nicht weiter besorgt, aber jetzt schickt er sofort jemanden hin.»

«Gestern abend bei der Chorprobe hat Ysabel Yadkin geschworen, daß Mickey in eine große Glücksspielchose verwickelt ist und daß Nigel Danforth ihm Unmengen Geld schuldet. Ich habe sie gefragt, wann sie das letzte Mal bei einem Hindernisrennen war, und da hat sie mir vielleicht einen scheelen Blick zugeworfen, das kann ich Ihnen flüstern. ‹Nun, Ysabel›, habe ich gesagt, ‹wenn du Geschichten verbreitest, solltest du die Leute wenigstens kennen, über die du redest.› Sie hat gekocht. Und nach der Probe kam sie zu mir und erklärte, ich sei blasiert, weil ich mit Pferdeleuten befreundet sei. Ihr Albert kennt Mickey Townsend, weil er seinen teuren Wagen wartet.»

«Seit wann wartet Albert BMWs?»

Mrs. Hogendobber leerte ihre Tasse und machte sich an den zweiten Postsack. «Seit die ihm mehr Geld geboten haben als Mercedes.»

«Mrs. H., setzen Sie sich, Sie haben den ersten Sack ganz allein sortiert. Ich sortiere den hier.»

«Müßigkeit ist aller Laster Anfang. Ich mach's gern.»

Gemeinsam kippten sie den Sack in den Postkarren, und just in diesem Moment kam Boom Boom Craycroft zum Vordereingang hereingetänzelt. Es war Punkt acht Uhr.

«Was für ein Morgen, und die Temperatur sinkt. Hoffentlich gibt es keinen Eisregen.»

«Wir sind ein bißchen im Rückstand, Boom Boom, durch meine Schuld.»

«Ich kann helfen.»

«O nein, bemüh dich nicht», sagte Harry, die wußte, daß Boom Booms Vorstellung von helfen darin bestand, fünf Minuten zu sortieren und dann einen Anfall wegen der Ausdünstungen zu markieren. «Willst du nicht ein paar Besorgungen machen und in etwa einer halben Stunde wiederkommen?»

«Könnte ich machen.» Sie nahm ihren Regenschirm aus dem Ständer, in den sie ihn gesteckt hatte. «Ist das nicht schrecklich mit Coty Lamont?»

Bevor sie den Satz vollständig ausgesprochen hatte, stieß der völlig durchnäßte Mickey Townsend die Tür auf und sackte gegen die Wand.

«Mickey, fehlt Ihnen was?» Boom Boom streckte die Hand nach ihm aus.

«Nein, Gott sei Dank.» Er fing an zu zittern, er war völlig durchgefroren.

«Kommen Sie nach hinten.» Miranda hielt die Trennklappe hoch. «Sie brauchen was Heißes zu trinken. Ich laufe nach Hause und hole ein paar von Georges Sachen. Die werden Ihnen zu groß sein, aber sie sind wenigstens trocken.»

«Oh, Mrs. Hogendobber, eine Tasse Kaffee bringt mich schon wieder auf Trab.» Seine klappernden Zähne straften seine Worte Lügen.

«Sie bleiben jetzt hier», befahl Miranda, während Harry ihm eine Tasse Pulverkaffee machte.

«Zucker und Sahne?» Harry öffnete den winzigen Kühlschrank, um die Sahne herauszuholen.

«Zwei Stück Zucker und einen Schuß Sahne.» Er nahm die Tasse, legte beide Hände darum und bemühte sich vergeblich, mit dem Zittern aufzuhören.

Boom Boom trat zu ihnen, während Mickey den ganzen Fußboden naßtropfte.

«Er ist kreidebleich», bemerkte Tucker.

«Ich habe bei Ihrem Wagen angehalten.» Harry warf ihm ihre Jacke über die Schultern.

«Wann war das?»

«Vor fünfzehn, zwanzig Minuten.»

«Dann haben Sie mich knapp verpaßt.» Seine Zähne schlugen an den Tassenrand. «Ich konnte kein Haus finden. Ich bin dort ins Kornfeld gelaufen, aber dann wurde mir klar, daß ich wieder auf die Straße mußte, weil ich nichts sehen konnte und mich verlaufen würde. Ich meine, ich kenne die Gegend, aber ich konnte die Hand vor Augen nicht sehen, und ich war –» Er nahm ein paar Schlucke von dem warmen Kaffee. «Gott, tut das gut.»

Miranda stieß die Hintertür auf, drehte sich um und schüttelte ihren Regenschirm vor der Tür aus, die sie dann schloß, weil der Wind den Regen ins Postamt blies. Eine Einkaufstasche mit Kleidungsstücken hing an ihrem Arm. «Sie gehen jetzt auf die Toilette und trocknen sich ab. Hier ist ein großes Handtuch. Und dann ziehen Sie diese Sachen an.»

Mickey tat wie geheißen und kam schließlich in einer Hose mit umgekrempelten Aufschlägen heraus, die Ärmel von Georges altem Marinepullover hatte er ebenfalls umgeschlagen, aber ihm war wenigstens warm.

«Mrs. Hogendobber wirft nie etwas weg.» Mrs. Murphy lachte. *«Ich nehme an, das ist gut so.»*

Mickey aß einen glasierten Doughnut und fuhr mit seiner Geschichte fort: «Ich fand die Straße wieder und wußte, wenn ich in die Stadt gelangen könnte, Sie würden früh im Postamt sein. Ach ja, ich muß einen Abschleppdienst anrufen.»

«Ich habe schon Rick Shaw angerufen.»

«Warum das denn?»

«Ich wußte nicht, wo Sie waren oder ob Ihnen was passiert ist – so, wie die Dinge stehen», sagte Harry geradeheraus. «Darum habe ich ihn angerufen.»

«Na, um mich macht er sich bestimmt keine Sorgen. Er behandelt mich wie den Hauptverdächtigen.»

«Am Telefon klang er aber ziemlich besorgt», erklärte Harry.

«So – hm.» Mickey sackte einen Moment zusammen, dann straffte er seinen Rücken. «Ich bin wohl selbst ein bißchen besorgt.»

«Alle sind besorgt.» Boom Boom knabberte ein Hafermuffin.

«Ich kenne die Straße wie meine Westentasche. Jemand kam von hinten angeschossen und hat mich von der Straße gedrängt.»

«Die Leute achten einfach nicht auf das Wetter –» Miranda schickte sich an, eine Schmährede gegen das unmögliche Fahrverhalten der jüngeren Generation – womit sie alle meinte, die jünger waren als sie selbst – vom Stapel zu lassen.

Mickey fiel ihr ins Wort: «Nein, wer immer das war, wollte mich von der Straße abdrängen – oder Schlimmeres.»

«Was?» Boom Boom hielt mitten im Abbeißen inne.

«Sie haben mich von hinten gestoßen und sind dann neben mich gefahren und haben mich von der Straße geschoben.

Wären wir zwanzig Meter weiter gewesen, wäre es ein steiler Sturz geworden, das kann ich Ihnen sagen.»

«Konnten Sie sehen, wer es war?» fragte Harry.

«Himmel, nein, bei diesem Regen. Es war eine Protzkarre, kann ich Ihnen sagen. Ich bin mir nicht mal sicher, welche Farbe, obwohl ich glaube, ich habe was Schwarzes oder Dunkelblaues aufblitzen sehen. Vielleicht ein General-Motors-Transporter, aber ich weiß es nicht. Es ging so schnell.»

«Warum fragen sie ihn nicht, was er überhaupt da auf der Straße gemacht hat?» Mrs. Murphy rieb sich an Tucker.

«Zu höflich.» Tucker hatte es gern, wenn die Katze sich an ihr rieb.

«Jetzt ist nicht die Zeit, höflich zu sein. Und außerdem glaub ich ihm nicht.»

«Du glaubst nicht, daß er von der Straße abgedrängt wurde?»

«Das glaube ich.» Die Schnurrhaare der Katze berührten Tuckers Nase und kitzelten sie. *«Aber er verbirgt etwas.»*

«Vielleicht weiß er, was in Orions Box ist?»

«Tucker, davon weiß ich nichts. Ich glaube nicht, daß wir die Menschen je dazu kriegen, tief genug zu graben, und Orion kann nicht helfen. Er wurde in eine andere Box verlegt, erinnerst du dich?»

«Ja. Und was ist nun mit Mickey Townsend?»

«Du kannst Angst genauso riechen wie ich.»

23

Harry, Susan, Fair, Big Mim, Little Marilyn und Boom Boom waren untröstlich, weil die lange geplante Fuchsjagd des Keswick-Jagdclubs wegen des Regens buchstäblich ins Wasser gefallen war. Das einzig Gute an dem verregneten Samstag war, daß Harry endlich in den Supermarkt ging.

Als sie ihren Einkaufswagen durch den Gang mit Tiernahrung schob, immer ihr erstes Ziel, sah sie Cynthia Cooper Tüten mit Vogelfutter in ihren Wagen laden.

«Coop.»

«He. Da hatten wohl zwei große Geister dieselbe Idee.»

«Mrs. Murphy zertrümmert mir das Haus, wenn ich ihr keinen Thunfisch kaufe. Vorige Woche hat sie die Armlehne vom Sofa heruntergerissen. Ich hab sie noch nicht wieder festgemacht.»

«Wegen Thunfisch?»

«Nein. Weil ich sie zu Hause gelassen und Tucker mit nach Montpelier genommen habe. Da ist sie richtig fies geworden.»

Hätte Cynthia eine solche Geschichte vor fünf Jahren gehört, sie hätte sie für ein Märchen gehalten. Unterdessen hatte sie jedoch Harrys Katze und Hund und auch andere Tiere in Crozet kennengelernt. Die Geschichten waren wahr. Mrs. Murphy hatte sie sogar einmal bei einem Mordfall in Monticello auf ein Schädelfragment hingewiesen. Es hätte blinder Zufall sein können, aber andererseits – –

«Eines Tages schaffe ich mir eine Katze an, aber ich habe unmögliche Arbeitszeiten. Vielleicht brauche ich vor der Katze einen Ehemann. Der kann sich dann um die Katze kümmern, wenn ich im Dienst bin.»

«Hoffentlich hast du mehr Glück als ich.»

«Macht es dich nicht wahnsinnig, daß alle Welt versucht, dich und Fair wieder zusammenzubringen – Fair inklusive?» Cynthia lachte.

Harry stützte die Ellbogen auf den Haltegriff des Einkaufswagens. «Mangelnde Phantasie. Sie glauben nicht, daß sich noch mal ein akzeptabler Mann nach Crozet verirrt.»

«Blair Bainbridge.» Cynthia sprach von dem Model, das vor ein paar Jahren die Farm neben Harrys gekauft hatte.

«Durch seinen Beruf ist er immer so lange unterwegs. Und ich glaube, Marilyn Sanburne die Jüngere hat ihn im Visier.»

«Drolliger Ausdruck.»

«Ich bemühe mich, nicht gemein zu sein.» Harry trat unbeabsichtigt gegen den Wagen und fiel fast auf die Nase, als er von ihr wegrollte.

«Wie lange brauchst du noch für deine Einkäufe?» Cynthia deutete auf Harrys umfangreiche Liste.

«Eine Dreiviertelstunde. Warum?»

«Wenn du Nudeln kaufst, koche ich sie.»

«Im Ernst?» fragte Harry bereitwillig. Da sie keine begnadete Köchin war, ließ sie sich gern zum Essen einladen oder bekochen.

«Dann können wir uns austauschen.» Cynthia legte den Finger an die Lippen, das «Pst»-Zeichen.

Harry verstand. «Sei in einer Stunde bei mir.»

Als sie flugs in den nächsten Gang einbog, erblickte sie Boom Boom, die ein Ohr gegen Dosen mit gebackenen Bohnen preßte.

«Ich bin jetzt in diesem Gang.» Harry mußte einfach sticheln. «Es sei denn, die Bohnen erzählen dir was.»

«Du mußt etwas gegen deinen Feindseligkeitspegel tun. Ich möchte dich ehrlich und wahrhaftig mit zu ‹Lifeline› nehmen.»

«Ich tu was gegen meinen Feindseligkeitspegel.» Harry ahmte Boom Booms reifen, verständnisvollen Tonfall nach, den sie für Augenblicke gesellschaftlichen Hochmuts reservierte. Sprach's und schob ihren Wagen weiter.

«Was meinst du damit?» Boom Boom stemmte die Hände in die Hüften. «Harry, komm wieder her.»

Harry bog in den nächsten Gang, ohne zurückzublicken. Boom Boom lief ihr aufgebracht hinterher. «Was meinst du damit?»

«Nichts», rief Harry über die Schulter, während sie in einem Affenzahn Waren in ihren Wagen warf.

Boom Boom, die sich nie einen emotionalen Leckerbissen entgehen ließ, nahm die Kurve zu eng und rammte einen Ständer mit Toilettenpapier, das über den Fußboden, in ihren Wagen und auf ihren Kopf purzelte. Harry blieb stehen und lachte. Sie konnte nicht dagegen an. Dann wendete sie ihren Wagen, warf ein paar Rollen hinein und sagte zu der wutschnaubenden Boom Boom: «Wisch und weg, Boom.»

«Ach, halt den Mund, Harry.»

«Ha!»

Cynthia johlte, als Harry ihr den Vorfall im Supermarkt schilderte. Sie fischte mit einer Holzgabel ein paar Nudeln aus dem kochenden Wasser. «Noch nicht ganz durch.»

Harry deckte den Tisch. Mrs. Murphy ruhte als Tafelaufsatz in der Mitte. Tucker blickte betrübt auf das karierte Tischtuch.

«Da.» Harry warf der Corgihündin einen grünen Hundeknochen zu.

«Wie kannst du den Fraß essen?» Murphy zog die Vorderpfoten unter die Brust.

«Ich fresse alles, was mich nicht zuerst frißt.»

«Sehr komisch. Der Witz hat soo 'n Bart.» Die Katze zuckte mit dem rechten Ohr.

«So, fertig.» Cynthia stellte die Nudeln auf den Tisch. «Ißt sie mit uns?»

«Na ja, wenn sie dich stört, setze ich sie auf den Boden, aber Nudeln mit Butter ißt sie zu gern, und sobald sie etwas abgekühlt sind, mache ich ihr einen Teller zurecht.»

«Harry, du verwöhnst die Katze.»

«Nicht genug», kam die prompte Antwort, als Harry Nudeln für die Katze kleinschnitt und auch für Tucker eine kleine Schüssel zurechtmachte. Sie gab Butter auf ihre eigenen Nudeln, Cynthia ertränkte ihre in einer Muschelsahnesoße.

«Kann ich dich nicht für diese Soße erwärmen?»

«Erwärmen schon, aber ich muß fünf Pfund abnehmen, bevor es richtig Winter wird, sonst werde ich sie vor April nicht mehr los. Susan und ich haben uns letzte Woche geschworen, keinen Winterspeck anzusetzen.»

«Du hast kein Pfund zuviel am Leib.»

«Du mußt dich ja nicht in meine Jeans zwängen.»

«Harry, du liest zu viele Modezeitschriften. Die Models sind magersüchtig.»

«Ich habe keine einzige Modezeitschrift abonniert», verkündete Harry stolz.

«Natürlich nicht. Du liest, was immer ins Postamt kommt.»

Harry wickelte kleinlaut ihre Nudeln um ihre Gabel. «Na ja, kann schon sein.»

«Du bist die belesenste Person in Crozet.»

Harry lachte. «Das besagt nicht viel.»

«Reverend Jones liest eine Menge.»

«Ja, das stimmt. Woher weißt du das?»

«Hab ihm gestern einen dienstlichen Besuch abgestattet.»

«Oh.»

«Ich wollte wissen, wie gut er Coty Lamont, Mickey Townsend und den Rest der Rennbahngesellschaft kannte und ob er Messersammler kennt.»

«Ich schwöre, er kennt mehr Leute als sonst jemand, außer Mim und Miranda. Wußte er etwas über diese –»

«*Mehr!*» bellte Tucker.

«Nein», wies Harry den gierigen Hund zurecht.

«Er sagte, er hat Coty Lamont vor Jahren gekannt, als er noch Stallbursche war. Ich habe ihn auch nach Ricks Idee vom Ködern und Vertauschen gefragt. Eine gefälschte Tätowierung auf der Oberlippe eines Pferdes anbringen und es für einen Haufen Geld verkaufen. Herb sagte, das würde heutzutage nicht mehr funktionieren. Es fällt Rick sehr schwer, sich von seiner Lieblingstheorie zu trennen, weil wir in eine Sackgasse geraten sind. Der Chef kann sehr bokkig sein.»

«Hübsch ausgedrückt.» Harry schaufelte noch Nudeln auf ihren Teller und nahm sich ein kleines bißchen von der Muschelsoße, die köstlich schmeckte. «Hatte Herb eine Ahnung, was da vorgeht?»

«Nein. Du kennst ihn ja, er kramt gern in der Vergangenheit herum. Er schweifte vom Thema ab und erzählte mir von damals, als Arthur Tetrick und Mickey Townsend beide in Marylou Valiant verliebt waren. Coty Lamont hat Mickey für Arthur ausspioniert.»

«Spioniert?»

«Das falsche Wort. Er hat die Stallburschen bei Mickey ausgequetscht, ob und wann er in dieser Woche mit Marylou verabredet war. Sie ist ungefähr sechs Monate lang mit beiden gegangen und hat dann schließlich mit Arthur Schluß gemacht.» Sie kicherte. «Es fällt schwer, sich Arthur Tetrick als Liebhaber vorzustellen.»

«Marylou wird es vermutlich auch schwergefallen sein.»

Beide lachten.

Cynthia berichtete, was der Pfarrer ihr erzählt hatte. «Herb sagte, als Marylou verschwand, hatte Arthur einen Nervenzusammenbruch.»

«Stimmt. Er mußte für ungefähr eine Woche ins Krankenhaus, wodurch er sich nur noch schlechter fühlte, weil er nicht für die Valiants dasein konnte. Larry Johnson hat ihn eingewiesen.»

«Mim hat sich um die Valiants gekümmert. Das hat Herb gesagt.»

«Ja. Es war schrecklich. Sie setzte eine Belohnung von zehntausend Dollar für Informationen über Marylous Verbleib aus. Sobald Arthur entlassen war, wollte er die Valiants bei sich aufnehmen. Mim sagte ihm, eine Frau könne ihnen besser beistehen als ein Mann. Arthur wollte auf keinen Fall, daß Mickey sie sah, und auch damit war Mim nicht einverstanden. Addie hatte genug gelitten. Sie brauchte Mickey. Das führte wieder zu einem Riesenkrach zwischen Arthur und Mickey. Adelia wurde aufs Internat geschickt, Charles machte seinen Abschluß in Cornell und arbeitete eine Zeitlang in Maryland. Addie kam in den Ferien immer nach Hause, um Mickey zu besuchen. Arthur und Mickey hassen sich, aber richtig. Mickey hat keinen Cent von Marylou bekommen. Er wurde in ihrem Testament nicht bedacht. Sie waren wohl nicht lange genug zusammengewesen. Mim hat ihr Bestes für die Valiants getan – hm, für Marylou, würde ich sagen. Sie war eine wahre Freundin.»

Coop fragte: «Hat Mim etwas von Marylou geerbt?»

«Ein Armband als Andenken. Ich glaube nicht, daß Mim von Arthur jemals Geld für die Ausgaben der Kinder angenommen hat, außer vielleicht für die Ausbildung. Addie ist allerdings auch nicht lange auf dem College geblieben. Sie hat es gehaßt.»

«Ich hatte gerade erst bei der Polizei angefangen, als das alles passierte ... Marylous Verschwinden. Ich hatte mit dem Fall nichts zu tun. Die meiste Zeit habe ich das Telefon bedient und den Computer mit Informationen gefüttert, bis ich Rick die Meinung gesagt habe.»

«Das habe ich gar nicht gewußt.»

«O ja. Ich habe ihm gesagt, er läßt mich Sekretärinnenarbeit machen, ich sei aber Polizistin. Er hat mich überrascht, denn er dachte darüber nach und sagte dann: ‹Sie haben recht.› Seitdem kommen wir gut miteinander aus. Mehr als das. Ich verehre den Kerl. Wie einen Bruder», beeilte sie sich hinzuzufügen.

Sie aßen ein paar Minuten schweigend. Mrs. Murphy griff sich eine lange Nudel von Harrys Teller. Harry tat, als merkte sie es nicht. Cynthia hütete sich, etwas zu sagen.

«Coop, was ist eigentlich los?»

«Verdammt, wenn ich das wüßte. Der Autopsiebericht von Coty Lamont ist gekommen. Vollgekokst. Nigel auch. Keine Fingerabdrücke auf der Leiche. Kein Anzeichen von einem Kampf. Es ist wirklich frustrierend.»

Harry schüttelte den Kopf. «Ich wette, eine Menge von den Burschen nimmt Kokain. Vielleicht standen sie bei ihrem Dealer in der Kreide.»

«Rauschgift ist die Ursache der meisten Verbrechen in diesem Land. Noch eine winzige Kleinigkeit, die darfst du aber nicht weitersagen, das mußt du mir versprechen.»

«Nicht mal Miranda?»

«Nein.»

Harry seufzte tief. Es bedrückte sie, Miranda oder Susan etwas zu verheimlichen. «Okay.»

«Es gibt keinen Nigel Danforth.»

«Was?»

«Falscher Name. Wir können nicht herausfinden, wer er ist oder war. Wir hofften, daß früher oder später jemand, der nicht weiß, daß er tot ist, nach ihm sucht, eine Vermißtenanzeige aufgibt.» Sie legte die Gabel auf ihren weißen Teller. «Das ist allerdings eine vage Hoffnung.»

«Mickey Townsend weiß auch nicht, wer er ist?»

«Nein. Und Rick hat's ihm unter die Nase gerieben. Nicht eben sanft.»

«Huh, ich wette, Mickey hat dem Vesuv Konkurrenz gemacht.»

«Er hat sich beherrscht.»

«Komisch.»

«Finden wir auch.»

«Mickey hat Angst», warf Mrs. Murphy ein.

«Schätzchen, du hast genug gehabt.» Harry dachte, die Katze spräche vom Essen.

«Ich wollte, du würdest bloß ein einziges Mal auf mich hören», murrte Mrs. Murphy. *«Er hat Angst, und da ist was in Mims Stall.»*

«Und zwar nichts Gutes», fügte Tucker hinzu.

Harry streichelte die Katze, während Cynthia den Hund mit einem Stückchen Butterbrot fütterte. «Sie hat so ein intelligentes Gesicht.»

«Ach biiitte», sagte die Katze gedehnt.

«Glaubst du, Mickey hat was mit den Morden zu tun?»

«Ich glaube gar nichts. Ich versuche, Fakten zu sammeln. Er hat für den ersten Mord ein Alibi, weil so viele Leute ihn zur Tatzeit gesehen haben. Er hat Pferde aus den kleineren Ställen aufgeladen. Aber für diesen Mord hat ja jeder ein Alibi. Was den zweiten Mord angeht – jeder hätte es getan haben können. Und wenn wir uns den zeitlichen Rahmen der Hauptbeteiligten vergegenwärtigen, hätte fast jeder Nigel Danforth erledigen können. Wir haben sogar rekonstruiert, wo Charles Valiant zur Zeit des Mordes gewesen ist, weil er und Nigel beim Rennen Streit hatten. Alles lose Fäden.»

«Habt ihr die Verbrecherkartei durchgesehen, ob ihr Nigel findet?»

«Wir haben alles in den Computer eingegeben. Nichts. Wir haben seine Zahnabdrücke rausgeschickt. Nichts. Ich glaube, der Junge ist sauber.» Sie zuckte die Achseln. «Allerdings ...»

«Vor den Rennen haben Jim Sanburne und Larry Johnson mich gebeten aufzupassen, weil Charles und Mickey letztes Jahr beim Maryland Cup aneinandergeraten sind», sagte Harry. «Sie dachten, es würde Ärger unter den Jockeys geben, aber damals wußten sie nicht, daß Addie sich in Nigel verknallt hatte. Von da ist der Ärger jedenfalls nicht gekommen. Komisch.»

«Linda Forloines und Nigel. Ja, wir haben versucht, das zusammenzufügen. Frank Yancey hat Will und Linda getrennt verhört. Die kriegen wir. Ricks Instinkt ist messerscharf. Ich wollte gleich die Fifteen North rauffahren und sie aufscheuchen, aber Rick hat gesagt, ‹abwarten›. Er glaubt, daß eine andere Spürnase ihnen in die Suppe spucken wird.»

«Glaubst du, die stecken da mit drin? Ehrlich gesagt, ich verabscheue Linda Forloines dermaßen, daß ich sie schlecht beurteilen kann.»

«Viele Leute verabscheuen sie», sagte Cynthia. «Sie ist eine kleine Gaunerin, die den Abdeckern Pferde verkauft, während sie den Besitzern erzählt, sie hätte einen guten Platz für sie gefunden.»

«Sie ist so durchschaubar, daß es lächerlich ist – wenn man Pferde kennt.» Harry häufte noch Nudeln auf ihren Teller.

«Sie verkauft wieder Kokain. Rick meint, sie wird uns zu dem Mörder führen – oder zu den Mördern.»

«Ihr denkt also, sie steckt da mit drin.» Harry senkte die Stimme, obwohl sonst niemand da war.

«Linda war es, die Fair indirekt beschuldigt hat, er würde Pferde dopen.»

«Ich bringe das Miststück um!»

«Nein, das tust du nicht», mahnte Cynthia. «Frank Yancey hat sie sofort durchschaut, als sie ihren ‹Verdacht› äußerte. Als Colbert Mason vom Verband ein bißchen unruhig wurde, haben wir abgewartet, was er tun würde. Mims Fax vom Brief des Anwalts hat Colbert veranlaßt, sich mit Linda in Verbindung zu setzen und ihr zu sagen, sie müsse formell Klage einreichen. Da hat sie schleunigst einen Rückzieher gemacht.»

«Was ist sie doch für ein jämmerlicher Mensch.»

«Wohl wahr, aber warum hat sie das gemacht, Harry?»

«Weil sie gerne Schlamm aufwühlt, im trüben fischt, such dir aus, welchen Spruch du willst.»

«Laß dir was Besseres einfallen.» Cynthia räumte das Geschirr zusammen.

«Sie bringt euch von der Spur ab.»

«Wir haben sie beobachtet. Sie ist umgehend zu ein paar von den Leuten geeilt, die sie beliefert. Weniger, um sie zu warnen, als um ihnen das Maul zu stopfen. Das glauben wir zumindest. Wir können allerdings nicht rund um die Uhr jemanden auf sie ansetzen. Wir haben nicht genug Leute in der Abteilung. Wir hoffen, daß sie uns zu dem Lieferanten führt.»

«Hat sie Coty Lamont Koks verkauft?»

«Ja. Sie hat auch Nigel Danforth welches verkauft. Auch sein Blut war voll mit dem Zeug. Jockeys werden stichprobenartig getestet, und wir glauben, sie haben einen Tip gekriegt, wann immer sie getestet wurden.»

Harry stieß einen erstaunten Pfiff aus. «Arme Addie.»

«Wieso?»

«Mein Gott, Cynthia, sie war drauf und dran, sich mit einem Drogenabhängigen einzulassen.»

«Mein Gefühl sagt mir, daß sie auch wieder Drogen nimmt.»

«Da mag ich gar nicht dran denken.»

«Du kannst mir helfen.» Cynthia beugte sich vor. «Das Stilett, das bei diesen Morden benutzt wurde, ist ein sogenannter Silver Shadow. Sie kosten zwischen neunzig und hundertzehn Dollar. Ich habe bei allen Händlern von Washington bis Richmond und Charlotte, North Carolina, nachgefragt. Sie führen keine Listen darüber, wer Messer kauft. Es ist nicht wie bei Schußwaffen. Offensichtlich ist ein Stilett kein Verkaufsschlager, weil es nicht so nützlich ist wie ein Jagdmesser. Nur sechs sind in den diversen Geschäften, die ich angerufen habe, verkauft worden. Ich überprüfe es noch weiter, aber es rutscht auf meiner Liste nach unten, weil wir nach dem zweiten Mord überlastet sind. Der Druck der Presse hat uns gerade noch gefehlt. Rick möchte den Streifenwagen am liebsten gegen einen Panzer tauschen und die Pressegeier überrollen.» Sie hielt inne. «Wenn du irgendwas über Messer sehen oder hören solltest – sag's mir.»

«Klar.»

«Noch etwas.» Harry machte ein fragendes Gesicht, und Cynthia fuhr fort: «Wenn hier Rauschgift im Spiel ist, könnte es sein, daß die Person, die diese Verbrechen begangen hat, nicht rational handelt.»

«Kann ein Mörder überhaupt rational handeln?»

«Absolut. Ich sage ja nur, spiel lieber mit verdeckten Karten.» Sie zuckte zusammen. «Ich wünschte, das hätte ich nicht gesagt.»

«Ich auch», fiel die Katze ein.

24

Die Füchse blieben im Bau, die Feldmäuse kuschelten sich in ihre Nester, die Blauhäher, diese großmäuligen Diebe, wagten sich nicht hinaus. Der Regen ließ schließlich nach, doch die Temperatur sackte ab, und festes Eis bedeckte den Erdboden.

Zum Glück gab es nicht viel Verkehr, da Sonntag war. Das verringerte zwar die Zahl der Karambolagen, gab aber auch den meisten Menschen das Gefühl, bei sich zu Hause von der Welt abgeschnitten zu sein.

Mrs. Murphy jagte auf dem Heuboden, während Tucker in der geheizten Sattelkammer schlief. Simon, das Opossum, schlummerte tief auf seiner alten Pferdedecke, die Harry zu seinem Wohl gestiftet hatte. Die Eule oben in der Kuppel schlief ebenfalls.

Die Tigerkatze wußte, wo die Kletternatter schlief, und machte einen großen Bogen um sie. Die Natter war inzwischen fünf Jahre alt und selbst im Winterschlaf eine furchteinflößende Erscheinung.

Murphy kauerte auf einem Heuballen, einer wohlduftenden Mischung aus Wiesengras und Alfalfa, und lauschte auf die piepsenden Mäuse. Sie hatten in der hinteren Ecke des

Heubodens einen Heuballen ausgehöhlt und Bindfäden, Papierstückchen, sogar Bleistiftstummel hineingeschleppt, bis die Behausung richtig eingerichtet und kuschlig war. Mrs. Murphy wußte, daß regelmäßig eine Maus herauskam, über den Heuboden und seitlich eine Box hinunter- und dann zwischen den Gitterstäben hinaushuschte. Das Ziel war gewöhnlich die Futterkammer oder die Sattelkammer. Die Mäuse hatten ein Loch in Harrys verblaßte jägergrüne Stalljacke gefressen. Mrs. Hogendobber hatte sie ihr geflickt, denn für Harry war Stallarbeit ohne diese Jacke unvorstellbar.

Harry warf Tomahawk, Gin Fizz und Poptart halbe Futterrationen vom Heuboden herunter, was bei den Tieren unten endloses Gejammer hervorrief. Wenn die Pferde nicht ins Freie gebracht und ordentlich bewegt werden konnten, schränkte Harry die Futtermenge ein. Sie fürchtete Koliken wie die Pest. Ein Pferdedarm konnte verstopfen oder, schlimmer noch, sich verdrehen, und dann wälzte sich das Tier in seiner Qual auf der Erde und verendete manchmal sehr schnell. Normalerweise konnte eine Kolik aber wirksam behandelt werden, wenn sie früh genug erkannt wurde.

Die drei Pferde – zwei Wallache und eine Stute –, aufsässig, da bei guter Gesundheit, konnten sich eine Kolik nicht vorstellen, und so schimpften und stöhnten sie, knallten ihre Futtereimer scheppernd gegen die Wand und riefen einander zu, was für ein schrecklicher Mensch Harry sei, sie um ihr Futter zu betrügen.

Mrs. Murphy wollte ihnen gerade sagen, sie sollten still sein und sich glücklich schätzen, als eine Maus aus dem Nest geflitzt kam. Die Katze sprang auf und in die Luft, eine perfekte Flugbahn zum Zuschlagen, doch als die listige Maus einen Schatten sah und dann die Katze roch, lief sie im Zickzack und schaffte es bis zur Boxenwand.

Mrs. Murphy konnte nicht seitlich an der Box hinunter, weshalb sie sich auf den Balken darüber begab und sich genau in dem Moment in Poptarts Box hinunterfallen ließ, als die Maus zwischen den Gitterstäben aufkreuzte. Mrs. Murphy stieß sich mit dem Hinterteil ab, sauste zu dem Boxengitter, griff mit den Pfoten das Ende eines Gitterstabes, dann rutschte sie in die Box zurück, weil ihre Krallen an dem Eisen keinen Halt fanden.

«Verdammt!» fluchte sie laut.

«Du kriegst die Mäuse nie, Murph.» Poptart kaute ruhig ihr Heu. *«Sie warten, bis du aufkreuzt, und rennen dann wie verrückt. Sie frißt gerade Körner in der Futterkammer und lacht über dich.»*

«Ach, wie nett von dir, mir das zu sagen», fauchte Murphy. *«Ich sehe nicht, daß du irgend etwas tust, um den Stall von Geschmeiß zu befreien. Überhaupt, Poptart, sehe ich nicht, daß du irgendwas tust, außer dich vollzufressen.»*

Gelassen und über die Schmähung erhaben, senkte die große Stute den Hals, bis sie Murphys Nase berührte. *«He, Kurze, du bist in meiner Box gefangen, also hüte deine Zunge.»*

«Jaja.» Damit sprang die Katze auf den breiten grauen Rücken des Pferdes. Poptart drehte sich erschrocken längsseits der Gitterstäbe. Mit einer einzigen fließenden Bewegung schwang sich Mrs. Murphy durch das Boxengitter und landete auf der Sattelkiste davor.

Poptart blinzelte durch die Gitterstäbe, als Mrs. Murphy jubelte: *«Du bist vielleicht größer, aber ich bin schlauer!»*

Das Pferd, mit einem starken Sinn für Humor ausgestattet, kicherte und machte sich dann wieder über die Wiesengras-Alfalfa-Mischung her, die köstlich schmeckte.

Die Katze trabte in die Futterkammer. Und richtig, sie konnte die Maus hinter dem Futterbehälter hören. Harry kleidete ihre Futterbehälter mit Weißblech aus, weil Mäuse sich durch fast alles hindurchfressen konnten. Doch Körner schwappten über, und die Mäuse hatten ein kleines Loch in die Wand gefressen. Sie holten sich ein paar Körner und liefen dann in ihr Loch, um die Beute zu genießen.

Mrs. Murphy setzte sich vor das Loch.

Eine winzige Nase lugte heraus, die schwarzen Barthaare waren kaum sichtbar. *«Ich weiß, daß du da bist, und ich komm nicht raus. Geh nach Hause und friß Thunfisch.»*

Murphy schlug auf das Loch, und die kleine Nase zog sich zurück. *«Ich bin eine Katze. Ich töte Mäuse. Das ist mein Job.»*

«Töte Maulwürfe. Die sind nämlich gefährlicher. Wenn ein Pferd in einen Maulwurfhaufen tritt? Knacks.»

«Bist wohl sehr schlau, was?»

«Nein, bloß praktisch», quiekte die Maus.

«Wir sind alle Teil der Nahrungskette.»

«Verkrümel dich.» Zur Untermalung ihres Standpunkts warf die Maus ein Stückchen gepreßten Hafer heraus.

«Ich krieg dich schon noch», warnte Mrs. Murphy. *«Ihr Kerle könnt in einer Woche ein Kilo Körner fressen. Das kostet meine Mutter Geld, und sie ist ziemlich arm dran.»*

«Nein, ist sie nicht. Sie hat dich, und sie hat diesen albernen Hund.»

«Versuch bloß nicht, mir zu schmeicheln. Ich bin dein Feind, wie du weißt.»

«Feinde sind relativ.»

Mrs. Murphy dachte darüber nach. *«Bist wohl ein kleiner Philosoph, was?»*

«Ich glaube nicht an Feinde. Ich glaube, es gibt Situationen, wo wir uns Nahrungsquellen streitig machen. Wenn nicht genug für alle da ist, kämpfen wir. Ist genug da, schön. Im Moment reicht es für alle, und ich esse nicht soviel, und meine Familie auch nicht. Also friß mich nicht ... oder die Meinen.»

Die Tigerkatze leckte sich die Pfote und rieb sich damit über die Ohren. *«Ich werde darüber nachdenken, was du gesagt hast. Aber es ist mein Job, diesen Stall und dieses Haus sauberzuhalten.»*

«Du hast schon das Handschuhfach des Transporters ausgeräumt. Du hast deine Pflicht erfüllt.» Die Maus spielte auf Murphys grausame Ausrottung einer Feldmausfamilie an, die sich im Handschuhfach angesiedelt hatte. Sie hatten die Drähte durchgenagt, die in den Sicherungskasten führten, und den Transporter mausetot gemacht. Als Murphy die Eindringlinge verputzt hatte, ließ Harry ihren Transporter reparieren, was sie die stattliche Summe von 137,82 Dollar kostete.

«Wie gesagt, ich werde darüber nachdenken.»

«Murphy», rief Harry. «Laß uns gehen, Miezekatze.»

Murphy tappte aus der Futterkammer. Tucker watschelte mit verschlafenem Blick hinter Harry drein. So fit sie war, Tucker watschelte trotzdem, zumindest kam es Mrs. Murphy so vor.

«Was haste gemacht?»

«Hab versucht, Mäuse zu fangen. Du hättest den Leisetreter hören sollen, der sich in der Futterkammer verkrochen hat, wo ich ihn schließlich mit meinem rasanten Tempo gestellt habe.»

«Was hat er gesagt?»

«Ein Argument nach dem anderen, warum ich ihn und seine Familie in Ruhe lassen soll. Er hat gesagt, Feinde seien relativ. Also, das ist doch der Hammer.»

Als Harry die Stalltür aufschob, veranlaßte ein Schwall eisiger Luft die Tiere, ihr Fell zu sträuben. Tucker, die jetzt hellwach war, sauste durch die Fliegentür zum Haus und durch die Tierpforte in die Küche. Mrs. Murphy joggte neben Harry her, die zur hinteren Veranda schlitterte.

«Mit Schnee werde ich fertig, aber dieses Eis hasse ich!» schimpfte Harry, als ihre Beine auseinanderspreizten. Sie plumpste aufs Eis.

«Komm, Mom.» Mrs. Murphy huschte an ihre Seite.

Tucker trat schuldbewußt aus dem Haus. Ihre Krallen, die nicht so scharf waren wie Murphys, konnten auf dem Eis nicht greifen, deswegen blieb sie, wo sie war, solange man nicht nach ihr rief.

«Kriech auf allen vieren», empfahl Tucker.

Harry rappelte sich hoch und fiel gleich wieder hin. Und kroch dann auf Händen und Knien zur Hintertür. «Wie bin ich nur vorhin zum Stall gekommen?»

«Du bist viel langsamer gegangen, und die Sonne macht das Eis glitschiger, glaube ich», sagte Mrs. Murphy.

Schließlich kämpfte sich Harry unter Mrs. Murphys Zuspruch auf die umschlossene hintere Veranda. Sie zog ihre Gummistiefel aus und öffnete die Tür zur Küche, froh, die Wärme zu spüren. Mrs. Murphy dachte ausführlich über die Worte der Maus nach, daß Feinde relativ seien. Dann kam ihr ein neuer Gedanke. Sie hörte zu fressen auf und rief zu Tucker herunter: *«Ist dir schon mal aufgefallen, wieviel größer wir sind als Mäuse, Maulwürfe und Vögel? Unsere Beute?»*

«Nein, hab ich nie drüber nachgedacht. Wieso?»

«Wir sind größer. Gelegentlich erlege ich ein Kaninchen, aber meine Beutetiere sind kleiner als ich.»

«Und fixer.»

«O nein, sind sie nicht!» brüllte Mrs. Murphy Tucker an. *«Niemand ist fixer als ich. Sie haben einen Vorsprung, und die halbe Zeit erlege ich sie trotzdem. Außerdem haben sie Augen an der Seite. Sie können uns kommen sehen, Tucker.»*

«Ja, ja.» Tucker, zufrieden, weil sie der kätzischen Eitelkeit eins ausgewischt hatte, legte den Kopf auf die Pfoten,

und ihre feuchten braunen Augen sahen zu den zornigen grünen auf.

«Ich werde diese Diskussion nicht fortsetzen. Ich behalte meine Erkenntnis für mich.» Hochmütig kehrte die Katze dem Hund den Rücken und spazierte auf der Küchenanrichte entlang. Vor der Plätzchendose aus bemalter Keramik in Form eines lachenden Schweins blieb sie stehen.

«Sei nicht so empfindlich.» Tucker lief auf dem Fußboden mit.

«Ich sehe nicht ein, warum ich eine Diskussion mit einem Tier fortsetzen soll, das keine Achtung vor meinen Fähigkeiten hat.» Sie war ein bißchen verschnupft, weil sie die Stallmaus nicht zur Strecke gebracht hatte.

«Tut mir leid. Du bist erstaunlich fix. Ich bin nicht ganz bei mir wegen dem Eis.»

Eifrig teilte die Katze ihre Gedanken mit: *«Also, ich habe darüber nachgedacht, wie klein Jockeys sind. Wie Beute.»*

25

Vertrackter November. Das Quecksilber stieg auf dreizehn Grad. Das Eis schmolz. Die vom Regen aufgeweichte Erde nahm langsam das Wasser auf. Ein einzelner kleiner verwirrter weißer Schmetterling wurde gesichtet, der bei Mirandas Hintertür herumflatterte.

Harry und Mrs. Hogendobber sortierten den üblichen Montagmorgenschwall von Postsendungen. Pewter kam zu Besuch, hatte aber bald genug von Mrs. Murphys und Tuckers Schilderung ihrer dramatischen Erlebnisse auf dem

Eis. Sie schlief auf dem Sims ein, das die oberen Postfächer von den unteren trennte. Da sie auf der Seite lag, hing ein Stück ihres grauen Wabbelbauchs über.

«Sie kommen doch, oder?» fragte Mrs. Hogendobber. Sie meinte das Liederfestival ihrer Kirche. «Am neunzehnten November. Notieren Sie sich das Datum.»

«Mach ich.»

Mrs. Murphy steckte die Nase in Mrs. H.s Postsack. «Mrs. Murphy, geh da raus.»

«Sei nicht so pingelig.»

Mrs. Hogendobber griff mit klimpernden Armreifen in den Postsack und bekam den gestreiften Katzenschwanz zu fassen.

«He, ich zieh dich auch nicht am Schwanz!» Die Katze drehte sich blitzschnell herum.

«Ich habe dir gesagt, du sollst da rausgehen. Ich kann übrigens Katzen nicht leiden, Murphy. Bei dir mache ich eine Ausnahme.» Mrs. Hogendobber sprach die halbe Wahrheit. Als Harry die Nachfolge von Mr. Hogendobber antrat und ihre Tiere zur Arbeit mitbrachte, hatte Mrs. Hogendobber ihr Vorhaltungen gemacht. In ihrer Trauerzeit hatte sie sich im Postamt eingefunden, ohne recht zu wissen, wie sie hingelangt war. Sie hatte George in den fast vier Jahrzehnten, die er Postvorsteher gewesen war, geholfen. Als unbezahlte Assistentin, denn das Postamt von Crozet, klein und weitab vom Schuß, konnte keine weitere Arbeitskraft entlohnen. Dabei hatten die Postsendungen im Laufe der Jahre beträchtlich an Umfang zugenommen. Als Harry die Stellung als Posthalterin – die Bezeichnung war ihr lieber als Postvorsteherin – antrat, war es ihr dank ihrer Jugend möglich, etwas härter zu arbeiten, als George es gegen Ende seiner Laufbahn vermocht hatte, trotzdem konnte sie das Arbeitspensum nicht bewältigen. Gesuche um eine Hilfskraft trafen bei der Regierung auf taube Ohren. Kein Wunder. Von den 429025 Postangestellten arbeiteten weniger als zehn Prozent in ländlichen Gegenden. Sie wurden gern ignoriert, was auch sein Gutes hatte, denn Arbeitskräfte auf dem Land genossen viel mehr Freiheit als städtische Postangestellte, die in eine geregelte Vierzigstundenwoche gezwängt und von machthungrigen Vorgesetzten schikaniert wurden.

Mrs. Hogendobber kam zunächst ein-, zweimal die Woche, um auszuhelfen. Anfangs hatte Harry ihre Gesellschaft begrüßt, sie jedoch gebeten, nicht zu arbeiten, da sie ihr nichts bezahlen könne. Doch Miranda kannte die Arbeitsabläufe, die Leute im Hauptpostamt in Charlottesville am Seminole Trail, sogar die Leute in Washington, ganz zu schweigen von sämtlichen Einwohnern Crozets. Sie erwies sich als unentbehrlich. Da George, besonnen im Umgang mit Geld, ihr genug hinterlassen hatte, um bequem davon leben zu können, und sie mit ihren Backwaren noch dazuverdiente, war sie auf das Geld nicht angewiesen. Mehr als alles andere war sie darauf angewiesen, sich nützlich zu machen.

Im Laufe der Zeit waren sie und Harry sich nahegekommen. Und im Laufe der Zeit hatte Mrs. Hogendobber ungeachtet ihrer Vorbehalte die zwei pelzigen Geschöpfe an Harrys Seite lieben gelernt. Sie hatte sogar die dicke graue Katze lieben gelernt, die momentan auf dem Sims völlig weggetreten vor sich hinpofte. Nicht, daß dies irgend jemanden etwas anging.

Nachdem Murphy es auf die Spitze getrieben hatte, verließ sie rückwärts den Postsack, tänzelte seitwärts zum Schalter und sprang hinauf. Sie plumpste auf die Seite und wälzte sich herum, wobei sie viel Bauch sehen ließ.

«Murphy, du machst dich heute morgen ganz schön wichtig.» Harry tätschelte ihren Bauch.

«Mir ist langweilig. Pewter ist weggesackt. Tucker schnarcht unterm Tisch. Dabei ist heute so ein schöner Tag.»

Harry küßte sie auf die Wange. Ein leises Klopfen am Hintereingang machte der Küsserei ein Ende. Mrs. Murphy konnte Menschenküsse ohnehin nur in Grenzen ertragen.

Miranda öffnete. «Adelia, kommen Sie herein.»

Addie, noch in ihrer Reithose, trat ein.

«Alle deine Schätzchen aufgewärmt?» fragte Harry. Tucker hob den Kopf und ließ ihn wieder sinken.

«Oh – ja.» Addie schnupperte, als ihr der Vanilleduft von warmen süßen Stückchen mit Zimtfüllung und Vanilleglasur in die Nase stieg.

«Ihre Post liegt auf dem Tisch», sagte Miranda, während sie zwei Stapel zu den großen unteren Schließfächern trug, die von den kleinen Geschäften der Stadt benutzt wurden.

«Danke.»

«Bereit für den Colonial Cup?» Harry sprach von dem berühmten Hindernisrennen in Camden, South Carolina, das ebenfalls von Marion duPont Scott ins Leben gerufen worden war.

«Ja, Ransom Mine macht sich gut. Du weißt ja, er ist in Montpelier Zweiter geworden. Royal Danzig, ich weiß nicht, er war die letzten Tage nicht in Form, und Bazooka – ich glaube, ich brauche einen Pilotenschein, um Bazooka zu reiten. Mickey Townsend hat zwei Pferde rübergeschickt, gleich nachdem Nigel ermordet wurde.» Sie hielt einen Moment inne. «Er sagt, er möchte, daß ich mit ihnen arbeite. Sie sind wirklich großartig in Form. Mickey hat mich immer unterstützt. Chark paßt das nicht in den Kram, aber er weiß, daß es extra Geld bringt, deshalb hat er den Mund gehalten.»

«Was heißt denn das, ein Pferd ‹aufwärmen›?» Miranda hielt inne. Sie merkte nicht, daß Pewter sich im Schlaf herumwälzte.

«Vorsicht!» rief Mrs. Murphy.

Zu spät. Pewter purzelte in eines der großen Geschäftsschließfächer.

«Pewter.» Mrs. Hogendobber beugte sich über die verdatterte Katze. «Hast du dir weh getan?» Sie konnte nicht anders, sie brach in Lachen aus.

«Nein.» Pewter rappelte sich hoch und marschierte schnurstracks aus dem Postfach zum Tisch, wo sie mit den Krallen einen Batzen Gebäck herausriß, bevor Harry sie daran hindern konnte.

«Ich glaube allmählich, ihr habt mit diesen Kreaturen mehr Arbeit als ich mit den Pferden», bemerkte Addie. «Aufwärmen – also, ich lockere ein Pferd ein wenig auf, trabe ein bißchen, dann mache ich einen Trainingsgalopp um die Bahn. Chark gibt mir die Distanz an. Man arbeitet mit einem Pferd, um die Kondition zu trainieren. Ich denke, so kann man es am ehesten beschreiben.»

«Haben Sie nie Angst da oben?» fragte Miranda.

«Im Moment habe ich mehr Angst hier unten.»

«Warum? Hat jemand Sie bedroht?» Mrs. Hogendobber trat wieder zu Addie.

«Nein.» Addie setzte sich auf den Stuhl neben den Vanillestückchen. «Es ist alles ein Chaos. Arthur bombardiert mich täglich mit Vorträgen, was ich mit meinem Erbe zu machen habe, wenn ich einundzwanzig werde. Mim hält mir denselben Vortrag, aber mit viel mehr Stil. Mein Bruder zuckt die Achseln und sagt, wenn ich's verpulvere, bin ich selbst schuld und er zahlt mir keine Unterstützung, aber darum habe ich ihn auch nie gebeten. So ist es an guten Tagen. An schlechten Tagen schreit er mich an. Alle führen sich auf, als würde ich ausflippen.»

«Pewter ist diejenige, die ausflippt», sagte Murphy kichernd.

«Schnauze», entgegnete Pewter und setzte sich auf den anderen Stuhl am Tisch. Sie dachte, die Menschen, ins Gespräch vertieft, würden nicht merken, wenn sie noch ein Gebäckstückchen stibitzte.

Sie merkten es. Addie gab ihr einen leichten Klaps auf die ausgestreckte Pfote. «Du hast keine Manieren.»

«Ich hab Hunger», bettelte Pewter.

Mrs. Hogendobber langte in ihre voluminöse Rocktasche und zog ein paar winzig kleine Fischchen heraus, ein Katzenschmaus erster Güte. Sie lockte Pewter fort vom Tisch. Mrs. Murphy sprang vom Schalter und spurtete ebenfalls hinüber.

Harry lachte. «Daß ich das noch erleben darf.»

«Wenn ich es nicht tue, bleibt für uns nichts übrig.» Miranda lachte auch. Dann wandte sie sich wieder Addie zu. «Zu den unangenehmen Dingen am Reichtum gehört die Art, wie die Menschen einen behandeln.»

«Ah, hm, noch bin ich nicht reich.» Addie malte mit dem Finger Muster auf den Tisch, die nur sie sehen konnte. «Da wir gerade von Geld sprechen – eigentlich bin ich vorbeigekommen, Harry, um dich zu fragen, ob du mir hundert Dollar leihen kannst. Du bekommst sie gleich nach Camden zurück.» Sie lächelte verlegen.

Harry, kein knauseriger Mensch, zögerte. Erstens war das eine Menge Kleingeld für sie. Zweitens, was war hier los? «Warum leiht Chark dir das Geld nicht?»

Addie hob die Stimme. «Er ist wütend auf mich. Er ist ein Arschloch.»

«So, und was hast du mit dem Geld gemacht, das du in Montpelier gewonnen hast?» Harry jonglierte auf dem Weg zu den Schließfächern mit einem Berg Post.

«Ah –»

«Ich leihe dir keinen Cent, solange ich nicht weiß, warum du knapp bei Kasse bist. Den *wahren* Grund.»

«Und was soll das heißen?» Addie errötete.

«Das soll heißen, dein verblichener Freund war kokssüchtig. Woher weiß ich, daß du es nicht auch bist?»

Miranda hielt fassungslos mitten in ihrem Tun inne, Katzen und Hund ebenso. Aller Augen waren auf Addie gerichtet, deren Gesicht sich puterrot verfärbte.

«Er hat versucht aufzuhören. Bis Linda ihn in die Fänge bekam. Ich hoffe, sie kriegt ein Stilett durchs Herz. Bloß, sie hat kein Herz.»

«Und was ist mit dir?» Harry ließ nicht locker.

«Ich nehme überhaupt keine Drogen mehr. Außerdem ist mir Mutters Beispiel eine Warnung.»

«Aber, aber, Ihre Mutter war eine wunderbare Frau. Sie hat in Gesellschaft getrunken, sonst nichts», verteidigte Miranda Marylou.

Addies Stimme wurde wehmütig. «Sie war eine Trinkerin, Mrs. Hogendobber. Sie war auf Partys richtig glücklich und zu Hause richtig traurig. Sie hat sich stark auf Mim gestützt, aber eine beste Freundin ist kein Liebhaber, und den brauchte Mutter. Zu Hause war sie trübsinnig ... und dann griff sie zur Flasche.»

«Nun ...» Miranda zögerte sichtlich, ihr Bild von Marylou Valiant zu revidieren. «Wenigstens hat sie sich immer wie eine Dame benommen.»

Harry verschränkte die Arme. «Du hast meine Frage noch nicht beantwortet. Wozu brauchst du hundert Dollar?»

«Weil ich bei Mickey Townsend Pokerschulden habe, vom Abend vor dem Rennen», platzte sie heraus.

«Kann er nicht warten?» Miranda war neugierig.

«Mickey ist ein prima Kerl. Ich wünschte, Mutter hätte ihn geheiratet. Aber wenn es um Poker geht, ich meine, es ist *ernst.*» Sie rieb Daumen und Zeigefinger aneinander.

«Komm, komm, würde er dich nicht hundert Dollar an den Pferden abarbeiten lassen, die er gebracht hat?» Harry wartete darauf, daß sie die Karten aufdeckte.

«Ich hab ihn nicht gefragt.»

«Addie, ich glaube dir kein Wort!» Harry fand, daß sie den Punkt der Spitzfindigkeiten längst überschritten hatten. Mickey war eine faule Ausrede.

«Ich schulde Mickey wirklich hundert Dollar. Ich will einfach davon runter. Und ich will nicht, daß Arthur dahinterkommt.»

«Mickey wird es ihm nicht erzählen.» Mrs. Hogendobber sprach aus, was auf der Hand lag, aber das machte auf die junge Frau keinen Eindruck.

Harry schoß aufs Geratewohl eine Frage ab: «Und wieviel schuldete Nigel Mickey wirklich?»

Ohne zu überlegen, antwortete Addie: «Ungefähr zweitausend. Er hätte es beglichen, denn er hat Linda und Will ein Kilo abgenommen –»

«Ein Kilo!» rief Harry aus.

«Ja, er dachte, er könnte es verschneiden und dann verkaufen und eine Menge Geld verdienen.» Addie merkte, daß sie die Katze aus dem Sack gelassen hatte. «Erzählt das bloß nicht Sheriff Shaw oder Deputy Cooper!»

«Das könnte mit dem Fall zusammenhängen», entgegnete Mrs. Hogendobber folgerichtig.

«Warum hat denn kein Mensch das Kilo erwähnt? Wo zum

Teufel ist es? Wer immer ihn getötet hat, hat es vermutlich eingesackt und bereichert sich daran.» Harry fuchtelte mit den Händen in der Luft, entsetzt, daß Addie eine so wesentliche Tatsache zurückgehalten hatte.

«Ich hab es.» Ihre Stimme war dünn.

«Was?» fragten Menschen und Tiere im Chor.

«Mein Gott, Adelia, du bist verrückt. Menschen haben für weniger als ein Kilo Kokain gemordet, und du weißt, daß Linda und Will dir bald auf den Fersen sein werden.» Harry war außer sich.

«Sind sie schon.» Sie stützte den Kopf in die Hände. «Ich habe es in meinem Safe in der Crozet National Bank deponiert, als Nigel mich bat, ihm zu helfen. Sonst weiß es niemand. Der Sheriff von Orange County und Rick haben seinen Wagen und seine Unterkunft durchkämmt. Nichts. Sauber. Linda weiß, daß die Polizei das Koks nicht gefunden hat. Sie will das Zeug zurückhaben.»

«Das kann ich mir denken!» entfuhr es Harry.

«Sie sagt, sie wird mich erpressen, wenn ich es nicht zurückgebe. Sie sagt, niemand wird glauben, daß ich nichts mit dem Drogenhandel zu tun habe, und wenn ich sie anzeige, steht ihr Wort gegen meins. Sie sagt, wenn ich ihr das Koks zurückgebe, ist die Sache erledigt.»

«Und warum brauchen Sie nun die hundert Dollar?» griff Miranda den Refrain auf.

«Für Benzin für den Kombi und Taschengeld. Ich fahre den Stoff heute abend hin. Ich habe kein Geld mehr, weil ich Linda einen Teil von dem Geld zurückgegeben habe, das ich ihr –» sie hielt inne, überlegte – «von einem Pferdehandel schulde.»

«Wieviel? Sag schon, wieviel?» fragten Tucker und Harry zugleich.

«Ah ...» Es folgte eine lange Pause. «Im Moment sind es tausendfünfzehn Dollar.»

«Guter Gott, Addie.» Harry ließ sich auf den Stuhl sinken, den Pewter geräumt hatte, als ihr der Katzenschmaus angeboten wurde. Sie wußte instinktiv, daß Addie Linda Forloines ihre eigene Rauschgiftrechnung schuldig geblieben war. Addie log sie an.

«Ziemlich dämlich, was?» Sie ließ den kastanienbraunen Kopf hängen.

«Hirnverbrannt.» Harry machte eine Faust und tippte sich an den Schädel.

Mirandas korpulente Gestalt überschattete die beiden sitzenden Frauen. «Das ist eine Dummheit, und es wird zu mehr Leid führen. ‹Wie ein Hund sein Gespeites wieder frißt, also ist der Narr, der seine Narrheit wieder treibt.› Sprüche sechsundzwanzig elf.»

«Ich verbitte mir das», bellte Tucker.

«Widerlich», sagte Addie.

«Ich gebe dir keine hundert Dollar. Und wir rufen auf der Stelle Rick Shaw an.»

«Nein! Er wird es Arthur erzählen, und Arthur erzählt es Chark. Sie werden die verdammte Treuhänderschaft verlängern. Dann komme ich nie an mein Geld!»

«Das Testament Ihrer Mutter ist das Testament Ihrer Mutter. Das kann nicht umgestoßen werden», sagte Miranda.

«Das vielleicht nicht, aber sie können es bestimmt hinziehen. Es ist mein Geld.»

«Aber du mußt dem Sheriff diese Information geben. Du mußt da raus, bevor du zu tief reingerätst – du hast bereits einer Schwerverbrecherin Beihilfe geleistet.»

«Coty Lamont hat auch Kokain genommen, nicht?» fragte Mrs. Hogendobber.

Addie nickte.

«So wie es aussieht, Addie, lieferst du das Kilo ab und endest mit einem Messer im Herzen.» Harry seufzte.

«Ich kann es Rick nicht erzählen», wimmerte Addie.

Miranda nahm den Hörer von der Gabel, worauf Addie zur Tür stürmte. Tucker stellte ihr ein Bein, und Harry stürzte sich auf sie.

«Laßt mich gehen.»

«Verdammt noch mal, Addie, man wird dich *umbringen*. Wenn du Linda und Will das Kilo gibst, bist du für den Rest deines Lebens mit Linda im Geschäft. Sie wird dir Pferde bringen. Sie wird besondere Vergünstigungen verlangen. Wenn du Glück hast, nimmt sie das Kilo und verschwindet aus der Stadt. Wenn sie bleibt ...»

«Wenn du kein Glück hast, dann gute Nacht», erklärte Pewter nüchtern.

26

Rick Shaw, der sein ganzes Erwachsenenleben lang Gesetzeshüter gewesen war, erwartete nicht, daß die Menschen ihm auf Anhieb die Wahrheit sagten. Die Wahrheit mußte geschürft werden wie Diamanten, von Hand mit der Picke, mit Dynamit.

Als er die unerquickliche Geschichte im Postamt vernahm, erregte nicht so sehr die Tatsache seinen Zorn, daß Addie Informationen zurückgehalten hatte, sondern vielmehr die Torheit, mit der sie sich in Gefahr begab. Er notierte sich auch im Geiste, daß Mickey Townsend die Geldbeträge, die

Nigel und Coty ihm schuldeten, drastisch heruntergespielt hatte. Addies Schuld hatte er überhaupt nicht erwähnt.

Sobald Rick in seinem Büro Addies vollständige Aussage zu Protokoll genommen und sie entlassen hatte, sprangen er und Cynthia Cooper in den Streifenwagen. Er hatte vorsichtshalber den Direktor der Bank angerufen und ihn angewiesen, Addie nicht an ihren Safe zu lassen. Er dürfe nur in Ricks Gegenwart geöffnet werden.

«Haben Sie Culpeper angerufen?» Cynthia benutzte die Abkürzung für den Sheriff von Culpeper County.

«Hm-ja.»

Sie fuhren schweigend. Als sie Romulus Farms, das Gestüt von Dr. D'Angelo, erreichten, wartete Sheriff Totie Biswanger schon auf sie.

«Ausgeflogen», war alles, was er sagte.

«Alle beide?» fragte Cynthia.

«Äh-hm.» Was soviel hieß wie «ja». Er wies auf die Hütte auf Dr. D'Angelos Farm.

«Pieksauber. Nichts fehlt. Kleider im Schrank. Essen im Kühlschrank.»

«Irgendwie komisch, hm?» Totie verschränkte die Arme über seinem gewölbten Brustkasten und starrte auf seine Schuhe.

27

«Sie haben die ganze verdammte Sache fallenlassen!» Fairs strahlendes Gesicht unterstrich die gute Nachricht.

Harry hatte ihn bei Mim getroffen, als sie dort ein Eilpaket ablieferte. Mim und Chark Valiant, der auch da war, freuten sich fast genauso über Fairs Neuigkeit wie Harry.

Sie waren alle im Stall versammelt, wo Mrs. Murphy und Tucker herumschnüffelten. Rodger Dodger und Pusskin waren nirgends zu sehen.

«So, dann will ich mir Royal Danzig mal anschauen», sagte Fair. «Hatte gar nicht vor, soviel zu quatschen.»

«Ach, er kann noch einen Moment warten. Wenn wir erst beim Geschäft sind, vergessen wir, nach den Einzelheiten zu fragen.» Mim bat sie in die Sattelkammer.

«Wo ist Addie?» fragte Fair.

Mim, die es wußte, sagte nichts; denn sie hatten Chark über den heillosen Schlamassel, den seine Schwester angerichtet hatte, im dunkeln gelassen. Auch dies war auf Rick Shaws Ersuchen geschehen.

«Sie hat aus Charlottesville angerufen», antwortete Chark. «Sie sagt, sie hat jede Menge zu tun und weiß nicht, wann sie zurück sein wird.»

«Oh, okay.» Fair nahm sich eine Tasse Kaffee. Er war wegen eines Notfalls in einem Reitstall seit vier Uhr morgens auf den Beinen. «Soweit ich es mir zusammenreimen kann oder soviel Colbert Mason mir erzählen wollte, hat er sich mit meiner Anklägerin Linda Forloines in Verbindung gesetzt. Sie behauptete, er hätte vollkommen mißverstanden, was sie gesagt hat. Sie war wütend, weil er so etwas auch nur denken konnte, und sie habe nicht die Absicht, eine Anklage gegen mich vorzubringen. Das wäre also erledigt.» Er setzte sich in den bequemen alten Ledersessel und bereute es sogleich, weil er wußte, er würde nicht mehr aufstehen wollen.

«Typisch», lautete Mims Kommentar.

«Sie ist es nicht wert, daß man sich mit ihr befaßt», fügte Chark hinzu.

Sie alle kannten Lindas Vorgehensweise. Sie tat, als verfüge sie über interne Informationen, sie machte Andeutungen, wurde plump-vertraulich, veränderte die Modulation ihrer Stimme, um ihren Worten mehr Gewicht zu verleihen. Auf diese Weise konnte sie sagen, man hätte sie mißverstanden, und durchblicken lassen, daß mit einem selbst etwas nicht stimme, wenn man so etwas auch nur denken könne.

«So, jetzt will ich mir aber Royal Danzig ansehen.» Fair zwang sich aus dem Sessel.

Sie gingen durch den schönen Mittelgang, und Chark holte den temperamentvollen Burschen aus seiner Box. Während Fair mit den Händen über die Beine des Pferdes fuhr, kam Rodger Dodger, soeben von einer Inspektion der Koppeln zurückgekehrt, in den Stall geschlendert, seine geliebte Pusskin an seiner Seite.

«Royal, was hast du?» fragte der alte rotbraune Kater.

«'ne empfindliche Stelle an meinem linken Bein. Ich glaube, ich bin falsch aufgetreten, als sie mich auf die Koppel gebracht haben.»

«Ich hoffe, es ist nichts Ernstes», erwiderte Rodger höflich.

«Das hoffe ich auch, ich will nach Camden.»

«Rodger, wie geht's, wie steht's?» rief Mrs. Murphy, als sie Rodgers Stimme hörte. Sie war mit Tucker in der Sattelkammer gewesen. Die roch so gut und war mollig warm.

«Murphy. Hi, Tucker», sagte Rodger, und Pusskin murmelte einen Gruß.

Mrs. Murphy setzte sich und legte den Schwanz um sich. *«Ich habe dir einen Vorschlag zu machen, Rodger.»*

«Was für einen Vorschlag?» Tucker spitzte die Ohren. *«Warum hast du mir nichts gesagt?»*

«Weil er erst reifen mußte.» Mrs. Murphy wandte sich wieder an Rodger. *«Es ist möglich, daß eure Stallmäuse wissen, was in Orions Box ist.»*

«Warum fragst du nicht die Pferde?» fragte Tucker.

«Hab ich.» Rodger schnippte eine Minute lang mit dem Schwanz. *«Sie konnten sich an nichts erinnern, nicht mal Orion, und er ist der älteste, mit zwölf. Andererseits, was immer da drin ist, könnte vor Jahren im Sommer vergraben worden sein. Die Jagdpferde kommen im Sommer immer raus auf die Weide, dann wären also bloß die Mäuse und ich hier gewesen. Ich erinnere mich an nichts, aber im Sommer geh ich ja ins große Haus und ruh mich dort aus, wegen der Klimaanlage.»*

«Wenn du mit den Mäusen ein Abkommen triffst, sprechen sie vielleicht mit uns.» Mrs. Murphy hielt sich streng an ihre Tagesordnung.

«Was für ein Abkommen?»

«Sie nicht zu fangen.»

«Das kann ich nicht. Mim wird wütend, wenn ich keine Mäuse in der Sattelkammer abliefere. Sie fragt Chark jeden Tag, ob Pusskin und ich unsere Pflicht getan haben.»

«Sie ist richtig pingelig», fügte Pusskin hinzu.

«Das habe ich bedacht.» Mrs. Murphy hätte Pusskin am liebsten einen Klaps gegeben. Sie bemühte sich, ihr Miauen freundlich klingen zu lassen. *«Ich schlage vor, daß ihr Feldmäuse fangt und in der Sattelkammer abliefert. Die Menschen erkennen den Unterschied nicht.»*

Rodger rieb sich mit der Vorderpfote die Schnurrhaare. Er runzelte die Stirn. Der weise alte Bursche wollte die möglichen Folgen einer solchen Abmachung bedenken. *«Es wird eine Zeitlang funktionieren, Murphy, aber wenn die Körner schwinden und die Stallmäusebevölkerung nicht abnimmt, werden die Menschen dahinterkommen, daß etwas nicht stimmt. Ich will nicht, daß Pusskin oder ich gefeuert werden.»*

«Das würde Mim nie tun», vermutete Tucker richtig.

«Das kann ich nur hoffen.» Rodger kannte Katzen, die ihre

Arbeit verloren hatten, weil sie träge geworden waren. *«Aber selbst wenn sie uns bleiben läßt, holt sie vielleicht noch eine Katze hinzu, und damit will ich mich nicht herumschlagen. Das hier ist mein Stall.»*

«Und wenn wir die Stallmäuse bitten, sich nicht zu zeigen?» Mrs. Murphy bemühte sich um eine Lösung. *«Dann würden die Menschen sie wenigstens nicht sehen. Ihr wißt ja, wie sie sich mit Mäusen anstellen.»*

«Sehen ist schlimm genug. Aber die Körner sind es, die mir Sorgen machen», sagte der besonnene Rodger.

«Können sie nicht mit dem auskommen, was die Pferde auf die Erde werfen? Pferde sind doch so schlampige Esser», warf Pusskin ein. Keine schlechte Idee für eine beschränkte Mieze, mußte Mrs. Murphy zugeben.

«Weniger Futter. Mehr Sicherheit», schnurrte Rodger. *«Ein Handel. Ist wohl einen Versuch wert, aber Murphy, warum interessiert es dich, was in Orions Box ist?»*

«Sag bloß nicht aus Neugierde», warnte Tucker.

Mrs. Murphy atmete die frische Luft ein. Ihr Kopf fühlte sich so klar an wie die Luft um sie herum. *«Ich glaube, das Morden ist noch nicht vorüber, und ich glaube, was immer in Orions Box ist, könnte ein Teil der Lösung sein.»*

«Wenn die Menschen sich gegenseitig umbringen, ist das ihre Sache», fauchte Pusskin, keine große Anhängerin der menschlichen Rasse.

«Aber wenn Mim dadurch in Gefahr gerät?» Mrs. Murphy streckte eine Pfote nach Pusskin aus, als wolle sie sie schlagen. *«In ihrem Stall ist etwas passiert. Etwas, das mindestens ein paar Jahre zurückliegt. Mickey Townsend richtet mitten in der Nacht eine Pistole auf Coty Lamont. Coty hat in Orions Box gegraben. Mickey läßt ihn das Loch wieder zuschütten, dann bringt er ihn weg. Cotys Wagen war nicht hier. Er ist von irgendwo zu Fuß*

gekommen, und Mickey ist ihm nachgeschlichen. Ziemlich eigenartig. Am nächsten Tag liegt Coty Lamont tot auf der Ladefläche des Lieferwagens, mit einem Messer im Herzen und einer weiteren Spielkarte drauf, der Pikdame. Das hat Cynthia Cooper meiner Mom erzählt, als sie vorgestern abend zusammen gegessen haben.» Sie holte Atem.

Pusskin platzte heraus: *«Das bedeutet, Mickey ist der Mörder.»*

«Vielleicht ja und vielleicht nein. Addie hat ein Kilo Kokain in ihrem Banksafe und sagt, es hat Nigel Danforth gehört.»

«O nein!» riefen Rodger und Pusskin wie aus einem Munde.

«Sie hat es Rick Shaw erzählt. Jetzt hat sie eine schöne Bescherung am Hals.» Tucker war von demselben Drang beseelt wie ihre beste Freundin. *«Und ich glaube nicht, daß sie's ihm gesagt hätte, aber Mom und Mrs. Hogendobber haben sie dazu gezwungen. Ich vermute, das ist noch nicht das Ende vom Lied, denn Addie sollte das Kilo bei Linda Forloines abliefern, und was wird Linda tun, wenn sie nicht aufkreuzt?»*

«Dann könnte Addie in Gefahr sein?» Rodger hatte Addie gern.

«Jeder könnte in Gefahr sein, vor allem wenn ich mit dem Geheimnis in Orions Stall recht habe. Was, wenn Mim durch puren Zufall auf die Wahrheit stößt? Ihr könnt eure Besitzerin nicht so einer Gefahr aussetzen. Ich weiß, ihr seid keine Hauskatzen, aber Mim ist anständig und kümmert sich um euch. Und –» Mrs. Murphy senkte die Stimme – *«was wäre aus euch geworden, wenn sie euch nicht aus dem Tierheim gerettet hätte? Es gibt zu viele Katzen, und egal, wieviel Gutes der Tierschutzverein tut – nun, ihr kennt das ja.»*

Nach dieser bitteren Ermahnung blieben die Tiere eine ganze Weile still.

Schließlich sagte Rodger entschlossen: *«Es ist eine Ehrenschuld. Für Mim tun wir unser Bestes. Pusskin?»*

«Was immer du sagst, Liebster.»

Er blähte die rote Brust auf, schleckte Pusskins hübsches Gesicht ab und sagte dann: *«Verhandeln wir also mit den Mäusen.»*

Die Mäuse tummelten sich in den Wänden der Sattelkammer. Mim hatte die Sattelkammer isolieren lassen, so daß zwischen den beiden Wänden eine Menge Raum war, angefüllt mit warmem Isoliermaterial, wo Mäuse mühelos hinein- und hinausgelangen konnten, weil sie von der nächstliegenden Boxentür einen Gang gegraben hatten. Sie hatten inzwischen zahlreiche Ein- und Ausgänge angelegt, was Rodger Dodger zur Verzweiflung trieb, weil ihm und Pusskin selbst dann, wenn sie sich aufteilten, um die Löcher zu bewachen, die Mäuse durch die Lappen gingen.

Das heisere Quieken verstummte, als die Mäuse die nahenden Katzen hörten und rochen.

«Muß eine ganze Armee sein», warnte die Obermaus, ein kesses Weibchen.

Rodger legte seine rosa Nase an den Eingang eines der Löcher. *«Loulou, wir sind's, Rodger und Pusskin. Mrs. Murphy und Tucker, die Corgidame von drüben beim Yellow Mountain, sind bei uns.»*

«Die Tiere von der Post», erwiderte Loulou. Ihre hohe Stimme war klar und schrill.

«Woher weiß die das?» fragte Mrs. Murphy.

«Wir wissen alles. Außerdem haben wir Verwandte in Market Shifletts Laden. Pewter ist zu fett, um sie zur Strecke zu bringen.»

Murphy kicherte. Tucker ebenso.

«Loulou, ich komme mit einem Angebot, das ihr euch überlegen solltet.»

Nach einem Augenblick des Schweigens ließ sich Loulou argwöhnisch vernehmen: *«Wir sind ganz Ohr.»*

«Wißt ihr, was in Orions Box vergraben ist?»

«Ich als die älteste Maus weiß es», erwiderte Loulou geschwind. *«Aber ich sag's euch nicht.»*

Rodger zügelte seinen Zorn, doch Pusskin klagte: *«Sie ist eine richtige Klugscheißerin.»*

Mrs. Murphy flüsterte ihr zu, sie solle still sein.

«Loulou, ich erwarte nichts umsonst. Pusskin und ich erklären uns bereit, keine Stallmäuse zu fangen, und zwar für ein Jahr –» der letzte Teil war Rodgers eigener Zusatz –, *«wenn ihr euch bereit erklärt, euch vor den Menschen nicht blicken zu lassen. Sonst denken sie, Pusskin und ich faulenzen herum, und wir kommen in Teufels Küche, und Mim versucht womöglich, noch eine Katze herzubringen. Könnt ihr unsere Lage verstehen?»*

«Ja.»

«Schön, ein Jahr Freiheit für die Information – und versucht, euch nicht zu stark zu vermehren, ja?»

«Es ist ein freier Lauf zur Futterkammer, ohne jede Deckung. Die Menschen werden uns sehen.» Loulou suchte Zeit zu schinden, wie das aufgeregte Geplapper im Hintergrund bewies.

«Unter den Futtereimern der Pferde liegen jede Menge Körner. Zeigt eure Gesichter nur nicht tagsüber im Stall, und wenn ihr abends einen Menschen kommen hört, geht in Deckung. Sonst geraden wir alle miteinander in eine wirklich schlimme Lage.»

«Ich bin gleich wieder da», erwiderte Loulou.

Die drei Katzen und der Hund warteten geduldig. Harry kam auf dem Weg zum Klo vorüber. «Was macht ihr da alle miteinander?»

«Verhandlungen auf höchster Ebene», informierte Mrs. Murphy sie.

«Manchmal seid ihr so süß.» Lächelnd ging Harry weiter.

«Puh», seufzte Tucker. *«Sie hätte den ganzen Deal versauen können.»*

«Ja, das hätte uns gerade noch gefehlt, daß jemand von ihnen diesen Eingang sieht, und wie wir alle untätig herumsitzen wie der Ochs vorm Scheunentor.» Rodger verlagerte das Gewicht von einer Seite auf die andere.

Sie hörten einen Chor von dünnen Stimmchen. *«Angenommen.»* Dann ein einsames: *«Abgelehnt.»*

«Rodger Dodger!» sagte Loulou und steckte den kleinen Kopf aus dem Eingang. Sie war eine muntere und selbstsichere Maus.

«Ja.»

«Wir sind uns fast einig. Wir sind mit euren Bedingungen einverstanden, ein freies Jahr, aber ich muß euch noch um einen persönlichen Gefallen bitten.»

«Welchen?»

«Kannst du mit Lucy Fur und Eloquenz sprechen, den beiden Katzen von Reverend Jones? Die Familie meiner jüngsten Schwester lebt hinter dem Himmelfahrtswandbehang. Lucy Fur und Eloquenz schikanieren sie andauernd. Ich verlange kein Stillhalteabkommen, bloß ein bißchen weniger Schikane, verstehst du?»

«Ich kenne diese Katzen nicht», erwiderte Rodger wahrheitsgemäß.

«Aber ich», sagte Mrs. Murphy rasch. *«Ich spreche mit ihnen. Du hast mein Wort.»*

«Du hast bestimmt Mäuse in deinem Stall», wagte sich Loulou weiter vor.

«Schon, aber ihr seid alle braun, und das sind lauter graue. Ich bezweifle, daß Verwandte von dir in meinem Revier sind.»

Es folgte eine Pause. *«Du hast wahrscheinlich recht, aber sprichst du mit den anderen Stallkatzen?»*

Nach einer langen Pause erklärte Murphy sich einverstanden: *«Ja. So, und jetzt sagst du uns, was in Orions Box ist und was ihr von den Leuten wißt, die was damit zu tun haben.»*

Loulou hüstelte und räusperte sich. *«Ich war sehr jung. Mutter lebte noch, aber ich erinnere mich, als wäre es gestern gewesen. Im Juli waren es fünf Jahre. Es war heißer als die Hölle. Coty Lamont und ein Typ namens Sargent gruben in der Ecke der Box ein tiefes Loch. Muß zwei Uhr morgens gewesen sein und etwa vier, als sie fertig waren. Die Erde war weich, drum kamen sie gut voran. Wir konnten riechen, wie nervös sie waren. Ihr wißt, dieser scharfe, gräßliche Geruch.»* Sie atmete tief ein. *«Sie gingen weg, kamen dann mit einer schweren Leinenplane wieder, die von je einem Mann an einem Ende gehalten wurde. Ich konnte nicht sehen, was drin war, aber ich konnte Blut riechen.»*

«Verdammt», flüsterte Mrs. Murphy.

Loulou lauschte auf ein Quieken, dann sagte sie: *«Mom und ich und die älteren Mäuse, die natürlich nicht mehr am Leben sind, sahen vom Heuboden aus zu. Als sie die Plane anhoben, um sie in das Loch zu senken, ließen sie sie fallen, sie müssen wohl erschöpft gewesen sein, und ein Ende faltete sich ein bißchen auseinander. Massenhaft kupferrote Haare quollen heraus. Mutter hat das Gesicht genau gesehen, weil sie auf den Boxenbalken gelaufen ist.»*

Alle Tiere hielten den Atem an, als Loulou fortfuhr: *«Es war Marylou Valiant.»*

28

Zähneknirschend öffnete Addie im Beisein von fünf Personen ihren Safe in der Crozet National Bank. Rick Shaw und der Präsident der Bank, Dennis Washington, starrten auf das in braunes Papier gewickelte Päckchen. Indem sie den Safe am Abend öffneten, mieden sie den stetigen Publikumsverkehr und verminderten so das Risiko, daß jemand Wind von Addies Eskapade bekam.

«Ich weiß nicht, warum ihr alle hier sein müßt», schmollte Addie. Arthur stand neben Dennis. Chark lehnte mit verschränkten Armen an einer Wand mit Bankfächern aus rostfreiem Stahl.

Cynthia Cooper hielt den kleinen Messingschlüssel in der Hand. Sie würde ihn Addie nicht zurückgeben. «Arthur ist Ihr Vormund bis zum 14. November, Mitternacht. Und ich möchte annehmen, Sie sind froh, daß Ihr Bruder hier ist.»

«Ich bin nicht froh.»

Rick hatte bis zur letzten Minute gewartet, um Charles und Arthur einzuweihen; denn er fürchtete, je früher er sie informierte, desto eher würden sie die Nachricht durchsikkern lassen. Das könnte gefährlich sein.

Addies junges Gesicht verzerrte sich vor Wut. «Man wird mir für den Rest meines Lebens meine miese Menschenkenntnis aufs Butterbrot schmieren.» Sie drehte sich zu Arthur um. «Und ich wette, du findest einen Weg, deine Treuhänderschaft zu verlängern, *wieder* mit Hilfe meines *lieben* Bruders!»

«Du stehst unter Druck», sagte Arthur in besonnenem Ton. «Du hast eine enorme Dummheit begangen. Was dein Geld angeht, wird dem Wunsch deiner Mutter wortwörtlich entsprochen.»

«Das glaub ich nicht. Du denkst doch, ich bin blöd in Sachen Geld.»

Arthur machte den Mund auf und wieder zu. Addie, von

hitzigem Temperament wie ihre Mutter, wollte sich nichts von ihm sagen lassen.

«Schwesterherz, ich sollte dir für diese Glanznummer den Hals umdrehen», sagte Chark mit zusammengebissenen Zähnen, während Cynthia Cooper in den Safe griff und das eingewickelte Kilo herausnahm.

«Es war nicht, wie du denkst. Nigel hat es gekauft, um seine Schulden bei Mickey zu bezahlen.»

«Das hier geht weit über Schulden bei Mickey Townsend hinaus», erwiderte Rick. «Dies ist sehr viel Geld, das buchstäblich auf der Straße liegt.»

«Er hat dich ausgenutzt!» brüllte Chark.

«Er hat mich nicht ausgenutzt.»

«Man soll die Toten in Frieden ruhen lassen.» Arthur hob die Hände, um dem Streit ein Ende zu machen. «Was immer er vorhatte, wir werden es nie erfahren.»

Rick machte Cynthia ein Zeichen, den Safe abzuschließen.

«Ich habe Ihnen etwas mitzuteilen.» Rick kniff die Augen zusammen. «Und Addie, wenn Sie noch etwas zurückhalten, raus damit.» Sie funkelte ihn böse an, und er fuhr fort: «Es gibt keinen Nigel Danforth.»

«Was soll das heißen?» Angst flammte in ihrem Gesicht auf, während sich in Charks und Arthurs Zügen Verwirrung spiegelte.

«Das soll heißen, eine solche Person ist in England nicht registriert. Und es gibt hierzulande keine Arbeitserlaubnis, die auf jemanden dieses Namens ausgestellt ist. Unsere einzige Hoffnung sind seine Zahnbefunde. Wir haben sie per Computer an jede Polizeistation geschickt, die wir erreichen können, hier und in England. Eine unsichere Sache. Seine Fingerabdrücke sind weder in den USA noch in England registriert.»

Addie sackte ab wie ein Stein. «Ich verstehe überhaupt nichts.»

Chark fing seine Schwester auf und setzte sie sanft auf einen Stuhl. «Er hat sogar noch mehr gelogen, als *ich* dachte», sagte er.

Sie stützte den Kopf in die Hände und schluchzte. «Aber ich habe ihn geliebt. Warum sollte er mich anlügen?»

Arthur legte ihr seine Hand auf die Schulter. «Sheriff, könnte er vielleicht aus einer britischen Kolonie stammen – oder einer französischen Kolonie?»

«Daran hat Coop auch gedacht. Wir können nichts finden. Wir wissen nicht, wer dieser Mann war, woher er kam, oder sein genaues Alter. Wir wissen nur, daß er Addie ein Kilo Kokain zur Aufbewahrung gegeben und ihr erzählt hat, er hätte es Linda Forloines abgekauft –»

«Schnappen Sie die beiden!» wimmerte Addie.

«Wir wollten sie gestern verhaften. Sie sind weg.» Verlegen sah Rick die Bestürzung in ihren Gesichtern.

«Steht meine Schwester –» Chark bekam die Worte kaum heraus – «unter Arrest?»

«Nein. Zumindest noch nicht», sagte Rick.

«Also hören Sie, Shaw.» Arthur richtete sich kerzengerade auf. «Sie war ein dummes Mädchen, aber manch eine Frau hat sich von einem Mann in die Irre führen lassen. Sie ist keine Drogendealerin. Sie nimmt auch nichts mehr.»

Unter Tränen, die ihr über die Wangen liefen, würgte Addie zitternd hervor: «Also – ah, manchmal.»

«Dann werden dein Bruder und ich dich in eine Klinik bringen.» Arthurs Ton duldete keinen Widerspruch.

«Und was wird aus Camden? Außerdem, ich nehm ja bloß ein bißchen zum Feiern. Ehrlich. Ich bin nicht süchtig oder so was. Ihr könnt mein Blut untersuchen.»

«Das machen wir unter uns ab.» Arthur übernahm das Kommando. «Sheriff, hat Adelia die Erlaubnis, in Camden zu reiten?»

«Ja, aber –» er sah Adelia fest an – «versuchen Sie keine Dummheiten – etwa abzuhauen.»

«Glauben Sie, daß Will und Linda dort aufkreuzen?» fragte Chark.

«Das weiß ich nicht», antwortete Rick.

«Die sind längst nicht mehr im Land.» Addie wischte sich die roten Augen. «Linda hat immer gesagt, sie will noch ein letztes großes Ding drehen.»

«Warum hat sie das nicht schon vor langer Zeit gemacht?» Arthurs Ton war streng.

«Weil sie selbst Drogen nahm. Sie sagte aber, sie wäre jetzt clean. Es ginge bloß noch ums Geschäft. Sie wollte einen Coup landen. Und dann nichts wie weg hier.» Addie ließ den Kopf wieder auf die Hände sinken.

«So etwas kommt in Rennbahnkreisen häufig vor, nicht?» Cynthia kritzelte Notizen in ihr Buch.

Addie zuckte die Achseln. «Das geht auf und ab. Ich glaube nicht, daß es auf der Rennbahn mehr Drogenmißbrauch gibt als in großen Betrieben.»

«In diesem Fall hat Amerika ein Problem», sagte Chark.

«Mit Amerika befassen wir uns morgen.» Arthur lächelte verkniffen. «Im Moment ist es mir wichtiger, diese junge Dame wieder auf die rechte Bahn zu bringen. Sheriff, brauchen Sie uns heute abend noch?»

«Nein», sagte Rick. «Sie können gehen.»

Als Rick und Cynthia später im Begriff waren, in den Streifenwagen zu steigen, fragte sie ihn: «Glauben Sie, sie sagt die Wahrheit? Daß sie wirklich nichts über Nigel wußte?»

«Was sagt Ihnen Ihr Instinkt?»

Cynthia lehnte sich gegen die Wagentür. Die Nacht, kristallklar und kalt, war schön. «Sie wußte nichts.»

«Was noch?» Er bot ihr eine Zigarette an, und sie nahm sie.

Cynthia senkte den Kopf, um sich Feuer geben zu lassen, und machte einen Zug. Sie blickte hoch und bemerkte, wie vollkommen die Sterne glänzten. «Rick, es ist noch lange nicht vorbei.»

Er nickte, und schweigend rauchten sie ihre Zigaretten zu Ende.

29

Der große lila Pferdetransporter mit der glitzernden goldenen Beschriftung – DALMALLY FARM auf beiden Seiten und PFERDE auf der Rückseite – parkte neben einer Erdrampe. Die Laderampen, schwer und sperrig, konnten Rückenschäden verursachen, deshalb hatte Mim eine Erdrampe bauen lassen. Die Pferde liefen direkt in den Wagen, ohne das Klapp-klapp auf Metall unter sich zu hören. Bei der Rennbahn angekommen, mußte die ungeliebte Rampe natürlich doch von der Seite des Wagens gezogen werden, dennoch, jede Minderung körperlicher Anstrengung war eine Erleichterung.

Harry sah sich Mims Pferdetransporter nur zu gern an. Mim hatte außerdem einen Anhänger für die Jagd. Obwohl Lila die Jagdfarbe der Familie ihrer Mutter war, verwendete Mim für die Jagd Rot und Gold auf ihrem Schräglade-Anhänger, auf dem drei Pferde quer zur Fahrbahn stehen konnten. Harry begehrte diesen Anhänger ebenso wie den Dodge-Kombi mit dem Turbodieselmotor von Cummins. Auch dieser Kombi war rot.

Sie war nach der Arbeit zum Stall gegangen, um zu sehen, ob Little Marilyn dort war. Sie wollte nicht den Eindruck erwecken, als wolle sie die Gleichaltrige überprüfen, doch genau das tat sie. Little Mim hatte endlich die Einladungen zum Wildessen verschickt, aber sie hatte nicht gemeldet, wer geantwortet hatte und wer nicht. Die Einladungen hatte Susan Tucker beim Drucker in Charlottesville abholen müssen.

Gerade als Harry wieder in ihren Transporter stieg, bog Big Mim in ihrem Bentley Turbo R auf den Parkplatz ein. Mim erlegte sich bei Maschinen jeder Art keinerlei Beschränkungen auf. Dies war ein irrationaler Zug von Mim: Sie konnte Pkw, Transportern oder Traktoren nicht widerstehen. Zum Glück konnte sie sie sich leisten. Sie führte wahrscheinlich die bestausgestattete Farm in Albemarle County. Sie hatte sogar eine fahrbare Bewässerungsanlage, eine Reihe von Rohren, mit riesigen Rädern verbunden und von einem Generator angetrieben.

«Harry.»

«Hallo. Ich wollte sehen, ob ich Little Marilyn finden kann, aber hier ist kein Mensch.»

«Sie ist heute in Washington.» Mim öffnete die schwere Wagentür und stieg aus. «Besorgt wegen des Essens?»

«Ein bißchen.»

«Ich auch. Machen Sie sich nur nicht zu viele Gedanken. Ich höre die Nachrichten auf dem Anrufbeantworter ab und gebe Ihnen Bescheid, wer zugesagt hat. Notfalls greife ich auf das altbewährte Schneeballsystem zurück.»

«Das kann ich doch machen.»

«Nein, sie ist meine Tochter, und wie immer ist sie von

ihrer Aufgabe überfordert.» Mim befingerte ihren Hermes-Schal. «Marilyn ist nicht mehr richtig bei sich, seit letztes Jahr ihre Scheidung ausgesprochen wurde. Ich weiß gar nicht, was ich tun soll.»

Harry sagte ganz direkt: «Sie wird nicht viel lernen, wenn Sie es für sie tun.»

«Wollen Sie, daß das Wildessen flachfällt? Mein Gott, der Jagdclub würde uns das Fell abziehen. Da erledige ich das lieber selbst und knöpfe mir Marilyn hinterher vor.»

Harry wußte, daß das stimmte. Ihr Fuchsjagdclub, der Jefferson Hunt Club – der Füchse eher verfolgte als jagte –, bestand aus reizbaren Persönlichkeiten, Egozentrikern und rauhen Reitern sowie Menschen mit ruhigerem Temperament. Die Fuchsjagd zieht von Natur aus leidenschaftliche Menschen an, was völlig in Ordnung ist, solange sie nicht aufgefordert sind, sich gegenseitig zu unterstützen. Little Marilyn würde in ein Wespennest stechen, wenn das Wildessen nicht die erwarteten Einkünfte brachte.

«Ich wünschte, ich könnte Ihnen helfen, aber Marilyn hatte nie viel für mich übrig.»

«Ach was, Harry, sie zeigt nur ihre Gefühle nicht. Sie hat Sie bestimmt ganz gern.»

Harry beschloß, Mim nicht zu widersprechen. Sie wandte ihre Aufmerksamkeit vielmehr Tucker und Mrs. Murphy zu, die sich laut darüber unterhielten, wer in Orions Box gewesen war.

«Mrs. Murphy und Tucker haben scheinbar Hunger», sagte Mim.

«Mim, ich wünschte, du würdest zuhören.» Mrs. Murphy lehnte sich trübsinnig aus dem Fenster auf der Fahrerseite.

«Nun, geben Sie mir Bescheid, wenn ich irgendwie helfen kann», sagte Harry.

«Sie sind Teil des Schneeballsystems.» Mim steuerte auf den Stall zu, dann drehte sie sich um. «Harry, was machen Sie am Wochenende?»

«Nichts Besonders.»

«Möchten Sie gern dieses Wochenende nach Camden kommen und sich das Colonial-Cup-Rennen ansehen? Adelia und Charles würden sich bestimmt sehr freuen.»

«Geh nicht.» Wie ein Blitzschlag durchzuckte Furcht Mrs. Murphy, und sie wußte nicht, warum.

«Wenn Miranda sich um meine Schätzchen kümmert, komme ich sehr gern.»

«Ich dachte, Miranda würde vielleicht auch gerne mitkommen. Ihre Schwester wohnt in Greenville. Vielleicht könnte sie herüberfahren.»

«Mal sehen, was ich mit den Kleinen hier machen kann, aber ich käme wirklich gern.»

«Es ist Adelias einundzwanzigster Geburtstag. Ich dachte, wir könnten dort feiern und ihre Probleme hinter uns lassen.»

«Gute Idee.»

30

Graue Wolken hingen so tief, daß Harry meinte, hinauflangen und eine fassen zu können. Die Temperatur hielt sich bei sieben Grad, und der leichte rauhe Wind ließ Harry schaudern.

Sie hastete während ihrer Mittagspause aus der Bank, gerade, als Boom Boom hineinhastete.

«Harry.»

«Boom Boom.»

«Tut mir leid, daß ich im Supermarkt die Beherrschung verloren habe.»

«Na ja, bei einer Klopapierlawine kann das schon mal passieren.» Harry ging weiter die Treppe hinunter.

Boom Boom legte ihr die manikürte Hand auf die Schulter und hielt sie auf. «Miranda sagt, du kannst die nächste Stunde frei haben.»

«Ha?»

«Ich war gerade im Postamt und habe sie gefragt, ob ich dich für eine Stunde ausleihen kann.»

«Wozu?»

«Um dich mit zu ‹Lifeline› zu nehmen.»

«Nein.»

«Harry, auch wenn du's schrecklich findest, es ist ein Erlebnis, über das du später lachen kannst.»

Harry hätte Miranda gern verdroschen sowie Boom Boom, heute eine magentarote Vision in Kaschmir und Wolle, erwürgt. «Nein. So was kann ich nicht machen.»

«Du mußt auf andere Menschen zugehen. Deine Ängste loslassen. Wir sind alle verknotet vor Angst.»

Harry atmete tief durch und schob Boom Booms Hand von ihrer Schulter. «Ich habe Angst zu sterben. Ich habe Angst, daß ich meine Rechnungen nicht bezahlen kann. Ich habe Angst vor Krankheit, und ich glaube, wenn ich schonungslos ehrlich bin, daß ich Angst habe, alt zu werden.»

«‹Lifeline› kann diese Ängst nicht nur bannen, es kann dich sogar lehren, sie in lebensintensivierende Erfahrungen zu verwandeln.»

«Guter Gott.» Harry schüttelte den Kopf.

Mickey Townsend trat hinter sie, einen Kreditbrief in der

behandschuhten Hand. «Harry. Boom Boom. Harry, ist alles in Ordnung?»

«Nein! Boom Boom liegt mir permanent in den Ohren, daß ich mit ihr zu ‹Lifeline› gehen soll. Ich will da nicht hin.»

«Ihr würdet staunen, wie viele Leute da hingehen.» Boom Boom klimperte mit den Wimpern. Harry nahm an, das galt Mickey.

«Ich bin nie zu ‹Lifeline› gegangen, aber –» Er hielt inne. «Als Marylou verschwand, war ich bei Larry Johnson. Er hat mir Antidepressiva verschrieben, die mir das Gefühl gaben, als wär ich von einem Bulldozer überfahren worden, bloß, ich funktionierte einigermaßen. Ich haßte dieses Gefühl, deswegen habe ich eine Therapie gemacht.»

«Sie?»

«Da hast du's!» triumphierte Boom Boom.

«Halt den Mund, Boom. ‹Lifeline› ist keine Therapie.»

«Hat es geholfen? Bestimmt.» Boom Boom lächelte überschwenglich.

Mickey senkte seine ohnehin schon leise Stimme. «Ich habe herausgefunden, daß ich ein richtiger Schweinehund bin, und wissen Sie, was ich noch herausgefunden habe?» Er neigte sich Boom Boom entgegen und flüsterte: «Das gefällt mir.»

Harry lachte, und Boom Boom trällerte, über die Situation erhaben: «‹Lifeline› könnte Ihnen guttun.»

«Ein einfacher Scotch könnte mir auch guttun.» Er tippte an seinen Hut. «Meine Damen.»

Noch lachend verabschiedete sich Harry von ihrer verbesserungswütigen Peinigerin.

«Weißt du was, Harry?» rief Boom Boom ihr nach. «Es geht hier um Prozesse, nicht bloß um Individuen. Prozesse. Die Wege, nicht die Ziele. Es gibt positive Prozesse und negative Prozesse. Nimm Mickey Townsend. Seit die ganze Stadt sich gegen ihn gewendet hat, weil er Marylou den Hof machte – *negativer* Prozeß.»

Harry blieb stehen und drehte sich um. «Was hast du gesagt?»

«Prozeß!» rief Boom Boom.

Harry hob beschwichtigend die Hände. «Ich höre dich. Ich glaube, mir ist etwas entgangen.»

«Eine Menge.»

«Komm auf Marylou zurück.»

«Erst, wenn du mit mir zu ‹Lifeline› gehst.»

«Hör zu, ich muß jetzt packen, ich fahre übers Wochenende nach Camden. Ich hab keine Zeit, mit dir zu ‹Lifeline› zu gehen. Sprich jetzt mit mir über Prozesse. Ich verspreche dir mitzugehen, wenn ich zurück bin.»

«Gib einen Zeitraum an.»

«Hä?»

«Du könntest zurückkommen und sagen, du gehst nächstes Jahr mit.»

«In einer Woche.»

Boom Boom trat begeistert näher und baute sich, Harry um einiges überragend, vor ihr auf. «In der Isolation geschieht nichts. Alle Emotionen sind miteinander verbunden wie Glieder einer Kette. Marylou Valiant kam ohne ihren Mann nicht zurecht. Sie trank zuviel. Verschwendete Geld. Das hat Arthur auf den Plan gerufen, der sie liebte. Er hat den gierigen Filmstar weggejagt, und was passiert? Sie verliebt sich in Mickey Townsend.»

«Und?»

«Ein Prozeß. Kein Mensch stellt sich unmittelbar seinen Emotionen und läßt sie los. Arthur wird verbittert. Er zieht Chark auf seine Seite. Mickey zieht Addie auf seine Seite. Die

Männer kämpfen um Marylou und benutzen ihre Kinder als Waffen.»

Harry schwieg eine Weile, dann sagte sie: «Das ist der zweite Akt.»

«Ja – bis alle Beteiligten aufhören, sich an verkrustete, überholte Verhaltensmuster zu klammern. Aber das Ego der Menschen klammert sich an ihrer Wut und ihrer Qual fest. Und so geben sie sie weiter.»

«Wie eine Nahrungskette», dachte Harry laut.

«Nicht ganz. Hier geht es um das Aufbrechen von Verhaltensmustern.»

«Ich verstehe. Glaube ich.» Sie rieb sich die Schläfen. «Wollte nicht so – hm – simplifizieren.»

«Du kommst mit mir?»

«Hab ich doch gesagt.»

«Hand drauf.»

Harry streckte ihre Hand aus. Sie rannte zum Postamt, stieß die Tür auf. «Miranda, wie konnten Sie?»

Miranda, die ihre Brille am Hals baumeln hatte, sagte zu Herb Jones. «Achten Sie nicht auf sie.»

Harry trat an den Schalter; Murphy, Pewter und Tucker beobachteten jede ihrer Bewegungen. «Sie haben zu Boom Boom gesagt, Sie würden mich eine Stunde ablösen, damit ich zu ‹Lifeline› gehen kann. Wie konnten Sie nur?»

«Ich habe nichts dergleichen getan. Ich habe ihr gesagt, wenn Sie gehen wollen, können Sie. Ist nicht viel los heute.»

«Verdammt, das hätte ich mir denken können.» Harry stützte den Ellenbogen auf den glatten, abgewetzten Schalter. «Also, ich geh hin.» Sie hob abwehrend die Hand. «Nicht heute. Nächste Woche.»

«Harry, ich bin stolz auf Sie.» Der Reverend strahlte.

«Warum?»

«Sie zeigen die ersten Anzeichen von Vergebung.»

«Tu ich das?»

«Ja.» Er langte über den Schalter und klopfte sie auf den Rücken. «Viel Spaß bei den Rennen, Mädels.»

Als er ging, schilderte Harry Miranda ihr komplettes Gespräch mit Boom Boom Craycroft.

«Sie hat nicht von den Morden geredet – sie hat bloß geredet.» Miranda schob sich die Brille auf den Nasenrücken.

«Ja, aber ich habe mich gefragt, ob die Morde an Nigel und Coty nicht Teile eines Prozesses sind – etwas, das vor den Drogen anfing ... oder währenddessen. Rennen manipulieren. Wetten. Das war bei allen der erste Gedanke, erinnern Sie sich?»

«Ja. Hat sich als unbegründet erwiesen.»

«Nun, Mrs. H., sie wurden nicht bloß ermordet, weil jemand sie nicht leiden konnte. Sie waren wie Glieder einer Kette.»

«Sie überrascht mich.» Pewter legte sich hin und kreuzte die Pfoten vor sich. *«Menschen können ja doch logisch denken.»*

31

Da niemand Anspruch auf Nigel Danforth' Leichnam erhob, wurde er auf Kosten der Steuerzahler von Albemarle County in einem Armengrab beigesetzt.

Seine Habe befand sich in seiner Sattelkiste im überfüllten Spindraum der Polizeiwache.

Cynthia Cooper rief Mickey Townsend an, er solle die Sachen abholen. Ihre Dienststelle hatte jeden einzelnen Gegenstand etikettiert und fotografiert.

Er folgte ihr in den Umkleideraum.

«Erst wollte ich Adelia die Kiste geben, weil er keine unmittelbaren Angehörigen hat. Aber je mehr ich darüber nachdachte, desto stärker entschied ich mich dagegen. Es könnte sie zu sehr aufregen, und dieses Wochenende findet das große Rennen statt. Sie waren sein Arbeitgeber. Sie müssen als Angehöriger herhalten.»

«Darf ich sie aufmachen?»

«Sicher.»

Er kniete sich hin und hob die Messinghaspe an der kleinen Holzkiste an. Ein Reithelm lag auf der zusammengefalteten leichten Rennhose. Er legte ihn auf die Erde und die Hose daneben. Zwei alte dicke Wollpullover und eine kurze Daunenwinterjacke folgten. Auf dem Boden lag ein Sortiment von diversen Peitschen sowie Rasierzeug.

«Fühlen Sie mal.» Mickey reichte ihr eine Peitsche und deutete auf das lederne Viereck am Ende.

«Das ist schwer. Was ist da drin?»

«Ein Vierteldollar. Ist streng verboten, aber nirgends steht, daß er das nicht beim Training benutzen darf. Ein Schlag damit schmerzt höllisch, das kann ich Ihnen sagen.»

«Nicht viel vorzuweisen für ein ganzes Leben, nicht?»

«Er hatte ein paar schöne handgeschneiderte Kleidungsstücke aus London. Hemden von Turnbull & Asser. Solche Sachen. Mit irgendwas hat er Geld gemacht.»

«Ja. Ich erinnere mich, wie wir die Hütte durchsucht haben. Gab aber nicht viel mehr her als ein paar gute Kleidungsstücke. Wir haben die Sattelkiste nur deshalb so lange behalten, weil er darauf saß. Wir haben sie innen und außen auf Fingerabdrücke untersucht.»

Mickey schob die Hände in die Taschen der Daunenjacke. Er durchsuchte die Innentasche. Leer.

Erst als er nach Hause kam und die Jacke an einen Sattelhaken hängte, wobei er sich fragte, wem er die Sachen schenken sollte – vielleicht einem armen, mageren Jungen, der sich abrackerte, es in der Welt des Rennens zu etwas zu bringen –, bemerkte er dort, wo der Kragen auf der Passe der Daunenjacke auflag, einen verdeckten Reißverschluß. Nigel hatte die Jacke so viel getragen, daß der Kragen zerdrückt war und den Reißverschluß verbarg. Durch das Aufhängen am Sattelhaken wurde der Kragen geradegezogen. Darin mußte eine Kapuze sein, ein Schutz gegen schlechtes Wetter.

Aus Neugierde zog Mickey den Reißverschluß auf und entfaltete die Kapuze. Ein dumpfes Klirren lenkte seinen Blick auf den weichen Lehm im Gang des Stalles.

Er bückte sich und hob ein Christopherusmedaillon auf. Er fing so heftig an zu zittern, daß er sich Halt suchend gegen die Box lehnte.

Das schön gearbeitete goldene Medaillon hatte die Größe eines 50-Cent-Stückes. Über dem ausgefeilten Relief des heiligen Christopherus, der das Jesuskind trug, waren mehrere Schichten erlesener blauer Emaille. Die Gravur in akkurater kleiner Schrift auf der goldenen, nicht emaillierten Rückseite lautete: *Er ist mein Stellvertreter. In Liebe, Charley.*

Mickey brach in Tränen aus und drückte das Medaillon an seine Brust. «Heiliger Christopherus, du hast sie im Stich gelassen.»

Das Medaillon hatte Marylou Valiant einst an einer dicken geflochtenen Goldkette um den Hals getragen.

Als er sich wieder in der Gewalt hatte, stand Mickey auf. Er ging zum Telefon in der Sattelkammer, um Deputy Cooper anzurufen. Sein Instinkt sagte ihm, daß die Kapuze im Kragen einfach übersehen worden war. Hätte er die Jacke nicht aufgehängt, wäre sie ihm auch entgangen.

Er setzte sich an das alte Schreibpult und nahm den Hörer ab.

Er dachte bei sich: *Was, wenn sie sie gesehen und fotografiert haben? Vielleicht wollen sie mich ködern. Ich bin ein Verdächtiger.* Er legte den Hörer wieder auf die Gabel. *Nein, sie haben sie übersehen.* Er hielt das hübsche Medaillon in beiden Händen. *Marylou, dieses Medaillon wird mich zu deinem Mörder führen, und ich schwöre bei allem, was mir heilig ist, ich mache ihn fertig. Wenn Nigel dich ermordet hat, dann möge er ewig in der Hölle schmoren.*

Er stand abrupt auf und schob das Christopherusmedaillon in seine Tasche.

32

«Sie hat Susan rumgekriegt, uns und die Pferde zu versorgen», stöhnte Tucker. *«Sie packt ihre Sachen. Was sollen wir tun?»*

«Ich kann mich unter dem Sitz vom Ford verstecken und dann in den Pferdeanhänger springen.» Mrs. Murphy legte sich auf die Seite. Sie hatte sich so viele Gedanken gemacht, daß sie erschöpft war.

«Aber ich passe nicht unter den Sitz», jammerte Tucker. *«Und du brauchst mich. Mutter braucht mich, sie weiß es bloß nicht.»*

«Ich überlege.»

Tucker ließ den Kopf zwischen ihre weißen Pfoten sinken, so daß ihr Gesicht Mrs. Murphys gegenüberlag. *«Es werden noch mehr Morde geschehen! Alle werden sterben!»*

«Du darfst dich da nicht reinsteigern. Und sei mal eine Minute still. Ich überlege noch.» Fünf lange Minuten vergingen. *«Ich habe eine Idee.»*

«Ja?» Tucker sprang auf.

Mrs. Murphy setzte sich ebenfalls auf. Sie konnte es nicht leiden, wenn Tucker auf sie herabsah. *«Geh in ihr Schlafzimmer und bettle, flehe, heule. Mach, daß sie dich mitnimmt.»*

«Und was ist mit dir?» Tuckers sanfte braune Augen waren voll Besorgnis.

«Sie wird mich nicht mitnehmen. Das wissen wir beide. Ich kann genauso gut reisen wie du, aber Mutter hat es sich in den Kopf gesetzt, daß Katzen nicht gerne reisen.»

«Ja, weil du –»

«Das habe ich bloß einmal gemacht!» brauste Mrs. Murphy auf. *«Ich wünschte, du würdest das vergessen.»*

«Mutter vergißt es nicht. Ich versuche zu denken wie sie», redete Tucker sich heraus.

«Wenn der Tag kommt, wo wir denken wie ein Mensch, sind wir in Schwierigkeiten. Wir sind ihnen geistig überlegen, das ist der Clou. Sie wird mich nicht mitnehmen. Wenn sie dich mitnimmt, ist wenigstens eine von uns bei ihr. Sie braucht einen Aufpasser, weißt du. Wenn sie was Unbesonnenes tut, könnte sie wirklich in Teufels Küche kommen. Aber eigentlich mache ich mir viel mehr Sorgen um Mim.»

«Mim?» Tuckers Zunge schnellte einen Moment heraus, ein rosa Ausrufezeichen.

«Marylou Valiant ist in ihrem Stall vergraben. Coty Lamont und jemand namens Sargent haben den Leichnam vor fünf Jahren dorthin geschafft. Richtig? Also, Mim mag ja heil und gesund sein, aber Tatsache bleibt, daß eine ermordete Frau, eine gute Freundin von ihr, auf ihrem Grund und Boden vergraben ist. Was, wenn sie es herausfindet?»

Tucker, die ihre Freundin gut kannte, nahm ihren Gedankengang auf. *«Es ist ein kleiner Kreis, diese Rennbahngesellschaft. Mim ist wichtig in dieser Welt.»*

«Eins ist mal sicher.»

«Was?»

«Der Mörder hat ein Kartenspiel bei sich.»

«Das hat halb Amerika.» Murphy rieb sich an Tuckers Brust und kitzelte die empfindliche Hundenase mit ihrem Schwanz.

«Eins läßt mir wirklich keine Ruhe: Wenn ein Mord begangen wurde, ist das letzte, was ein Mörder will, die Leiche auszugraben. Die Leiche ist es doch, die die Mörder belastet.»

«Vielleicht haben sie vergessen, ihr den Schmuck abzunehmen, oder es wurde Geld mit ihr vergraben.»

«Möglich, wenn der oder die Mörder nervös waren. Ja, es ist möglich, aber Coty hatte Zeit genug, seine fünf Sinne einzusammeln. Er hat ihr alle Wertsachen abgenommen, darauf geh ich jede Wette ein. Andererseits wissen wir nicht sicher, ob Coty oder der andere Typ sie umgebracht hat.»

«Vergiß Mickey Townsend nicht.»

«Hab ich nicht vergessen.» Murphy wanderte auf und ab, ihr Schwanz zuckte bei jedem Schritt. *«Mickey weiß aber, wo Marylou ist. Warum hätte er sonst Coty neulich nachts vom Graben abgehalten?»* Sie ging noch ein paar Schritte hin und her. *«Aber das ist nicht plausibel, Tucker. Mickey hat Marylou geliebt.»*

«Vielleicht hat sie sich in letzter Minute überlegt, daß Arthur die bessere Wahl ist. Vielleicht hat sie's ihm gesagt, und er hat den Kopf verloren und sie umgebracht – Liebhabers Leidenschaft», sagte Tucker nüchtern.

«Ich weiß nicht, aber du mußt nach Camden, Tucker. Mickey wird dort sein. Alle werden dort sein – und das ist es, was mir angst macht.»

«Ich werde mein Bestes tun.»

«Geh ins Schlafzimmer und zieh eine Schau ab.»

Tucker trottete in Harrys Schlafzimmer. Harry hatte ihren Matchsack auf den Boden gelegt. Ihre Kleider lagen auf dem Bett, und sie legte sie gerade zusammen.

Tucker kroch in den Matchsack. *«Mom, du mußt mich mitnehmen.»*

«Tucker –» Harry lächelte. «Geh da raus.»

Mrs. Murphy sprang aufs Bett. *«Nimm sie mit, Harry.»*

«Murphy –» Harry scheuchte sie von einer Bluse. Die Katze setzte sich auf eine andere. «Also, das geht zu weit.»

«Tucker muß unbedingt mit dir gehen.»

«Ja, es ist sehr wichtig», winselte der Hund.

«Wirf den Kopf zurück und heule. Das macht Eindruck», befahl die Katze.

Tucker warf den hübschen Kopf zurück und stieß ein markerschütterndes Geheul hervor. *«Ich will mit!»*

Harry kniete sich hin und nahm den kleinen Hund in die Arme. «Ach, Tucker, es ist doch bloß fürs Wochenende.»

Tucker wiederholte ihre dramatische Vorstellung. *«Ich will mit! Laß mich nicht hier!»*

«Aber, aber, komm her», tröstete Harry den Hund.

«Huu-uu-uu!»

«Das ist gut.» Mrs. Murphy legte sich auf die nächste Bluse. Konnte sie schon nicht mitkommen, so konnte sie wenigstens so viele Katzenhaare wie möglich auf Harrys Kleidern deponieren.

«Also –» Harry wurde schwach.

«Ach bitte, ich bin der beste kleine Hund der Welt. Ich bettel auch nicht, daß du mit mir Gassi gehst. Ich esse nicht mal. Ich werde ein ganz billig –»

«Jetzt übertreibst du, Tucker», murrte Mrs. Murphy.

«Sie schluckt es.»

«O Tucker, ich hab so ein schlechtes Gewissen, wenn ich dich hierlasse.»

«Huu-uu-uu!»

Harry nahm den Hörer vom Telefon am Bett ab und wählte Mims Nummer. «Hallo, Mim, ich habe hier den unglücklichsten aller Hunde vor mir, er hat sich in meinem Matchsack zusammengerollt. Darf ich Tucker mitbringen?» Sie lauschte auf die zustimmende Antwort. «Danke. Und Dank auch in Tuckers Namen.» Dann rief sie Sally Dohner an, die sich bereit erklärte, im Postamt für sie einzuspringen.

«Ganze Arbeit!» beglückwünschte Murphy ihre Freundin.

«O Mann!» Tucker sprang aus dem Matchsack und rannte in kleinen Kreisen herum, bis ihr schwindlig wurde und sie hinplumpste.

«Woher weißt du, daß du mitkommst?» sagte Harry lachend zu dem Hund. «Manchmal glaube ich, ihr zwei versteht meine Sprache.» Sie tätschelte Mrs. Murphy, die sich in einen Pullover kuschelte. «Tut mir leid, Murphy, aber du weißt ja, wie du dich auf einer langen Fahrt aufführst. Du paßt auf Susan auf – sie wird übers Wochenende hier wohnen. Sie sagt, sie freut sich auf eine Pause von ihrem Dasein als Ehefrau und Mutter.» Harry setzte sich aufs Bett. «Ich wette, sie bringt trotzdem die ganze Familie mit. Nun, du kennst sie ja alle.»

«Ja. Ich werde eine brave Mieze sein. Sag ihr nur, ich will massenhaft Brathühnchen.»

«Sie hat sogar versprochen, dir Schweinekoteletts zu braten.»

«Ooh, ich liebe Schweinekoteletts», schnurrte Mrs. Murphy,

dann rief sie Tucker zu: «Tucker, du mußt dir alles einprägen, was du siehst, riechst oder hörst.»
«Kapiert.»

33

Camden, South Carolina, 1758 besiedelt und damals Pine Tree Hill genannt, liegt in einem Thermalgürtel und ist damit ideal geeignet für Reiter und Pferdezüchter. Wird die Luft auch eisig, der Sand gefriert nicht, und im Winter strömen Vollblutzüchter, Trainer, Rennreiter, Jagd- und Springreiter wegen der guten Bodenverhältnisse und wärmeren Temperaturen herbei. Camden ist zwar nicht so mild wie Florida, aber dafür auch nicht so überlaufen und vor allem nicht so teuer.

Mrs. Marion duPont Scott hatte in Camden überwintert und sich in die Stadt verliebt. Die zwanglosen Menschen, gesegnet mit dem lässigen Naturell, das für South Carolina typisch ist, entzückten sie dermaßen, daß sie beschloß, ihren persönlichen Reichtum zur Gründung des Colonial Cup zu verwenden, einem südlichen Gegenstück zu dem großartigen, grandiosen Montpelier. Sie ließ eine Hindernisbahn so anlegen, daß sie den Zuschauern auf der Haupttribüne ermöglichte, die meisten Sprünge zu sehen, eine Neuheit.

Im Laufe der Jahre nahm die Anzahl der Rennen zu. Die Menschen strömten in Scharen herbei. Die Feste erzeugten manch wilden Skandal. Die Taschen der Bürger von Camden füllten sich.

Das einzig Negative, was sich über diese charmanteste aller Städte im Landesinneren von South Carolina sagen läßt, ist, daß sie Schauplatz eines Desasters im Unabhängigkeitskrieg war, als nämlich General Horatio Gates am 16. April 1780 mit 3600 Mann Lord Cornwallis' 2000 Mann starker britischer Truppe unterlag. Danach beschlossen die Briten, sich der Annehmlichkeiten von Camden und der Zuwendung der weiblichen Bevölkerung, die für ihre tadellosen Umgangsformen ebenso berühmt war wie für ihre Schönheit, ausgiebig zu erfreuen.

Harry, begeistert, Gast beim Colonial Cup zu sein, spazierte mit offenem Mund durch Camden. Sie und Miranda hatten beschlossen, einen Stadtrundgang zu machen, bevor sie sich auf die Rennbahn begaben. Die Rennen begannen erst am nächsten Tag, und sie waren wie Schulmädchen in der Pause. Harry hatte gewissenhaft Mim, dann Charles, dann Adelia, sogar Fair gefragt, ob sie ihre Hilfe brauchten. Nachdem alle verneint hatten, war sie aus dem Stall gestürmt, Tucker ihr auf den Fersen.

«Hieran könnte ich mich gewöhnen.» Harry betrachtete lächelnd eine geschwungene Veranda, die um ein stattliches weißes Holzhaus verlief. Blumenkörbe hingen von der Verandadecke, denn die Temperatur hielt sich um achtzehn Grad.

«Ich erinnere mich noch gut, wie Mama auf ihrer Schaukel saß, sich mit Passanten unterhielt und lang und breit erläuterte, warum sie ihren Gehweg mit Hortensien gesäumt hatte und warum ihre Rosen Preise gewannen. Ach, ich wünschte, Didee würde kommen.» Miranda benutzte den Kindernamen ihrer Schwester. «Ihr Mann macht einfach zuviel Arbeit.»

«Welcher Mann macht das nicht?»

«Mein George war ein Engel.»

Harry unterdrückte die Bemerkung, daß er jetzt einer sei. Statt dessen sagte sie: «Er hatte keine andere Wahl.»

Mrs. Hogendobber blieb stehen. Die Kreppsohlen ihrer bequemen Laufschuhe quietschten, was Tucker zum Bellen veranlaßte. Was wiederum den West Highland Terrier auf der umlaufenden Veranda zum Bellen veranlaßte. «Höre ich da Sarkasmus?»

«Still, Tucker.»

«Ich bin hier im Dienst», bellte Tucker kräftig zurück. *«Wenn der weiße Schoßhund das Maul aufreißen und uns beleidigen will, werde ich nicht die Schnauze halten.»*

«Wirst du wohl still sein!»

«Mein Mann hat besser gehört als Ihr Hund.»

«Gehen wir weiter, bevor alle Hunde der Nachbarschaft sich genötigt fühlen zu antworten. Tucker, ich weiß nicht, warum ich dich mitgenommen habe. Bisher gehst du mir nur auf den Wecker. Du hast alles beschnüffelt, wo wir geschlafen haben. Du bist die Gänge im Stall rauf und runter gerast. Du bist auf die Koppeln hinausgerannt. Du bist in jeden geparkten Wohnwagen geflitzt. Hast du Hundeaufputschmittel genommen?»

«Ich bin auf der Suche nach Informationen. Du bist zu doof, um das zu wissen. Ich renne nicht herum wie ein kopfloses Huhn. Ich habe einen Plan.»

«Offensichtlich ist Tucker mit Ihnen auch nicht besonders zufrieden», bemerkte Mrs. Hogendobber.

«Sie wird sich schon beruhigen. Gehen wir die Straße rauf. Dort ist das zweitälteste Polofeld der Vereinigten Staaten.»

Sie gingen einen Sandweg entlang; die Bahngleise lagen zu ihrer Rechten. Kurz darauf sahen sie vor sich die gepflegte Grünfläche mit einem kleinen weißen Stall auf einer Seite. Auf der anderen Seite standen reizende Häuser, diskret hinter hohen Buchsbaum- und anderen Sträuchern verborgen.

Eine Flotille von Corgis stürmte aus dem offenen Tor eines

der Häuser und ergoß sich über das Feld. Tee Tucker blieb stehen, die Ohren aufgerichtet, der Blick wachsam, der nicht vorhandene Schwanz reglos. So viele von ihrer Art hatte sie nicht mehr gesehen, seit sie ein Welpe war.

«Wer bist du?» riefen sie, als sie in der Mitte des Feldes ankamen.

«Tee Tucker aus Crozet, Virginia. Ich bin zum Colonial Cup hier.»

Noch bevor die Worte über Tuckers Lippen waren, wurde sie von den Corgis umschwärmt, die schnupperten und Kommentare abgaben. Schließlich erklärte der Leithund, ein großer Bursche von rötlicher Farbe: *«Dies ist eine ausgesprochen feine Vertreterin unserer Rasse. Willkommen in dem großartigen Staat South Carolina. Darf ich dich in unser Haus einladen und dich mit einem Trunk erfrischen oder dir mein Frauchen vorstellen, eine liebliche Lady, die sich freuen würde, dir Camdener Gastlichkeit zu erweisen?»*

«Vielen Dank, aber ich muß in Moms Nähe bleiben. Im Dienst, verstehst du.»

«Hm ja, ich verstehe vollkommen. Mein Name ist übrigens Galahad, und dies sind meine zahlreichen Abkömmlinge. Einige sind mit Intelligenz gesegnet, andere mit Schönheit.» Er lachte, und dann widersprachen ihm alle auf einmal.

«Haben Sie schon mal so viele Corgis gesehen?» Mrs. Hogendobber betrachtete die vielen zum Gruß wackelnden schwanzlosen Hinterteile.

«Kann ich nicht behaupten», sagte Harry lachend.

«Galahad», fragte Tucker höflich, *«hat es beim Colonial Cup jemals Morde gegeben?»*

«Wieso, nein, nicht daß ich wüßte, obwohl ich überzeugt bin, daß es so manchen gab, der es erwogen hat, wie Menschen nun mal sind. Bei ihrer Neigung, sich in Gesellschaft reichlich dem Trunk

zu ergeben – ich würde sagen, es ist erstaunlich, daß sie sich nicht gegenseitig ins Jenseits befördert haben.»

«Ach, Daddy.» Eines der Mädchen sah Tucker an. *«Er redet und redet. Warum fragst du so was?»*

«Also, seit Montpelier sind zwei Jockeys ermordet worden. Ich war neugierig. Verstehst du, vielleicht ist es nicht so ungewöhnlich.»

«Höchst ungewöhnlich. Hindernisrennen ziehen nicht so ein Pack an wie Flachrennen», grummelte Galahad.

«Wie können wir heutzutage Pack von Klasse unterscheiden, Daddy?» fragte die kleine Corgihündin, wohl wissend, wie die Antwort ausfallen würde.

«Bon sang ne sait mentir», lautete die geknurrte Erwiderung.

«Was heißt das?» Tuckers Augenbrauen zitterten.

«Gutes Blut lügt nicht.»

«Ah, Blut verrät sich», sagte Tucker. Sie lachte in sich hinein, weil dieses alte Sprichwort Mrs. Murphy auf die Palme brachte. Als Gassenkatze fauchte sie jedesmal, wenn Tucker auf das Thema reinrassige Hunde zu sprechen kam. *«Nun, es hat mich gefreut, euch kennengelernt zu haben. Wie ihr seht, gehen die Menschen weiter. Übrigens, ich bin auf der Hampstead Farm abgestiegen. Wenn euch irgendwas einfallen sollte, ein Gedanke über die Renngesellschaft, die Reiter, würde ich es begrüßen, wenn ihr mir Bescheid gebt.»*

«Bist du so was wie ein Detektiv?» fragte die hübsche Kleine.

«Ja. Genau.» Tucker sauste los, um Harry und Miranda einzuholen, und hörte die Oohs und Aahs hinter sich. Sie hatte es unterlassen, ihnen zu erzählen, daß sie mit einer Partnerin zusammenarbeitete, einer Katze. Sie würden Mrs. Murphy nie begegnen, also was soll's?

34

Dr. Stephen D'Angelos Farmtransporter wurde in einem verlassenen Stall nahe dem Meechum's River im Westen von Albemarle County gefunden.

Rick Shaw und seine Mannschaft durchkämmten gründlich die Umgebung, förderten aber nichts zutage, nicht einmal den Fetzen eines Kleidungsstücks.

«Glauben Sie, sie haben den Wagen stehenlassen und einen anderen gestohlen?»

«Das wüßten wir. Ich habe die hiesigen Händler und die anderen Bezirksreviere verständigt. Null. Den ersten Tag sind sie mit ihrem Transporter gefahren, dem Nissan. Nachdem sie D'Angelos Wagen losgeworden sind.»

«Inzwischen wissen sie, daß wir ihnen auf der Spur sind. Sie haben den Nissan ausgetauscht», sagte Coop.

«Kann durchaus sein. Läßt sich aber nicht mit Bestimmtheit sagen.»

«Früher oder später mußte jemand den Transporter finden.» Sie seufzte. «Also, sie haben zwei Tage Vorsprung.» Cynthia zog ihre Handschuhe an.

«Allerdings. Sie könnten inzwischen zu jedem Flughafen in einem anderen Staat gelangt sein oder den Zug genommen haben. Oder sie sind einfach weitergefahren. Ich nehme an, die zwei haben mehr falsche Pässe als ein libyscher Terrorist. Sie haben einundsiebzig Dollar in bar bei sich.» Er blinzelte, als das Licht der plötzlich durchbrechenden Sonne vom Außenspiegel reflektiert wurde. «Linda hat das Geld um ein Uhr an dem Tag, als sie verschwanden, abgehoben.»

«Lassen Sie uns die Sachen einpudern, um Fingerabdrücke zu nehmen.»

«Coop, Sie sind ein praktischer Mensch. Das gefällt mir bei einer Frau.» Er lächelte. «Haben Sie Ihre Sachen gepackt?»

«Ich habe immer eine Tasche gepackt, warum?»

«Wir fahren nach Camden.»

«Im Ernst?»

«Als Zuschauer. Wenn ich den dortigen Sheriff verständige, müssen wir uns mit noch einem Revier herumschlagen. Sie wissen nicht, was wir tun, und ich bin nicht geneigt, es ihnen zu sagen. Es reicht schon, daß ich mich tagein, tagaus mit Frank Yancey abgeben muß.»

«Die Zeitung setzt ihn heftig unter Druck.» Ihre Gedanken kehrten zu Linda und Will zurück. «Die Forloines haben ein blühendes Geschäft. Und da ist jemand weiter oben an der Nahrungskette.»

«Genau. Sie sollten vielleicht Ihr Schulterhalfter tragen.»

«Gute Idee.»

35

Die vor einem Rennen ohnehin strapazierten Nerven waren heute zum Zerreißen gespannt. Fair Haristeen fiel das gedrückte Schweigen zwischen den Valiants auf, als er am frühen Morgen Mims Pferde untersuchte.

Bruder und Schwester arbeiteten wortlos Seite an Seite.

Arthur Tetrick schaute auf dem Weg herein. Auch er bemerkte die eisige Atmosphäre zwischen den Geschwistern.

Beim Anblick ihres Vormunds spuckte Addie ihn förmlich an. «Geh mir aus den Augen, Arthur.»

Er hob die Augenbrauen zu einem V; er neigte den Kopf zu einem Nicken, das einen Gruß oder Resignation ausdrückte, und ging.

«Herrgott, Addie, bist du heute zickig.» Charles drehte sich zu ihr um, als Arthur seine Autotür schloß und auf dem Sandweg davonfuhr.

Sie sah ihrem Bruder ins Gesicht, dessen Knochenbau ihrem eigenen sehr ähnlich war. «Und du bist natürlich ein Edelmann!»

«Was soll das heißen?»

«Daß du und Arthur euch wieder gegen mich verbündet. Ich weiß, daß er Richter Parker an dem Tag angerufen hat, als ich über Nigels Vorrat ausgepackt habe. Gott, war ich blöd. Ihr werdet es vor Gericht gegen mich verwenden.»

«Heute ist nicht der richtige Tag, um sich wegen so was aufzuregen.»

«Du hast *gewußt*, daß er zu Parker gegangen ist, stimmt's?»

«Ah –» Chark sah nach draußen, Sonnenlicht sickerte durch die hohen Kiefern – «er hat es erwähnt.»

«Warum hast du mir nichts gesagt?»

«Du hattest genug Stress für einen Tag.»

«Lügner.»

«Ich lüge nicht.»

«Du unterschlägst. Das läuft auf dasselbe hinaus.»

«Das sagst ausgerechnet du. Du hast mich belogen, was Drogen angeht. Du hast die Wahrheit über Nigel zurückgehalten. Ein Kilo ist ein Haufen Koks, Addie!»

«Das war nicht für mich!» schrie sie.

«Was hast du denn sonst mit Nigel gemacht?»

«Ich bin mit ihm gegangen. Bloß weil er süchtig war, heißt das noch lange nicht, daß ich es auch war.»

«Komm schon, ich bin nicht blöd.»

Sie zeigte mit dem Finger auf ihn. «Was ist schon dabei, wenn ich mal ab und zu 'ne Line hochgezogen hab. Ich hab aufgehört. Hier geht es nicht um Koks. Es geht um mein Geld. Du willst meinen Anteil.»

«Nein, das ist nicht wahr.» Er schob ihren Finger fort. «Aber ich möchte nicht mit ansehen, wie du alles ruinierst, wofür Dad gearbeitet hat. Du hast keinen Sinn für –» Er suchte nach dem richtigen Wort.

Sie ergänzte es für ihn: «Verantwortung?»

«Genau.» Seine Augen funkelten. «Wir müssen das Geld zusammenhalten. Es sieht nach einer Menge aus, aber es kann schneller weg sein, als du denkst. Du kannst nicht überlegt handeln, das wissen wir beide.»

«Ohne Risiko kein Gewinn.»

«Addie.» Er bemühte sich, geduldig zu bleiben. «Das einzige, was du weißt, ist, wie man Geld ausgibt. Du weißt nicht, wie man es verdient.»

«Mit Pferden.»

«Auf keinen Fall.»

«Was tust du dann als Trainer?» Sie war so verzweifelt, daß ihr die Tränen in die Augen traten.

«Ich werde fürs Trainieren bezahlt. Ich habe keine eigenen Pferde laufen. Herrgott, Addie, die Unterhalts- und Tierarztkosten allein fressen dich bei lebendigem Leibe auf. Hindernisrennen ist was für reiche Leute.»

«Wir *sind* reich.»

«Nicht, wenn du von heute auf morgen alles auf eine Karte setzen willst. Wir müssen das Geld in risikoarmen Aktien und Obligationen anlegen. Wenn ich das Geld in zehn Jahren verdoppeln kann, dann können wir daran denken, uns einen eigenen großen Rennstall zu halten.»

«Wozu ist das Leben da, Charles?» Sie nannte ihn bei seinem richtigen Namen. «Um Geld zu horten? Um Bilanzen zu lesen und täglich mit unserem Börsenmakler zu telefonieren? Kaufen wir eine erschwingliche kleine Farm oder pachten wir auf zehn Jahre? Vielleicht meine ich, das Leben ist ein Abenteuer – man geht Risiken ein, man macht Fehler. He, Chark, vielleicht verliert man sogar Geld, aber man *lebt.*»

«Leben, von wegen. Du wirst bei einem Blutsauger landen, der dich wegen deines Vermögens heiratet. Dann seid ihr zwei, die unser Erbe verjubeln.»

«Nicht unser Erbe. Mein Erbe. Du nimmst deins, und ich nehme meins. So einfach ist das.»

«Ich werde nicht zulassen, daß du dich ruinierst.»

«Nun, Bruderherz, dagegen kannst du absolut nichts machen.» Sie hielt inne, blinzelte heftig, dann sagte sie leise: «Du könntest Nigel getötet haben. Das würde ich dir zutrauen.» Sie trat nahe an sein Gesicht heran. «Aber eins will ich für dich tun. Du machst dir solche Sorgen um mich? Dann gebe ich dir einen Rat. Laß den guten alten Onkel Arthur sausen. Er ist ein Dinosaurier. Und zwar ein sehr betuchter Dinosaurier, dank Moms Testament. Er hat seine zehn Prozent als Testamentsvollstrecker gekriegt. Und wenn du den alten Knacker los bist, stell was Verrücktes an, Chark. Was Unnützes. Kauf dir einen Porsche 911 oder geh nach New York und hau dir einen Monat lang die Nächte um die Ohren. Leb ein einziges Mal dein Leben. Laß dich einfach gehen.» Sie drehte sich um und ging hinaus.

Er rief ihr nach: «Ich habe Nigel Danforth nicht umgebracht!»

Sie hob herausfordernd den Kopf und drehte sich wieder

zu ihm um. «Chark, wer weiß, vielleicht bringst du mich um, und dann kannst du den ganzen Krempel haben.»

«Ich kann nicht glauben, daß du das gesagt hast.» Sein Gesicht war kreidebleich.

«Hab ich aber. Ich muß zu meinen Rennen.» Damit ließ sie ihn stehen.

36

Ein gutes Rennpferd, genau wie ein guter Mensch, entsteht durch ein mühsames Zusammenspiel von Disziplin, Talent, Glück und Mut. Die besten Stammbäume der Welt allein bringen keinen Sieger hervor, wenngleich sie die Chancen erhöhen mögen.

Vollblüter, die eine Spur zu langsam sind für die Flachrennbahn, finden ihren Weg in die Hindernisrennställe der Ostküste. Hindernispferde, die viel mehr Ausdauer benötigen als ihre Brüder, die Flachrennen bestreiten, verblüffen die Pferdewelt. So manches erfolgreiche Hindernispferd wurde später bei der Fuchsjagd eingesetzt, beneidet von allen, die das Tier über Zäune, Hürden, Gräben und Steinmauern setzen sehen.

Sie versammelten sich an der Springdale-Bahn zu dem mit 100000 Dollar dotierten Colonial Cup, dem letzten Rennen der Saison. Nach diesem Rennen würden die Punkte notiert und der beste Trainer, das beste Pferd, der beste Jockey der Saison ermittelt werden.

Harry und Mrs. Hogendobber fanden, daß sie sich am besten nützlich machen konnten, indem sie die übernervöse

Mim ablenkten. Sie hüteten sich, die Valiants vor einem Rennen zu stören. Mim von ihnen fernzuhalten, schien ihnen eine gute Taktik.

Tucker beklagte sich, weil sie angeleint war, aber Harry weigerte sich, sie loszulassen. «Du weißt nicht, wo du bist, und könntest dich verlaufen.»

«Hunde verlaufen sich nicht. Nur Menschen.»

«Sie ist quengelig heute morgen.» Miranda, die ihren Lieblingswickelrock, eine weiße Bluse und einen roten Zopfmusterpullover trug, wirkte wie der Inbegriff des Herbstes. «Die Menschenmenge regt sie auf.»

«Ich befinde mich auf einer Aufklärungsmission. Ich muß mich mit allen Tieren unterhalten, die mit mir sprechen wollen.»

Ohne Rücksicht auf Tuckers Vorhaben zog Harry sie zum Führring. Nachdem sie sich ein paar Meter hatte zerren lassen, beschloß Tucker, nachzugeben und brav bei Fuß zu gehen. Konnte sie schon ihren Willen nicht haben, dann mußte sie eben gute Miene zum bösen Spiel machen.

Prächtige immergrüne Eichen schirmten den Führring ab. Die Funktionäre hatten in der letzten Stunde vor dem ersten Rennen allerlei zu tun.

Colbert Mason erspähte Mrs. Hogendobber und winkte ihr zu. Miranda winkte zurück.

Arthur kam hastig aus dem kleinen Funktionärsbüro, seinen weichen Worth-and-Worth-Filzhut verwegen schräg auf dem Kopf. Die meisten Männer trugen Hüte: flache Filzhüte, Cowboyhüte, Schirmmützen aus allen denkbaren Stoffen, und einer hatte einen vornehmen marineblauen Homburg auf. Die Ripsbandfabrikanten würden überleben, auch wenn es mit Amerikas Kleidungssitten bergab ging. Pferdeliebhaber hatten Stil.

Das einzige unbehütete blonde Haupt in der Gruppe gehörte Fair, der im Wohnmobil hergefahren war. Er gesellte sich zu seiner Exfrau und Miranda.

«Darf ich den Damen etwas zu trinken holen? Oder ein Sandwich?»

«Nein, aber ich würde mich gern ein bißchen hinsetzen. Dieser Rummel macht müde.» Miranda ließ sich auf eine Parkbank fallen.

«Stellen Sie sich vor, wie den Pferden zumute sein muß.» Fair setzte sich neben sie.

«Fair, mach, daß sie mich losläßt», flehte Tucker.

Er bückte sich und kraulte ihr die großen Ohren. «Du bist so dicht unten am Boden, Mädchen, die vielen Schuhe und Beine machen dich bestimmt ganz verrückt.»

«Nein, machen sie nicht.»

«Achte nicht auf sie. Sie winselt und wimmert seit dem Moment, wo wir angekommen sind.» Harry wackelte streng mit dem Zeigefinger.

«Weißt du, als wir verheiratet waren, wollte ich immer mit dir hierher, aber irgendwie hatte ich nie die Zeit dafür.»

«Jetzt bin ich hier.»

«Gefällt es dir?»

«Es ist herrlich. Miranda und ich haben einen Rundgang durch die Stadt gemacht. Ich hatte keine Ahnung, daß sie so schön ist.»

«Die Leute hier verstehen was vom Gärtnern.» Neben Chorgesang und Backen war Gärtnern Mirandas Leidenschaft. «Ich würde am liebsten um Ableger bitten.»

«Ich bin sicher, man würde sie Ihnen geben.» Fair lächelte. Er legte seinen Arm um Harrys Schultern.

«Wo ist Mim?» fragte sie. «Wir waren mit ihr aufgebrochen –»

«Wir sind mit ihr und Jim hierhergefahren. Das ist nicht

dasselbe wie aufbrechen.» Miranda kicherte. «Diese Mim, kaum hatten wir geparkt, da ist sie auch schon aus ihrem Wagen geschossen.»

«Keine Bange. Arthur hat sie abgefangen, bevor sie zu Addie und Chark gehen konnte. Und Jim ist ihr nicht von der Seite gewichen. Er ist der einzige von uns, der imstande ist, Mim von ihren Vorhaben abzubringen.»

«Es liegt nicht in ihrer Absicht, die jungen Leute zu bedrängen.» Mrs. Hogendobber streckte die Beine von sich und wackelte mit den Zehen. Sie war in den letzten vierundzwanzig Stunden mehr gelaufen als im vergangenen Monat. «Oh, das tut gut.»

«Die Nerven», sagte Harry lakonisch.

«Es gibt eine Menge Pferdebesitzer, die schlimmer sind als Mim. Seinerzeit mußten wir Marylou Valiant praktisch ruhigstellen.» Fair lachte.

Harry kicherte. «Wenn ich mit Mickey Townsend zusammengewesen wäre, hätte man mich auch ruhigstellen müssen.»

«Ich dachte, Sie mögen Mickey.» Miranda ließ endlich ihre Handtasche los, die sie mit eisernem Griff umklammert gehalten hatte, und stellte sie neben sich auf die Erde.

«Ich mag Mickey. Er ist voller Elan. Er hat viel von diesem bulligen männlichen Charme, dem Marylou nie widerstehen konnte. Aber er verliert Geld beim Rennen und bezahlt seine Leute erst, wenn er es zurückgewonnen hat.»

Fair verschränkte die Arme. «Hätte er Marylou geheiratet, hätte er diese Sorgen nicht. Rennen ist nichts für Leute, die auf einen wöchentlichen Gehaltsscheck angewiesen sind. Außerdem braucht man Nerven aus Stahl. Die hat er. Sein Temperament macht mir mehr Sorgen als das Geld. Irgendwie kriegt er es zusammen.»

«Das *Irgendwie* ist es, das mir Sorgen macht», sagte Harry.

«Wieso?»

«Fair, zwei Jockeys sind unter der Erde und –» Sie blickte auf und platzte dann heraus: «Was zum Teufel –?»

Miranda, Fair und Tucker wandten die Köpfe nach links und folgten Harrys erstauntem Blick. «Meine Güte!» rief Miranda aus.

«Ihr habt mich wohl in Zivil nicht erkannt», scherzte Cynthia Cooper.

Fair, ganz Gentleman, stand auf und bot Cynthia Cooper seinen Platz an, als sie und Rick Shaw näher kamen.

«Na, wie sehe ich aus?» Rick trug eine karierte Schirmmütze, ein Tweedsakko und eine weite Hose.

«Sie sind wohl inkognito hier?» Harry lächelte ihn an.

«Sie sehen blendend aus», lobte Miranda den Sheriff, einen Mann, mit dem sie wohl Unstimmigkeiten haben mochte, für den aber ihre Zuneigung nie erlahmte.

Harry senkte die Stimme. «Die Virginia-Truppe wird euch erkennen.»

Cynthia erwiderte: «Klar, das wissen wir. Wir waren noch nie bei einem Hindernisrennen, und der Chef hier hatte plötzlich diese Idee, und ... voilà!»

Harry, die kein Wort davon glaubte, lächelte nur. Rick und Cynthia wußten genau, daß keiner von den dreien ihnen glaubte; Tucker vermutlich auch nicht, aber sie würden es erst mal schlucken.

Laute Stimmen im Führring erregten ihre Aufmerksamkeit.

«Du steckst dahinter –» Chark hob die Stimme.

Er verstummte, als Mickeys Faust in seinen Mund knallte.

Binnen Sekunden droschen die zwei Männer aufeinander ein, daß die Fetzen flogen.

Fair, Cynthia und Rick rasten hinüber, Tucker machte einen Satz, um zu Hilfe zu eilen, doch Harry hielt sie fest an der Leine.

«Ich mach dich kalt, du blöder Arsch», fluchte Mickey, dann landete er eine Rechte in Charks Magen. «Du bist zu dämlich, um zu merken, wer auf deiner Seite steht und wer nicht.»

«Mit dir als Freund brauch ich keine Feinde.» Chark stöhnte, dann erwischte er Mickey mit einem Schlag am Kopf. Der taumelte, sank auf ein Knie. Das Christopherusmedaillon fiel mit dem Gesicht nach unten aus seiner Tasche ins Gras.

Rick und Cynthia traten flink zwischen die beiden Männer. Rick packte Mickey, und Cynthia zog Charks linken Arm hinter seinen Rücken und umfaßte seinen Hals mit einem Ringergriff.

«Immer mit der Ruhe, Chark. Machen wir Schluß, bevor es noch viel schlimmer wird.» Cynthias Dienstwaffe, eine 357er Magnum, blitzte auf, als sich ihr Blazer öffnete. Chark konnte sie nicht sehen, aber als sie sich gegen ihn drückte, konnte er sie fühlen. Er hörte augenblicklich auf, sich zu wehren.

Mickey jedoch nicht. Fair trat hinzu, und er und Rick überwältigten Mickey gemeinsam.

«Verdammt, Mann.» Fair schüttelte den Kopf. «Es sieht so schon schlimm genug aus.»

Mickey versuchte, die Männer abzuschütteln. «Schlimm ist gar kein Ausdruck. Lassen Sie mich los.» Er sah das Medaillon und wollte es aufheben. Fair hielt ihn fest. Rick hob das Medaillon auf und gab es Mickey.

Chark bemerkte es, doch er registrierte den Gegenstand in diesem Moment nicht richtig.

Zwei uniformierte Polizeibeamte trafen am Schauplatz ein und wiesen Cynthia, Rick und Fair barsch an, zurückzutreten. Dann bemerkte der Dünne Cynthias Waffe.

«Haben Sie einen Waffenschein dafür, Ma'am?»

«Deputy Cynthia Cooper, Sheriffbüro Albemarle County. Ich würde Ihnen gern die Hand geben, aber ich bin beschäftigt. Solange Sie diesen Mickey Townsend nicht zur Vernunft bringen können, werde ich beschäftigt bleiben. Wir können uns später offiziell bekannt machen.»

«Brauchen Sie Hilfe?» fragte der Polizist Cynthia.

«Ich werde schon mit ihm fertig, danke.»

«Coop, ich mach keine Dummheiten. Ich hab die Beherrschung verloren.» Chark seufzte. «Warum sollte ich sonst auf ein Stinktier pissen?»

«Dazu kann ich nichts sagen. Kommen Sie, ich begleite Sie zur Waage, okay?»

«Ja. Auf dem Weg dahin können Sie mir sagen, was Sie hier tun.»

«Ein Hosenscheißer erster Güte!» Ohne auf die Menge ringsum zu achten, spuckte Mickey diese Worte aus, als Chark fortging.

Fair flüsterte: «Mickey, halten Sie den Mund.»

«Hm?» Fairs Worte sickerten durch den Hammer, der in Mickeys Kopf schlug.

«Zwei Jockeys, die Ihnen Geld schuldeten, sind tot. Kein Mensch glaubt, daß Sie Schwarzer Peter gespielt haben. Regen Sie sich ab», warnte Fair.

Mickey hielt den Mund.

Rick wandte sich an die zwei uniformierten Polizisten. «Dieser Mann wohnt in meinem Bezirk. Kein Grund zur Beunruhigung.» Die beiden Polizisten nickten und sahen Rick und Fair nach, als sie davongingen, Mickey zwischen ihnen, während die Menge darüber zu schnattern anfing, was sie soeben beobachtet hatte.

«Erzählen Sie mir keinen Scheiß», sagte Mickey leise zu Rick. «Sie wissen ja nicht mal, was bei einem Pferd vorne und hinten ist.»

«Mickey, Sie sind sich selbst Ihr schlimmster Feind.» Fair schüttelte den Kopf.

«Ist doch klar, oder?» Mickey sprach zu dem Tierarzt, den er beschäftigte und dem er vertraute. «Rick Shaw ist hier, um mir nachzuspionieren. Alle denken, ich habe Nigel und Coty umgebracht. Verdammt noch mal! Warum zum Teufel hätte ich meinen eigenen Jockey umbringen sollen?»

«Das will ich ja gerade von Ihnen hören», sagte Rick.

«Ich war's nicht! Ein für allemal!» Mickeys ansehnliches Gesicht sackte in sich zusammen, und er wirkte plötzlich alt.

«Lügen kostet so viel Kraft. Sagen Sie einfach die Wahrheit», sagte Rick gelassen. «Sie wußten, daß Nigel keine Arbeitserlaubnis hatte. Fangen wir da an.»

«Ach, Mann, kommen Sie mir nicht damit.» Mickey straffte die Schultern; er sah jetzt wieder so alt aus, wie er war, nämlich fünfundvierzig. «Es ist mir scheißegal, ob der Kerl einen grünen, gestreiften oder gepunkteten Wisch bei sich hatte. Er konnte reiten. Und sparen Sie sich diesen Schwachsinn von wegen Schutz der amerikanischen Arbeiter oder Schutz der ausgenutzten Einwanderer. Ich habe keinen ausgenutzt, und wenn ein amerikanischer Arbeiter den Job so gut machen kann wie der Tommy, hey, dann ist er engagiert. Scheiß auf die Regierung.»

Er war einfach unverbesserlich. Rick und Fair mußten lachen.

«Mickey, wenn Sie mir bloß reinen Wein einschenken

würden, müßte ich in Ihnen nicht den Hauptverdächtigen sehen.»

Mickey sah Fair flehend an. «Verdächtigen? Weswegen?»

«Sagen Sie dem Mann einfach die Wahrheit», sagte Fair gelassen.

Mickey blickte über ihre Köpfe, über die Wipfel der Bäume bis hinauf zu dem rotkehlcheneierblauen Himmel. «Na gut.»

37

Eine halbe Stunde vor dem ersten Rennen fragte Mickey Townsend, ob er seinem Jockey, einem Neuling im Geschäft, Anweisungen geben dürfe.

Fair war zum Führring zurückgekehrt.

Cynthia und Rick gingen mit Mickey, Cynthia schlug ihr Notizbuch auf, als sie sich auf den Weg zu seinen Pferden machten.

«Ich werde Ihnen alles sagen, aber ich muß die Rennen sehen.»

«Das geht klar», sagte Rick. «Sie stehen nicht unter Arrest – noch nicht. Sie haben vor dem ersten Rennen genug Zeit, mit dem Reden anzufangen.»

Mickey atmete tief aus, schloß die Augen und öffnete sie dann wieder. «Nigel Danforth schuldete mir um die tausend Dollar, keine Pferdewette – Poker. Coty Lamont schuldete mir über siebentausend von der letzten Saison. Ich schulde Harvey Throgmorton fünfeinhalb Riesen. Seine Frau hat ihr erstes Kind bekommen, er hatte ein schlechtes Jahr mit den

Pferden, und er braucht das Geld. Ich möchte es ihm zurückzahlen. Ich habe Nigel nicht umgebracht, und ich habe Coty Lamont nicht umgebracht.» Er atmete wieder tief durch, rang unwillkürlich die Hände. «Ich bin ein bißchen durchgedreht. Ich dachte daran, sie zu vermöbeln, und von Coty hatte ich echt die Schnauze voll. Er hat versprochen, zu zahlen, also – das war in der Nacht, als er ermordet wurde, oder am frühen Morgen. Ich hab eine Lüge zuviel zu hören gekriegt. Ich weiß nicht – als er um zehn Uhr abends nicht wie vereinbart in meinem Stall erschien, bin ich zu ihm nach Hause gedüst. Kurz und gut, ich hab ihm gedroht, hab meine Pistole gezogen, hab ihm gesagt, entweder er zahlt bis zum Morgen, oder er gehört der Vergangenheit an.» Er ging zur Kühltasche und nahm sich ein Sodawasser heraus. «Noch jemand was?»

«Nein danke.»

«Das viele Reden macht mich durstig.» Mickey ließ den Verschluß aufschnappen und trank. «Ich bin weggegangen. Er hatte nicht damit gerechnet, daß ich auf ihn warten würde. Ich wartete am Ende der Einfahrt hinter einem großen Busch, die Scheinwerfer hatte ich ausgeschaltet. Als er eine Stunde später wegfuhr, hab ich mich an ihn drangehängt. Hab wohl zu viele Krimis gesehen. Jedenfalls, ich bin ihm zu Mim Sanburnes Stall gefolgt. Er ist aber nicht hingefahren, das war ja das Verrückte. Er hat seinen Lieferwagen hinter der alten Amoco-Tankstelle etwa achthundert Meter von Mims Haupttor entfernt abgestellt. Aber was mich echt gewundert hat – er hat sein Nummernschild mit einem Lappen oder so was verdeckt. Josh von der Tankstelle repariert ständig Autos, das Gelände steht immer voll, aber Coty verdeckt das Nummernschild.

Er hat mich nicht gehört, weil ich weit hinter ihm geblieben bin, weit genug, um meinen Motor zu drosseln, und dann hab ich ihn abgestellt. Nach etwa zwanzig Minuten war ich mit meiner Geduld am Ende, und ich bin auf Mims Grundstück gegangen. Meine Pistole hatte ich bei mir. Ich traf ihn im Stall an. Er hatte ihr Jagdpferd auf der Querschwelle. Ich bin zur Box gegangen, hab ihn zu Tode erschreckt. Er hatte in der Ecke der Box rumgegraben. Ich hab ihn gefragt, was zum Teufel er da macht, und er sagte, mein Geld besorgen. Ich hab gefragt, was da unten ist, und er sagte, ein Piratenschatz. Dieser Klugscheißer. Ich hatte eine Stinkwut, und ich hab gesagt: ‹Mach das Loch wieder zu, du willst mich wohl verscheißern, wenn da unten was Wertvolles wäre, hättest du es dir längst geholt.› Coty hat alle Leute für blöd gehalten, er dachte, er könnte ihnen immer einen Schritt voraus sein. Er wollte mir was sagen, aber dann hat er den Mund gehalten, und wir haben beide einen kleinen Schreck gekriegt, weil wir ein Geräusch hörten. Waren aber bloß Mäuse auf dem Heuboden. Wissen Sie, wenn es nachts sehr still ist, kann man ihre Füße hören, die kleinen Krallen. Totel verrückt.

Also, er hat das Loch wieder zugeschüttet. War sowieso nicht sehr tief gekommen. Hat das Pferd wieder in die Box gebracht. Ich bin mit ihm zu meinem Wagen an der Straße gegangen, hab ihn dann zu seinem Lieferwagen gefahren und ihm gesagt, er hat bis fünf Uhr Zeit, bevor ich seinen Lieferwagen als Sicherheit nehme.

Das war das letzte, was ich von Coty Lamont gesehen habe.» Bleich trank er sein Sodawasser aus und fügte nach einer Pause noch hinzu: «Sieht nicht gut aus für mich, was?»

«Nein», sagte Rick.

«Wenn Sie die Wahrheit sagen, passiert Ihnen nichts», fügte Cynthia hinzu.

«Wissen Sie was von dem Koks?» Rick lauschte, weil soeben das erste Rennen angekündigt wurde.

«Ah –» Mickey zögerte.

«Haben die zwei gekokst?» fragte Rick.

«Ja.»

«Und Sie?»

«Ich hätte in diesem Geschäft nicht lange durchgehalten, wenn ich süchtig nach dem Zeug wäre.»

«Wissen Sie, wer es verkauft?»

«Sheriff, da ist nicht schwer dranzukommen.»

«Danach habe ich nicht gefragt.»

«Linda Forloines.»

«Danke, Mickey. Nach den Rennen kehren Sie am besten nach Albemarle County zurück und verlassen den Bezirk nicht ohne vorherige Absprache. Gehen Sie, das erste Rennen startet gleich.»

Mickey streckte sich, seine Knie knackten. Er ging zur Rennbahn, die Hände tief in den Taschen, die Finger um Marylous Medaillon geschlossen. Er war versucht, Cynthia und Rick davon zu erzählen, aber er wollte das Christopherusmedaillon noch ein Weilchen geheimhalten.

Cynthia klappte ihr Notizbuch zu. «Glauben Sie ihm?»

«Sie wissen genau, daß Sie mich so was nicht fragen dürfen.»

«Ja, aber ich tu's immer wieder, nicht?»

38

Die leichte Brise ließ Arthur Tetricks himmelblaues Richterband flattern. Durch seinen forschen Gang wehte es noch mehr.

Chark und Addie saßen hinter der Waage. Da sie kein Pferd im ersten Rennen hatten, beobachteten sie die anderen.

«Alles in Ordnung?» fragte Arthur, der Charks geschwollene blutige Lippe bemerkte.

«Es ist mir so peinlich.» Chark achtete nicht auf das Blut, das von seiner Lippe tropfte.

«Was ist passiert?»

«Das war wieder mal typisch Mickey Townsend», sagte Chark trübsinnig. «Ich kam aus dem Funktionärszelt und bin mit ihm zusammengestoßen. Versehentlich. Ich hab nicht geguckt, wo ich hinging. Ich hatte nur Ransom Mine im Kopf, verstehst du. Mickey hat einen blöden Witz gemacht, wie gut ich im Rempeln und Abhauen bin. Er ist immer noch stinkwütend wegen dem Maryland Hunt Cup letztes Jahr. Klar, ich bin ein bißchen angespannt ...»

«Das ist die Untertreibung des Jahres», sagte Addie aus dem Mundwinkel heraus.

Er hob flehend die Hände. «Ich hab Rot gesehen. Keine Ausrede. Ich war im Unrecht. Ich hab mich blamiert.»

«Ist ja nichts Schlimmes passiert. Ich gehe Mim abfangen, wenn ich kann.» Arthur sah auf die Uhr. «Hmm. Zu spät. Ich seh mal, ob ich Harry und Miranda finden kann. Vielleicht können sie Mim ablenken, damit du die ganze Geschichte nicht noch mal durchgehen mußt. Oder einen Anraunzer kriegst.»

Chark zuckte zusammen, als Addie ihm mit einem Taschentuch die Lippe abtupfte. Sie konnte das tropfende Blut nicht mehr ertragen. «Ich schäme mich so.»

«Wenn ich eine Chance hätte, würde ich ihn gern selbst verdreschen.»

Addie sah Arthur an. «Ich hab Mickey immer noch gern. Ihr zwei laßt ja nie ein gutes Haar an ihm.»

Arthur brauste auf: «Mickey Townsend interessiert sich für niemanden außer Mickey Townsend. Aus Gründen, die ich mir nie werde erklären können, fliegen die Weiber auf ihn.»

«Ja, sicher.» Addie ließ das Taschentuch fallen. «Arthur, ich weiß, daß du bei Richter Parker warst.»

Arthurs Miene umwölkte sich. «Bloß eine Formalität.»

«Nein, das ist nicht wahr. Du hast einen Antrag auf Verlängerung der Treuhandschaft eingereicht.»

«Ich habe nichts dergleichen getan.» Er funkelte sie an. «Du trittst dein Erbe an deinem Geburtstag um Mitternacht an ... morgen nacht. Der Papierkram wird am Montag erledigt. Deswegen war ich bei Richter Parker.»

«Du denkst, ich bin unfähig. Wegen der Drogen.»

Arthur senkte die Stimme. «Jetzt ist weder die Zeit noch der richtige Ort dafür! Aber Adelia, ich bin zu dem traurigen Schluß gekommen, daß ich *nichts* tun kann, um dir zu helfen. Du glaubst mir vielleicht nicht, aber ich werde erleichtert sein, wenn ich nicht mehr dein Treuhänder oder der Testamentsvollstrecker deiner Mutter bin. Ich lehne jede weitere Verantwortung ab.» Er atmete einen Schwall linde Luft ein. «Ich hoffe nur, daß deine Mutter mir vergibt, falls sie auf uns herabsieht.»

«So ein Quatsch.» Addie ließ die Männer stehen. Sie mußte alles und jeden aus ihren Gedanken verbannen, um sich auf die Pferde und die Bahn zu konzentrieren. Jedesmal, wenn sie Arthur sah oder mit ihrem Bruder sprach, fühlte sie rasende Wut in sich aufsteigen. Dies war das erste Rennen ohne Nigel, und das traf sie härter, als sie gedacht hatte.

Arthur sah ihr nach, dann sagte er traurig: «Hm, ich habe sie aufgeregt. Das wollte ich nicht, aber ...»

«Sie hat angefangen.»

«Das schon, Charles, aber ich bin alt genug, um darüberzustehen.»

«Aber was Mickey angeht, hast du recht. Er hat Mom um den kleinen Finger gewickelt, und Addie dachte, er könnte nichts Unrechtes tun. Weißt du, was ich auch nicht kapiere?» Chark stand auf, stellte fest, daß er ein bißchen zittrig war, und setzte sich wieder.

«Komm, Chark, du bist verletzt.» Arthur schob seine Hand unter Charks Arm, um ihn zu stützen.

«Ich bin durcheinander, nicht verletzt. Ich kann's nicht fassen, daß ich dermaßen die Beherrschung verloren habe.»

«Du gehst zu streng mit dir ins Gericht.» Arthur sah unauffällig auf seine Armbanduhr, dann setzte er sich für einen Augenblick neben Chark. «Na, was ist es, was du nicht kapierst? Du hast den Faden verloren.»

«Wenn Mom Mickey so sehr geliebt hat, warum hat sie sich dann geweigert, ihn zu heiraten?»

«Ah –» Arthur warf den Kopf zurück. «Ich möchte annehmen, weil sie wußte, daß es auf die Dauer nicht gutgehen würde.»

«Addie sagt, weil ich Mickey nicht leiden konnte. Da krieg ich ein verdammt schlechtes Gewissen.»

«Ach, aber –»

«Du weißt, wie sie war. Sie hätte alles für Addie getan. Ich habe sie gebeten, dich zu heiraten. Komisch, nicht?»

«Für mich nicht», sagte Arthur traurig.

«Ich hab sie angeschrien, daß Mickey nur hinter ihrem Geld her sei. Wenn ich daran denke, was für Sachen ich zu meiner Mutter gesagt habe», er ließ den Kopf hängen und hielt sich die Augen zu, «fühl ich mich ganz elend.»

Arthur legte seinen Arm um Chark. «Aber, aber. Du bist

überreizt. Du warst jung. Sie hat dir verziehen. Mütter verzeihen immer, weißt du.»

Chark schüttelte den Kopf. «Ich weiß, aber –»

«Reden wir von was Angenehmem. Ich habe Adelias Geburtstagstorte abgeholt. Sie ist dreistöckig, weil ich mir dachte, daß sich am Ende sowieso alles bei Mim trifft. Obendrauf ist eine Jockeykappe, in Mims Farben, mit zwei gekreuzten Peitschen. Innen Schokolade, außen Vanilleglasur. Ihr Lieblingskuchen.»

«Das ist toll, Arthur – wirklich toll.»

«Ist ja auch ein großer Geburtstag, der einundzwanzigste.» Sein eigener einundzwanzigster war nur noch ein warmer Schemen in der Erinnerung. «Ich muß gehen. Ich werde mein Bestes tun, um Harry oder Mim zu finden, bevor ich meinen Posten beziehe.»

«Danke.»

«Keine Ursache.» Arthur ging, der sandige Boden knirschte unter ihm.

39

Addie fand Mickey unter einem großen Styraxbaum an der Rückseite der Bahn. Verstohlen verglich er die Stoppuhr in seiner Hand mit der Anzeigentafel.

«Bist du auch wütend auf mich?» fragte er.

«Nee.» Sie trat neben ihn.

«Noch circa fünf Minuten», sagte er.

«Du könntest dieses Rennen gewinnen.»

«Oh, ich könnte jedes Rennen gewinnen.» Er lächelte

matt. «Hängt bloß davon ab, auf wen die Götter gerade herablächeln, stimmt's?»

«Ich glaube, es hängt vom Können des Jockeys und vom Mut des Pferdes ab.»

«Das erleichtert die Sache.» Er verlagerte das Gewicht von einem Fuß auf den anderen. «Weißt du, warum Nigel und Linda bei den Rennen von Montpelier aufeinander eingeprügelt haben? Er wollte es mir nicht sagen, aber ich denke, das könnte es sein, weshalb er tot ist.»

«Nigel hat ein Kilo Kokain von Linda gekauft. Zumindest dachte ich, er hätte es gekauft. Er wollte es verkaufen, um Schulden zu bezahlen, auch die, die er bei dir hatte, und sich dann ein kleines Anwesen kaufen und anfangen, selbst Pferde zu trainieren. Er sagte, er könnte nicht ewig Jockey bleiben.»

«Hm, aber man kann nicht so mir nichts, dir nichts von Jockey auf Trainer umsatteln.» Mickey verschränkte die Arme. «Glaubst du, er war drogensüchtig?»

«Nein.»

«Hast du das dem Sheriff erzählt?»

«Am Ende ja. Ich sitz ziemlich in der Patsche, weil ich das Kilo in meinem Banksafe deponiert hab.»

«Addie –»

«Na ja, das hab ich ihnen auch erzählt. Sie haben es sichergestellt.»

Mickey kaute auf der Innenseite seiner Lippe. «Was hast du ihnen sonst noch erzählt?»

«Nicht mehr, als ich mußte. Hör zu, bloß weil du ein Glücksspieler bist, heißt das noch lange nicht, daß du jemanden umgebracht hast. Es war nicht genug Geld, um jemanden dafür umzubringen.»

«Und was glaubst du?»

«Nie und nimmer.» Sie grinste.

«Ich will dir was sagen, meine Hübsche.» Er hegte fürsorgliche Gefühle für Addie, die ihn stark an Marylou erinnerte. «Wir bräuchten einen Wahrsager, der uns hilft.»

«Wahrsager hat den Eclipse Award gewonnen. Herrje, wenn wir einen Wahrsager hätten, wäre das Leben vollkommen.»

Er lachte. «Du bist zu jung, um dich an das Pferd zu erinnern.»

Ihre Miene verfinsterte sich einen Moment. «Aber in einer Sache habe ich gelogen.»

«Hm?» Alle seinen Sinne waren hellwach.

«Nigel hat das Kokain nicht bezahlt. Er sagte, er würde es bezahlen, sobald er es verkauft hätte. Er hat nur ungefähr ein Viertel der Summe bezahlt. Ich hab Sheriff Shaw erzählt, daß Nigel es bezahlt hätte.» Sie hob hilflos die Hände. «Ich weiß nicht, warum ich gelogen habe.»

Er wurde bleich. «Addie!»

«Ich will nicht, daß Linda hinter mir her ist.» Sie wurde rot im Gesicht. «Wenn Linda denkt, daß ich sie verpfiffen hab, he, dann ...» Sie brauchte den Gedanken nicht zu Ende zu führen.

Mickey rollte die Schultern vor und zurück. Das tat er immer, um seine Muskeln zu entspannen. «Sie steckt bis obenhin in der Scheiße. Mein Gott, sie wissen, daß sie das Zeug verkauft. Sie ist eine Verdächtige, mit oder ohne deine Hilfe.»

«Verkaufen ist nicht töten. Kommst du zu meiner Geburtstagsparty?» Sie verfiel in Gleichschritt mit ihm.

«Nein.»

«Ich spreche mit Chark.»

«Tu das nicht. Laß es auf sich beruhen, Adelia. Ich wäre bloß ein Spielverderber.»

«Ach bitte, komm doch. Du würdest mir eine Freude machen.» Sie seufzte. «Wäre eine noch größere Freude, wenn Nigel noch bei uns wäre.»

Er klopfte sie auf den Rücken. «Ob du's glaubst oder nicht, mein Herz, ich weiß, wie dir zumute ist. Es vergeht kein Tag, an dem ich deine Mutter nicht vermisse.» Er machte eine Pause, räusperte sich. «Addie, du bist nicht die einzige, die dem Sheriff Informationen vorenthalten hat.» Er griff in seine Tasche und legte Adelia das schöne Christopherusmedaillon in die Hand.

Sie starrte darauf, blinzelte, dann strömten ihr die Tränen über die Wangen. Sie hielt das Medaillon an ihre Lippen und küßte es. «O nein. O nein.» Sie wußte, daß ihre Mutter tot sein mußte, doch das Medaillon brachte ihr die ganze Wucht ihres Verlustes wieder zu Bewußtsein; ihr blieb nicht ein Fünkchen Hoffnung.

«Woher hast du das?» flüsterte sie.

Mickey, der ebenfalls weinte, sagte: «Aus Nigel Danforth' Daunenjacke.» Er schilderte ihr den ganzen Ablauf der Ereignisse. «Dies wird uns zu dem Mörder führen. Ich spüre es in meinem Innern, daß es nicht Nigel war. Aber wie ist er an das Medaillon gekommen?»

«Mickey, gib es mir.»

«Nachdem wir die Ratte aufgescheucht haben.»

«Nein, gib es mir jetzt. Ich will es tragen, wie Mom es getragen hat.»

«Addie, das ist zu gefährlich.»

«Bitte. Du kannst in meiner Nähe bleiben. Ich will Moms Medaillon, und ich will, daß es alle sehen.»

40

Obwohl sie angeleint war, zappelte Tucker vor Aufregung. Allein die Gerüche ließen sie außer Rand und Band geraten: der Duft von gebackenem Schinken, geräuchertem Truthahn, Roastbeef und Brathähnchen, vermischt mit dem Aroma von Hot dogs, Hamburgern und Senf. Salat aus dreierlei Bohnen, Schichtsalat aus sieben verschiedenen Zutaten, schlichter Krautsalat und nahrhafter deutscher Kartoffelsalat verströmten einen Duft, der zwar nicht so verlockend war wie die Fleischgerüche, aber Essen war Essen, und Tucker war nicht wählerisch. Die Schokoladenschnitten, Biskuitkuchen, Früchtekuchen, mit Honig beträufelt, und Kürbispasteten dufteten ebenfalls verführerisch. Von Whiskey, kräftigendem Scotch, Sherry, Portwein, Gin und Wodka mußte sie sich abwenden, denn diese Gerüche brannten ihr in Nase und Augen.

Für Tucker war der Colonial Cup ein Kaleidoskop von Gerüchen und mehr Menschen, als sie begrüßen konnte. Tucker kannte ihre gesellschaftlichen Verpflichtungen. Sie mußte sich auf jeden Menschen stürzen, der sich ihrer Mutter näherte, und ihn beschnüffeln. Kannte sie ihn, wedelte sie mit ihrem nicht vorhandenen Schwanz. Wenn nicht, wollte sie sich die Lunge aus dem Leib bellen, das billigste und wirksamste Alarmsystem, das bislang entwickelt wurde. Aber wenn die Menschen zu Tausenden umherschwärmten, konnte sie nicht jeden anbellen. Statt dessen bediente sie sich ihrer Strategie des stählernen Blicks. Wenn jemand sich Harry näherte, sammelte sie sich und ließ das Gesicht der betreffenden Person nicht aus den Augen. Sobald sie sicher war, daß die Person sich nicht auf Harry oder Mrs. Hogendobber stürzen würde, entspannte sie sich.

Obwohl zum Hüten gezüchtet, passen Corgis auch auf «ihren» Menschen auf und verteidigen ihn, so gut sie können. Nach Tee Tuckers Meinung war und blieb ein Chow-Chow der beste Hund für die Verteidigung von Menschen. Herrchen oder Frauchen fanatisch ergeben, knurrten Chow-Chows zuerst eine Warnung, und wurde diese ignoriert, schnappte der Hund nach dem potentiellen Angreifer, sei es ein anderer Hund, ein Mensch oder was auch immer. Tucker war nicht so bissig, aber sie hing an Harry. Manchmal wünschte sie, Harry hätte noch einen Hund. Mrs. Murphy konnte zuweilen so überheblich sein, und Tucker haßte es, wenn die Katze von einem Tisch oder einer Anrichte auf sie herabsah. Sie liebte Murphy, aber sie konnte nicht wirklich Tacheles mit ihr reden, weil ihr die Katze sonst die empfindliche Nase zerfetzen würde.

«Mutter, diese Heckklappen-Picknicks führen mich in Versuchung. Wenn ich schon bei Fuß gehen muß, solltest du für mich um was zu essen bitten.»

Der Tag hatte sich erwärmt, und die Zeit zwischen den Rennen war strapaziöser als die Rennen selbst. Miranda, ausgedörrt von Staub und Sonne, zog Harry zu einem Getränkestand.

Harry beäugte sehnsüchtig die Bar, die auf der Heckklappe eines Kombis aufgebaut war, aber da sie die fröhlichen Menschen nicht kannte, die den Sonnenschein, die Pferde, den Tag und sich gegenseitig feierten, ging sie weiter zu dem Stand.

«Ich dachte, Fair würde bei diesem Rennen nicht arbeiten», sagte Miranda.

«Sie wissen ja, wie das so geht.» Harry kaufte eine Cola, sah auf ihren keuchenden Hund herunter und bat um einen leeren Pappbecher. Sie ging zum Wasserhahn, füllte den Becher, und Tucker schlappte zufrieden.

«Ich nehme an, mit einem Tierarzt verheiratet zu sein ist wie mit einem Arzt verheiratet zu sein.»

«Ich bin nicht mit ihm verheiratet.»

«Ach, hören Sie auf.»

«Ja, es ist wie mit einem Arzt verheiratet zu sein, und Fair ist so gewissenhaft. Er behandelt die Tiere, ob die Menschen zahlen oder nicht. Sicher, sie sagen ihm immer, sie werden bezahlen, aber dann tun sie's nicht. Wenn einem Tier etwas fehlt, ist er dort.»

«Haben Sie ihn nicht gerade deswegen geliebt?»

«Ja.» Harry trank ihre Cola aus.

«Mmm.» Miranda beobachtete die drei Jockeys, die in ihren glänzenden Seidendressen im Führring standen.

Harry folgte ihrem Blick, und besonders fiel ihr ein drahtiger Bursche ins Auge, die Hand auf der Hüfte, die Peitsche in der Hand. «Komisch, nicht? Die Kolosse von Footballspielern kriegen ein Vermögen bezahlt, und wir verehren sie wegen ihrer Kraft, aber diese Burschen hier haben mehr Courage. Auch die Frauen. Nichts auf den Rippen, aber Mumm in Reinkultur.»

«Hm, ich habe nie begriffen, wie –» Miranda hielt inne. «Harry, ist es unhöflich, mit Jockeys zu sprechen, bevor sie reiten? Ist es wohl, oder?»

«Sie sind noch nicht an der Reihe. Ich erkenne die Farben.»

Miranda ging entschlossen auf die drei Männer zu. Einer sah viel jünger aus als die anderen – um die sechzehn. «Entschuldigen Sie bitte», sagte sie.

Tucker sprang vorwärts und zog Harry, die nicht darauf gefaßt war, fast aus dem Gleichgewicht.

«Ma'am.» Der Älteste von den dreien, ein Mann Mitte Vierzig, nahm seine Kappe ab.

«Haben Sie Nigel Danforth gekannt?» erkundigte sich Miranda.

«Ich kannte ihn», meldete sich der Teenager.

«Die Frage klingt vielleicht komisch, aber haben Sie ihn gemocht?»

«Ich hab ihn nicht richtig gekannt», sagte der Ältere rasch.

Der Jüngste, in flammend orangerotem Dress mit zwei schwarzen Ringen an jedem Ärmel, sagte: «Er hat sich aufgeführt, als wäre er was Besseres als wir übrigen.»

Harry lächelte. Der englische Akzent verfehlte nie seine Wirkung.

Als würde er ihre Gedanken lesen, fügte der mittlere Jockey, etwa fünfundzwanzig, hinzu: «Es lag nicht an seinem Akzent, der sich für mich unecht anhörte. Er hat sich aufgespielt, als wäre er der Größte. Und angegeben.»

«Daß er ein besserer Reiter war?» Harry wollte es genau wissen.

«Nein», sagte der Jüngere. «Daß er Addie Valiant heiraten würde. Addie hat was Besseres verdient.»

«Ja, das ist wahr», stimmte Harry zu.

Jetzt beschloß der älteste Jockey, in dunkelgrünem Dress mit hellblauen Kreisen, zu reden. «Verstehen Sie mich nicht falsch. Keiner von uns hat ihn gehaßt, geschweige denn ihn umbringen wollen, und er war kein unfairer Reiter, das muß man dem Mann zugute halten, aber er hatte so was Verschlagenes. Wenn man ihm eine Frage gestellt hat, egal was für eine, ist er drumherum getänzelt, als müßte er sich eine Antwort überlegen.»

«Was Addie nur an ihm gefunden hat?» meinte der Jüngste, die Brauen fragend hochgezogen. Sein schmachtender Tonfall verriet, daß er in Addie verknallt war.

Miranda erwiderte mit ihrer Kummerkastentantenstimme: «Sie hat nicht klar gedacht. Sie wäre schon noch zur Vernunft gekommen.»

«Warum fragen Sie nach Nigel Danforth?» wollte der ältere Jockey wissen.

Harry sagte rasch: «Wir waren so neugierig wie Sie – wir konnten uns auch nicht erklären, was sie an ihm fand.»

Sie wechselten noch ein paar Worte, dann eilten Harry, Miranda und Tucker zum Führring, wo die Jockeys auf ihre Pferde stiegen, bevor sie auf die Bahn geführt wurden.

Addie, die in diesem Rennen nicht für Mim ritt, sondern für einen anderen Auftraggeber, wurde von Chark geführt. Das Medaillon ihrer Mutter schimmerte an ihrem Hals. Sie hatte den obersten Knopf an ihrem Dress geöffnet. Chark, vor dem Rennen nervös und sowohl wegen Mickey Townsend als auch wegen des Streits mit seiner Schwester verärgert, bemerkte es nicht.

Colbert Mason, die Sanburnes, Fair Haristeen, Arthur Tetrick, Mickey Townsend, Rick Shaw und Cynthia Cooper sowie Hunderte anderer Menschen beobachteten die Pferde. In wenigen Minuten würden sie zum Startband gerufen werden.

Miranda klappte der Kinnladen herunter. «Das gibt's doch nicht», flüsterte sie halblaut.

«Was?» Harry beugte sich zu ihr hin.

«Schauen Sie auf Adelias Hals.»

Harry sah hin. Das Licht tanzte auf der königsblauen Emaille. «Ein Medaillon. Ich kenne es nicht. Muß ein vorzeitiges Geburtstagsgeschenk sein.»

«Kein vorzeitiges Geschenk. Dieses Medaillon würde ich überall erkennen. Es hat Marylou gehört. Sie hat es nach Charleys Tod nie abgenommen. Nicht mal für Kostümfeste. Sie hat ihre Rubine und Diamanten darüber drapiert.»

Harry nahm das Medaillon in Augenschein. «Ah – ja, jetzt wo Sie's sagen. Ich erinnere mich, daß Marylou das trug.»

Mim starrte über den Führring hinweg ebenfalls auf das Medaillon. Sie griff nach Jims Arm.

Mim, Miranda und Jim begaben sich zu Rick Shaw, zogen ihn fort von der Barriere und von potentiellen Lauschern.

Sobald er sie dazu gebracht hatte, der Reihe nach zu sprechen, hörte er aufmerksam zu. Cynthia Cooper desgleichen.

«Sie wissen nicht, ob es genau dasselbe Medaillon ist. Jemand könnte ihr eine Nachbildung geschenkt haben», sagte Rick.

«Man braucht es nur umzudrehen.» Mims Lippen waren weiß, so erschüttert war sie.

«Auch wenn es dieselbe Inschrift hat, könnte es eine Nachbildung sein.» Rick blieb bei seinem Gedankengang.

«Es wurde von Cartier extra für Marylou angefertigt.» Mim rang die Hände.

«Ich weiß das zu würdigen. Ehrlich. Nach den Rennen können wir Adelia bitten, das Medaillon abzunehmen, damit Sie es alle näher in Augenschein nehmen können, und sie kann uns sagen, woher sie es hat.» Rick hoffte, das Medaillon werde Aufschlüsse geben, aber er mußte zusehen, daß Marylous alte Freundinnen Ruhe bewahrten. Er wollte ruhig und besonnen an dieses Beweisstück herangehen.

«In dem Moment, wo das Colonial-Cup-Rennen gelaufen ist.» Mim hatte einen flehenden Ton, sehr ungewöhnlich bei ihr.

«Das verspreche ich», sagte Rick entschieden.

Das Signal rief die Teilnehmer vom Führring zur Bahn.

Harry, Mrs. Hogendobber, die Sanburnes und Tucker rannten zu den Tribünen. Die Pferde nahmen Aufstellung, das Startband schnellte hoch, und sie rasten los. Addie hielt sich im Mittelfeld, setzte mühelos über die Zäune, doch beim zweiten Sprung über einen Zaun wurde das Pferd angerempelt und verlor ein, zwei Längen. Sie konnte den Verlust bis zur Ziellinie nicht mehr aufholen, und das Geld war verloren.

Während die Menschen jubelten und das Geld die Besitzer wechselte, sah Tucker einen flotten Jack Russell auf die Tribünen kommen. Erfreut über einen anderen Hund, rief sie laut: *«Hallo.»*

«Hi», antwortete der Jack Russell. *«Ich hoffe, wir können nebeneinander sitzen. Ich hab die Nase voll von den vielen Menschen. Mein Name ist Terminator.»*

«Meiner ist Tucker.»

Glücklicherweise nahm die Besitzerin, eine nervös wirkende hagere Frau mittleren Alters, vor Tucker Platz. *«Das ist ein Glück. Hast du mit jemandem von den Rennen zu tun?»*

«Mim Sanburne», erwiderte Tucker.

«Sie könnte dieses Jahr den Cup gewinnen», sagte der Russell weise. *«Mein Mensch, ZeeZee Thompson – sie ist Trainerin, weißt du – meint, Mim hat eine gute Chance. Also, mein Mensch gehört seit zehn Jahren zu den fünf besten Trainern.»*

«Oh.» Tucker klang beeindruckt.

«ZeeZee ist früher in England geritten, aber sie erlitt einen schweren Sturz, sie hatte einen Milzriß, einen Leberschaden und ein paar gebrochene Rippen. Sobald sie gesund war, hat sie trainieren gelernt.»

«Sie muß Nigel Danforth in England gekannt haben.»

Terminator senkte die Stimme. *«Nigel Danforth ist ebensowenig Brite wie du oder ich, meine Liebe. Meine Mutter hat Angst,*

über ihn zu sprechen, wegen der Morde, verstehst du. Sie will nicht die nächste sein.»

«Ist sie in Gefahr?» Tucker machte an der Leine einen Satz nach vorn. Harry achtete nicht darauf, und Tucker gesellte sich zu dem Jack Russell mit dem glatten Fell.

«Ich hoffe nicht, aber verstehst du, sie ist der einzige Mensch, der weiß, woher Nigel kam, und wenn der Mörder das herausfindet, könnte es unangenehm für sie werden.»

«Der Mörder macht ausschließlich Jockeys kalt», tröstete Tucker den anderen Hund.

«Ich weiß nicht, aber wer immer das getan hat, kennt Hindernisrennen in- und auswendig.»

«Woher kannte deine Mutter Nigel Danforth?»

«Montana. Eines Sommers – es muß wohl vor sechs Jahren gewesen sein, als ich ein Welpe war –, waren wir in Bozeman. Nigel war Arbeiter auf einer Ranch, aber er konnte gut mit Pferden umgehen. Mom hat zu ihm gesagt, im Osten könne er besseres Geld verdienen als hier mit Kühetreiben. Er hatte damals einen Schnurrbart und einen Vollbart. Männer sehen für Menschen ganz anders aus, wenn sie ihren Bart abrasieren. Riechen tun sie natürlich genauso.»

«Wie ist sein richtiger Name? Weißt du den noch?»

«Sargent Wilcox.» Tuckers Augen wurden weit, als der kleine Hund fortfuhr: *«Ich hoffe inständig, daß meine Mutter nicht in Gefahr ist. Wilcox hat nur ein Weilchen für Mom gearbeitet. Er war ihr zu wild.»*

Tucker hoffte es ebenso, denn allmählich erschloß sich ihr das Bild, nicht das ganze Bild, aber immerhin ein Anfang, und das war beängstigend.

41

Das Colonial-Cup-Rennen, auf das sie gewartet hatten, stand kurz bevor.

Mim gesellte sich zu ihrem Mann, Harry, Mrs. Hogendobber und Fair in der Loge auf der Haupttribüne. Sie war vom Führring herübergelaufen, wo sie Addie zugelächelt und ihr Glück gewünscht hatte, wobei sie ihren Blick die ganze Zeit auf das Christopherusmedaillon richtete. Als Chark seiner Schwester in den Sattel half, ging Mim zur Haupttribüne, aus Angst, die Valiants mit ihrer Nervosität anzustecken. Ihr beigefarbenes Wildlederkostüm, von ihrem unvermeidlichen Hermesschal gekrönt, wies nicht einen Knitter, Krumpel oder Flecken auf, obwohl sie unentwegt hin und her hetzte. Sie setzte sich hin, die Kiefer zusammengepreßt. Little Marilyn hätte ihrer Mutter den Schal am liebsten um den Hals geschnürt. Sie konnte es nicht ausstehen, wenn Mim so angespannt war, deshalb setzte sie sich ein Stück weit den Gang hinunter zu ZeeZee Thompson.

Niemand sprach. Nicht mal Tucker, die reglos auf Harrys Schoß saß.

Addie, schimmernd im purpurfarbenen Seidendress, ging auf Bazooka im Kreis, kam dann an den Start. Das gelbe Startband war straff über die Bahn gespannt. Die Pferde nahmen Aufstellung, seitwärts stolzierend und schnaubend. Dann schnellte das Band – *schnapp* – zurück, und sie rannten los.

Bazooka ging in Führung. Chark, der in der Nähe des Starts war, lief zur Haupttribüne, um besser sehen zu können, und stieß auf dem Weg dorthin wieder mit Mickey Townsend zusammen. Er entschuldigte sich und ging weiter, ließ Mickey stehen, der sich den Staub abklopfte. Das Pferd, das Mickey trainierte – es gehörte einem Kunden aus West Virginia –, lief im Mittelfeld.

«Sie hat ein zu schnelles Tempo», murmelte Mim durch den spannungsschmalen Schlitz, der ihr Mund war.

«Keine Bange, Schatz. Addie weiß, was sie tut.»

Arthur Tetrick, während dieses Rennens oben in der Loge des Rennbahndirektors, stand dort mit heruntergeklappter Kinnlade. Er spähte über Colbert Masons Schulter auf die große Digitalanzeige. «Das schafft sie nie.»

«Wie ein Teufel», erwiderte Colbert lakonisch.

Bazookas Schritte wurden mit jedem Ausgreifen seiner schwarzen Hufe größer. Addie saß nahezu reglos auf ihm, sie bewegte sich nur, wenn sie nach jedem gelungenen Sprung auf der Erde landeten.

Sosehr sie sich auch anstrengten, kein anderes Pferd kam an sie heran. Das Rennen, das absolut perfekt war, wirkte auf Addies Fans wie ein Traum. Die Menge kreischte ebenso aus Fassungslosigkeit wie vor Aufregung.

Am vorletzten Zaun schwang Bazooka sich hinüber, landete wieder perfekt, und vier Längen hinter dem Zaun rutschten Addie und der Sattel herab und unter Bazooka. Sie schlug mit einem dumpfen Knall auf der Erde auf.

Wäre sie während eines Sprungs gestürzt, sie wäre regelrecht abgeworfen worden. Doch der Sattel rutschte links herunter und geriet ein wenig unter Bazooka. Sein linker Hinterhuf streifte Addies Kopf. Sie kugelte sich zusammen.

Ein widerspenstiges Pferd, das Addie auf der Erde sah, drehte durch. Der Reiter gab sich alle Mühe, doch das Tier stürmte direkt über den gestürzten Jockey hinweg.

Bazooka ging als erster durchs Ziel, gerade als der Krankenwagen bei der bewußtlosen Addie auf der Bahn eintraf.

42

Chark raste auf die Grasbahn, Mickey Townsend war nicht weit hinter ihm. Arthur Tetrick schoß aus der Loge und lief die Betonstufen der Haupttribüne schneller hinunter, als irgend jemand für möglich gehalten hätte.

Der riesige Jim Sanburne lief direkt hinter ihnen. Fair war bereits auf der anderen Seite der Ziellinie auf der Bahn. Ein Begleitreiter führte Bazooka zu ihm.

Rick Shaw faßte Cynthia Cooper am Arm, als sie von dem Bereich, in dem die Wohnwagen und Kombis abgestellt waren, hinüberliefen.

«Ich hätte es kommen sehen müssen. Verdammter Mist!» fluchte er. «Sie bleiben hier. Sie wissen, was Sie zu tun haben. Ich fahre im Krankenwagen mit.»

«Ich mache später auf der Hampstead Farm weiter.»

«Gut.» Er hielt einem erschrockenen Bahnrichter sein Abzeichen hin und sprintete zum Krankenwagen, wo Addies bewußtlose Gestalt vorsichtig ins Heck geschoben wurde. Mit Tränen in den Augen sprang Chark zu ihr hinein.

Arthur langte zur gleichen Zeit wie Rick am Krankenwagen an. «Sheriff.» Rick zeigte der Ambulanzbesatzung sein Abzeichen. «Arthur, gehen Sie in die Loge und besorgen Sie mir ein Video von diesem Rennen. Sofort!»

«Ja, natürlich.» Arthur machte kehrt, zurück zur Haupttribüne, vorbei an den zwei trägen Camdener Polizisten.

«Jim, holen Sie den Sattel. Passen Sie auf, daß niemand sonst ihn berührt. Beeilen Sie sich, damit nicht irgend so ein wohlmeinender Hampelmann Ihnen zuvorkommt», wies Rick an.

Ohne Kommentar schritt Jim zum vorletzten Hindernis.

«Mickey, suchen Sie Deputy Cooper. Sie wird am Führring sein ... helfen Sie ihr. Sie kennen diese Leute. Mit Ihnen werden sie reden.»

«Klar.» Mickey zog ab zum Führring und sprang in der Eile über die Barriere.

«Chark, ich komme mit Ihnen.» Rick hievte sich ins Heck des Krankenwagens.

Der Beifahrer schloß die schwere Tür hinter ihnen. Mit eingeschalteten Blinklichtern fuhr der Wagen auf der Seite der Bahn. Der Fahrer, der sich mit Pferden auskannte, würde die Sirene erst auf der Schnellstraße einschalten.

«Wer hat das Pferd gesattelt?» Rick winkte den gestikulierenden Polizisten zu.

«Ich.» Chark hielt die Hand seiner Schwester.

«Wo verwahren Sie das Sattelzeug?»

«Bei den Boxen.»

«Hampstead Farm?»

«Nein, nein, die Boxen auf der Rennbahn. Wir lassen uns die Nummerndecken geben, vorher ziehen wir die Startnummer, dann satteln wir auf.»

«Wäre ein Leichtes für jemanden, sich an Sattel und –» Rick hielt inne, weil ihm der Ausdruck nicht einfiel.

«Gurt», sagte Chark.

«Richtig, Gurt, sich daran zu schaffen zu machen.»

«Ja, aber ich habe Bazooka gesattelt. Ich hätte es gesehen.» Er drückte die Hand seiner Schwester, die Tränen liefen ihm übers Gesicht. Er berührte das Christopherusmedaillon und drehte es herum. «Was in Gottes Namen ...», flüsterte er.

«Was ist das?»

«Es ist Mutters. Wir haben es seit dem Tag, an dem sie verschwand, nicht mehr gesehen.» Er starrte Rick verständnislos an.

Die Frau vom Rettungsdienst hielt Adelias Kopf fest zwischen ihren Händen. Falls Addies Hals gebrochen war, könnte eine einzige Erschütterung eine schlimme Situation noch sehr viel schlimmer machen.

Rick, auf den Knien, beugte sich vor. Er las die Inschrift laut: *Er ist mein Stellvertreter. In Liebe, Charley.*

«Dad hat es Mom in dem Jahr ihrer Hochzeit geschenkt.»

«Und Sie haben es nicht mehr gesehen, seit Ihre Mutter verschwand?»

«Nein.»

Rick ging in die Hocke, als die Ambulanz zum Krankenhaus raste.

«Sheriff.»

«Hm?» Rick war mit seinen Gedanken weit weg.

«Wer immer das gehabt hat, der hat meine Mutter umgebracht.»

Rick legte Charles seine Hand auf die Schulter. Er sagte nichts, aber er betete inständig, betete, daß Adelia am Leben bleiben, betete, daß sie nicht gelähmt sein würde, und betete, daß er die Polizei von Camden dazu bewegen könne, sie rund um die Uhr zu bewachen, bis sie nach Albemarle County verlegt werden konnte.

«Charles, Sie werden verstehen, daß mein Job mich zwingt, anstößige Fragen zu stellen.»

«Ja, Sir.»

«Könnte Ihre Schwester Ihre Mutter umgebracht haben?»

«Niemals.» Charles' Stimme war ruhig, obwohl die Tränen unablässig strömten.

«Adelia wird morgen volljährig. Haben Sie ihren Tod gewünscht?»

«Nein», flüsterte Charles kopfschüttelnd.

«Und Arthur Tetrick? Hätte er durch den Tod Ihrer Schwester etwas zu gewinnen?»

Chark fand die Sprache wieder. «Nein. Seine Zeit als Testamentsvollstrecker läuft morgen um Mitternacht aus. Selbst wenn» – er würgte – «sie nicht durchkommt, hat er nichts zu gewinnen.»

«Haben Sie eine Ahnung, wer es getan haben könnte?»

«Da fällt mir nur eine Person ein. Linda Forloines. Wegen dem Kokain.»

«Wir dachten, sie würde vielleicht auftauchen. Verkleidet. Es ist ein bißchen weit hergeholt, aber» – er drückte Charks Schulter – «wir waren beunruhigt.»

«Sie könnte jemanden bezahlt haben, um es zu tun.»

«Ja. Deputy Cooper knöpft sich in diesem Augenblick die Funktionäre und Jockeys gründlich vor.»

«Sheriff, ich hatte einen dummen Streit mit Addie. Sollte etwas passieren» – er bedeckte die Augen –, «könnte ich nicht weiterleben. Ich könnte es nicht.»

«Sie wird schon wieder», schwindelte Rick, denn er konnte es nicht wissen. «Sie werden jede Menge Zeit haben, das auszubügeln.»

Rick warf der Frau vom Rettungsdienst, die zu Addie hinuntersah, einen flehenden Blick zu.

43

Ein kleiner Vorfall ereignete sich bei der Befragung von Rennbahnpersonal, Pferdebesitzern, Trainern und Jockeys.

Als Jim Sanburne Addies leichten, kleinen Rennsattel zu Deputy Cooper brachte, streckte Mickey Townsend die Hand danach aus, worauf Arthur Tetrick ihm mit dem Unterarm einen Schlag auf die Brust versetzte.

Sie hieben aufeinander ein, bis sie von den Männern im Führring schnell getrennt wurden.

«Er wollte die Fingerabdrücke verwischen», behauptete Arthur.

«Nein, wollte ich nicht!» schrie Mickey auf der anderen Seite des Führrings.

Als sie sich beruhigt hatten, nahm Cynthia ihre Befragung wieder auf. Harry und Miranda halfen ihr, indem sie die Leute baten, sich in einer Reihe aufzustellen, und rasch eine Liste derjenigen anfertigten, die sich im Bereich des Führrings aufgehalten hatten.

Fair übergab Bazooka an einen Stallburschen, nachdem er das Tier gründlich auf Verletzungen untersucht hatte. Vorsichtshalber nahm er eine Blutprobe, um zu sehen, ob Bazooka gedopt worden war. Ein Amphetamin, das einem so hochkarätigen Pferd wie Bazooka verabreicht wurde, konnte ein Mordinstrument sein. Fair besprach sich mit einer namhaften örtlichen Tierärztin, Dr. Mary Holloway, einer Bekannten. Sie nahm das Röhrchen, sprang in ihren Transporter und fuhr zum Labor.

Fair kam in den Führring und trat zu Coop. «Was kann ich tun?»

«Haben Sie Gummihandschuhe?»

«Ja, hier.» Er zog die durchsichtigen Handschuhe aus der Brusttasche.

«Sehen Sie sich den Sattel genau an, ja? Aber seien Sie vorsichtig – denken Sie daran, er muß auf Fingerabdrücke untersucht werden. Jim Sanburne, Chark und Addie dürften Abdrücke auf dem Sattel hinterlassen haben. Wir suchen nach – Sie wissen schon.»

«Ich werde aufpassen.» Fair nahm den Sattel hoch, hob das kleine Leder an. Es war gürtelähnlich mit Schnallen und auf beiden Seiten intakt. Dann untersuchte er den Gurt, der entzweigerissen war. «So haben sie's gemacht.» Auf der Unterseite des Gurtes konnte er den Rasiermesserschnitt sehen, der über die ganze Breite verlief. Da an der Oberseite des Gurts kein Schnitt war, hatte man ihn straffziehen können, ohne zu merken, daß er auf der Unterseite aufgeschlitzt war.

«Müßte man viel von Pferden oder Rennen verstehen, um das zu tun?» fragte Cooper.

«Es wäre hilfreich. Aber mit ein bißchen Anleitung könnte das jeder.»

Coop preßte verdrossen die Lippen zusammen. «Der nächste.»

Ein schmächtiger junger Mann trat vor. «Randy Groah. Ich reite für Michael Stirling hier in Camden.»

«Wo sind Sie vor dem letzten Rennen gewesen?»

Während Cynthia Fragen stellte, schrieb Harry von allen Personen die Daten auf, Name, Adresse, Telefonnummer …

Tucker, die ihr Halsband mühelos abgestreift hatte, folgte Terminator. Sie untersuchten den Umkleideraum, die Verpflegungszelte und die Stallungen auf dem Gelände. Sie förderten nichts zutage außer Doughnut-Krümeln, die sie fraßen, überzeugt, daß die Speisen nichts mit dem Fall zu tun hatten.

Ein langer, leiser Pfiff ließ den Jack Russell innehalten. *«Das ist meine Mom.»*

«Ich begleite dich.» Tucker trabte neben ihrem munteren neuen Freund her.

«Terminator, wir gehen.» ZeeZee klatschte in die Hände.

«Ich komm noch ein Stück mit.» Tucker lief neben Terminator her.

Sie kamen zu den Stallungen, vor denen ZeeZees Explorer parkte.

«Komm, Term.» Sie hob den kleinen Kerl hoch und setzte ihn auf den Beifahrersitz.

«Viel Glück», rief der Jack Russell.

«Gleichfalls.» Tucker sprang wieder zum Führring, während ZeeZee sich entfernte.

Dreieinhalb Stunden später waren Harry, Miranda, Fair und Cynthia Cooper mit der Befragung der Jockeys und Bahnrichter fertig. Die Sanburnes fuhren ins Krankenhaus, sobald Cynthia sie entließ. Mim hatte Coop von dem Christophorus-Medaillon erzählt, und Miranda hatte es bestätigt.

Coop ging zum Umkleidezelt der Jockeys, um Addies Tasche mit ihrer Ausrüstung zu untersuchen. Sie zog den Reißverschluß auf. «Ich werde ihn aufschlitzen und vierteilen, diesen Drecksack!»

Auf Addies Kleidern lag eine Karodame.

44

Als Harry morgens um halb drei endlich in ihre Küche kam und Susan sah, sprudelten alle Schrecken des Tages, der jetzt

Jahre zurückzuliegen schien, aus ihr heraus. Susan hatte im Radio von Addies Unfall gehört und auf der Farm gewartet, um mit ihrer Freundin zu reden.

Die beiden engen Freundinnen setzten sich an den Küchentisch. Harry berichtete, daß Chark unter Verdacht stand, aber nicht verhaftet worden war.

«Also verstehst du, Sargent Wilcox ist Nigel, und ein Sargent war es auch, der mit Coty Lamont zusammen Marylou Valiant verscharrt hat.» Tucker lag, Nase an Nase mit Mrs. Murphy, flach auf dem Bauch.

«Und du sagst, dieser Jack Russell hat Nigel in Bozeman, Montana, kennengelernt?» Mrs. Murphys Schwanz schwenkte sacht hin und her, wie ein schmales Schilfrohr in langsam fließendem Wasser. *«Nicht daß ich den Worten eines Jack Russell viel Glauben schenke, trotzdem –»*

«Dies war ein respektabler Jack Russell, nicht so ein kleiner Kläffer.»

«Ach, du hältst doch jedem Hund die Stange.»

«Nein, tu ich nicht. Du hast mich nie was Gutes über einen Chihuahua sagen hören, oder?»

Die Katze ließ dies gelten. Ihre rosa Zunge schnellte über ihre schwarzen Lippen. *«Außer ZeeZee Thompson weiß dort keiner, daß Nigel Danforth Sargent Wilcox ist.»*

«Nein», sagte Tucker, *«aber das ist noch nicht alles. Mrs. Hogendobber und Mim – Jim auch – haben sich über ein Christophorus-Medaillon aufgeregt, das Addie nach dem ersten Rennen trug.»*

«Warum?»

«Es hat ihrer Mutter gehört. Keiner hat es gesehen, seit Marylou verschwand.»

«Vielleicht hat Coty Lamont ja danach gegraben» – sie hielt inne –, *«bloß, er ist doch gar nicht bis zu der Leiche vorgedrungen. Oh, ich kriege Kopfschmerzen davon!»*

«Wer immer das Christophorus-Medaillon hatte, der hat es die letzten fünf Jahre gehabt. Und weißt du was?» sagte Tucker keuchend. *«Jemand hat die Karodame in Addies Tasche gesteckt.»*

Mrs. Murphy legte die Pfoten über ihre Augen. *«Tucker, das ist ja schrecklich.»*

45

«Dieser Drecksack!» brauste Rick Shaw auf.

«Sie konnten es nicht wissen.» Cynthia bot ihm eine Zigarette an. Er riß eine aus dem Päckchen.

«Er hält uns zum Narren.» Er zündete seine Zigarette an und klemmte den Glimmstengel so fest zwischen die Zähne, daß er ihn entzweibiß und die brennende Glut ihm in den Schritt fiel. Er schlug das Feuer aus.

Cynthia schlug ebenfalls nach der Glut. «Verzeihung.»

Er schwieg einen Moment, dann blickte er auf die Hand an seinem Schritt. «Ah – es gibt bestimmt etwas, was ich zur Klärung dieser Situation beitragen könnte, aber es fällt mir gerade nicht ein.» Er warf die Kippe in den Aschenbecher.

Cynthia zündete ihm noch eine Zigarette an. «Nicht beißen, bloß inhalieren.»

Es war fünf Uhr morgens, und sie umfuhren die stetig expandierende Stadt Charlottesville ungehindert – es war noch zu früh für Autoverkehr. Rick und Cynthia waren in Camden geblieben, um die dortige Polizei zu unterstützen, da die Verbrechen in ihren jeweiligen Zuständigkeitsbereichen höchstwahrscheinlich zusammenhingen. Die Camdener Polizei hatte darauf bestanden, Charles Valiant wegen Verdachts auf versuchten Mord einzusperren. Rick ließ sie schließlich gewähren, weil er sich dachte, vierundzwanzig Stunden im Gefängnis von Camden waren vierundzwanzig Stunden, in denen sie wußten, wo Chark sich aufhielt. Arthur würde ihn Montag früh gegen Kaution herausholen.

«Die Karodame! Dieser Dreckskerl!»

«Chef, das sagen Sie seit anderthalb Stunden. Eine einzige Dame ist noch übrig, und –»

«Eine einzige Dame, sehr richtig. Ich weiß, daß der Kerl wieder zuschlagen wird, ich weiß es. Wenn ich nur die Bedeutung der Karten herausfinden könnte.» Er schlug auf das Armaturenbrett.

«Ihr Blutdruck hüpft gleich zum Dach raus.»

«Halten Sie den Mund und fahren Sie!» Er sah finster aus dem Fenster und drehte sich dann zu ihr um. «Verzeihung.»

«Es ist ein Hammer. Ich habe es auch nicht kommen sehen», sagte sie mitfühlend.

«Wenn wir nur wüßten, was sie gemein hatten.»

«Sie waren Jockeys.»

«Das reicht nicht.» Er schüttelte den Kopf.

«Sie haben sich alle gekannt.»

«Ja.» Er atmete jetzt etwas gleichmäßiger.

«Es sind alles junge Menschen.»

«Ja.»

«Sie haben Mickey Townsend Geld geschuldet. Sie haben alle Kokain genommen.»

«Ja.» Er rieb sich mit den Handrücken die Augen. «O Coop, es glotzt mir direkt ins Gesicht, und ich kann es nicht sehen.»

46

Eine bedrückte Gruppe versammelte sich am Sonntag abend bei Miranda: Harry, Rick Shaw und Cynthia Cooper, dazu Pewter, Mrs. Murphy und Tucker.

Die große Neuigkeit aus Camden war, daß Addie eine schwere Gehirnerschütterung erlitten hatte. Da die Ärzte eine Schwellung ihres Gehirns befürchteten, bestanden sie darauf, sie noch weitere zwei Tage im Krankenhaus zu behalten. Sie hatte sich außerdem das Schlüsselbein gebrochen. In Anbetracht dessen, was hätte passieren können, war man sich einig, daß Addie Glück gehabt hatte. Und reich war sie auch. Sie war volljährig geworden.

Die Polizei von Camden verhaftete in einem Ausbruch von Übereifer Mickey Townsend wegen Verdachts auf zweifachen Mord, an Nigel Danforth und Coty Lamont. Bei einem Kartenspiel, das in der Seitentasche seines Autos gefunden wurde, fehlten die Kreuz-, die Pik- und die Karodame. Ein Stilett lag unter dem Sitz seines silbernen BMW.

Er beteuerte seine Unschuld. Er sollte nach Albemarle County gebracht werden, sobald die Formalitäten zwischen Ricks und dem Camdener Revier erledigt waren. Rick protestierte nicht dagegen, daß die Camdener Polizei Mickey festhielt. Insgeheim war er der Meinung, daß Mickey in Gewahrsam sicherer aufgehoben war.

Harry sagte zu Rick, sie glaube nicht, daß Mickey der Mörder sei. Die Spielschulden, obwohl beträchtlich, seien nicht hoch genug, um dafür zu töten, und so dumm sei Mickey nicht.

Rick, die Hände auf dem Bauch verschränkt, hörte zu. «Sie halten Charles Valiant nicht für den Mörder?»

Alle sagten: «Nein.»

Cynthia fügte hinzu: «Bazooka war nicht gedopt. Die Blutproben sind negativ. Fair war so geistesgegenwärtig, ihm Blut abzunehmen.»

«Rick, was haben Sie uns nicht erzählt?» Miranda redete ihn vertraulich mit seinem Vornamen an, während sie ihm eins von ihren sagenhaften Hörnchen anbot.

Zaghaft biß er ein Stück ab und kaute, bevor er antwortete. «Ich weiß, daß Mickey Townsend Coty Lamont am Abend vor Cotys Tod in Mims Stall gefolgt ist. Er gibt zu, eine Pistole auf Coty gerichtet und ihn hinausbugsiert zu haben. Er schwört, daß er ihn nicht umgebracht hat.»

«Warum war er in Mims Stall?» Miranda nahm ihre Stricknadeln zur Hand, dann warf sie sie in den Korb.

«Das weiß ich nicht. Coty hat in einer Box im Stall gegraben. Er sagte, er würde Mickey bezahlen, wenn er den Schatz ausgegraben hätte – na ja, ich glaube nicht, daß er es genau so ausgedrückt hat. Mickey hat es mir gestern in Camden erzählt. Gott, es scheint, als läge es eine Woche zurück.» Er wischte sich über die Stirn. «Finde, wir sollten dem Stall einen Besuch abstatten.»

Bei der Erwähnung von Mims Stall sprang Mrs. Murphy auf. *«Spiel verrückt! Renn herum! Belle! Klau ein Hörnchen! Wir müssen ihnen klarmachen, daß sie jetzt sofort hingehen müssen!»*

Mrs. Murphy rannte auf die Wand zu, stieß sich ab und sprang dann über Mrs. Hogendobbers vollgeladenen Teewagen, wobei sie die dampfende Teekanne knapp verfehlte.

«Na, so was –» Miranda blieb vor Staunen der Mund offen stehen.

«Geht in den Stall! Geht jetzt in den Stall!» bellte Tucker.

Pewter, in Sachen Schnelligkeit minderbemittelt, lief in die Mitte des Wohnzimmers, wälzte sich herum, zeigte ihren gigantischen Bauch und sagte: *«Guckt auf uns, hört auf uns! Sofort, ihr dämlichen Säugetiere!»*

Tucker rannte in schnelleren Kreisen, und Mrs. Murphy rannte mit ihr. Pewter sprang auf, erwog, über den Teewagen zu springen, sah ein, daß sie es nicht konnte, sprang statt dessen auf den Sessel und klopfte auf Harrys Wange.

«Harry, die Tiere sind gereizt», stieß Miranda schließlich hervor.

«Nein, sind wir nicht. Wir wissen, was in Orions Box ist. Wir wissen es seit Tagen, aber wir konnten es euch nicht sagen. Jetzt seid ihr auf der Spur. GEHT IN DEN STALL!» Mrs. Murphy hob ihren edlen Kopf zum Himmel und heulte.

Harry stand auf und ging zu der Katze, die sich ihrem Griff entzog. «Beruhige dich, Murph.»

«Vielleicht hat sie die Tollwut.» Miranda wich zurück.

«Das sagen Sie jedesmal, wenn die Tiere aufgeregt sind. Sie ist bloß übermütig. Stimmt's Murphy?»

«Nein, bin ich nicht.»

«Ich auch nicht. Hört auf uns», flehte Pewter.

«Murphy, ich bin fix und fertig. Kann ich jetzt aufhören?» Tucker fuhr fort, die Menschen zu umkreisen.

«Klar.»

Der Hund ließ sich erleichtert neben den Teewagen plumpsen, wo ein paar Krümel auf den Teppich gefallen waren.

Rick schlug sich mit den Händen auf die Knie. «Also, ich gehe jetzt zu Mim und frage, ob sie uns die Box aufgraben läßt. Welche Box ist es?»

Cynthia sah in ihren Notizen nach. «Orions.»

«Halleluja!» jubelte Mrs. Murphy.

47

Die Kälte kroch in den Stall. Zuerst spürte es niemand, doch als Harry, Miranda und die beiden Tiere Rick Shaws Mannschaft beim Graben in Orions Box zusahen, kroch ihnen die Kälte in die Knochen.

Als die Mitarbeiter des Sheriffs ankamen und die zwölf Quadratmeter große Box sahen, wußten sie nicht, wo sie anfangen sollten, also fing Tucker an der betreffenden Stelle an zu graben. Die Menschen folgten ihrem Beispiel, weil Cynthia erklärte, daß Hunde dank ihres scharfen Geruchssinns Dinge riechen konnten, die Menschen nicht wahrnahmen.

Mrs. Murphy war es leid, im Mittelgang auf dem Boden zu sitzen, deshalb kletterte sie auf den Heuboden, wo sie mit Rodger Dodger, Pusskin und den Mäusen hinunterblickte, während die Menschen arbeiteten. Spatenladung für Spatenladung wurde sorgsam auf die Seite gehäuft, zuerst der Bodenbelag aus pulverisierten Steinen, dann Lehm.

Mim, die Schafswolljacke eng um sich gezogen, trat zu den Leuten. «Was gefunden?»

«Nein», antwortete Harry.

«Glauben Sie, daß Mickey Ihnen einen Bären aufgebunden hat – daß Sie hier umsonst graben?» fragte sie.

Rick, die Arme verschränkt, erwiderte: «Ich muß alles versuchen, Mrs. Sanburne. Keine Sorge, wir bringen alles wieder in Ordnung, so wie wir es vorgefunden haben.»

Draußen hielt ein Wagen, eine Tür wurde zugeschlagen, und ein vergrämter Arthur Tetrick kam in Richtung Stall geschritten. «Mim?» rief er. «Sind Sie hier draußen?»

«Hier.»

Arthur rief beim Gehen: «Ich habe Chark freibekommen! Er fliegt morgen nach Hause. Ein Krankenwagen bring Adelia am Donnerstag, wenn die Ärzte einverstanden sind.» Er bemerkte die Grabungsarbeiten. «Was ist denn hier los?»

«Das wissen wir nicht genau», antwortete Mim.

Harry fröstelte.

«Wollen Sie nicht in die Sattelkammer gehen?» schlug Miranda vor. «Sie haben nicht genug Fleisch auf den Rippen, um die Kälte abzuwehren. Nicht wie ich.»

«Nein. Ich laufe ein bißchen herum.» Harry schüttelte die Beine aus und ging den Gang auf und ab. Tucker ging mit ihr.

«Na, willst du Lorbeeren einheimsen, Tucker?» brüllte die Tigerkatze.

«Ach, halt den Mund. Du bist ja bloß neidisch.»

Ein Polizist traf auf etwas Hartes. «Nanu?»

Rick und Cynthia traten näher. «Seien Sie vorsichtig.»

Die anderen beiden Polizisten stießen ihre Spaten behutsam in die Erde. «Ja.» Wieder war ein leichtes Klicken zu hören.

Sie arbeiteten jetzt schneller, mit jedem Stich kamen sie der Sache näher, bis ein Brustkorb erschien.

«O mein Gott!» rief Mim aus.

«Was ist das?» Arthur schob sich zum Rand vor, sah den Brustkorb und einen nur teils freigelegten Arm, während die Männer fieberhaft weitergruben.

Arthur fiel mit einem Rumms zu Boden.

«Schlappschwanz.» Mrs. Murphy rümpfte die Nase.

48

Charles Valiant wirkte viel älter als seine fünfundzwanzig Jahre. Dunkle Ringe unter den Augen verunzierten sein hübsches Gesicht. Er hatte seit Addies Sturz nichts gegessen. Weder Fair noch seine Freunde konnten ihn zum Essen bewegen. Boom Boom nahm sich, wie alle anderen, ab und zu seiner an. Sie sprach leidenschaftlich von ‹Lifeline› und versorgte ihn mit Lesestoff, doch er war viel zu deprimiert, um darauf zu reagieren.

Fair saß mit ihm im Wohnzimmer der Hütte auf Mims Grundstück. Harry kochte Wasser für eine Tasse Fertigsuppe. Mrs. Murphy und Tucker lagen still auf dem Teppich.

«Chark, Sie müssen etwas essen», bat Harry.

«Ich kann nicht», flüsterte er.

Ein Klopfen an der Tür ließ Fair von dem gemütlichen alten Sessel hochfahren. Er öffnete. «Arthur.»

Arthur trat bedrückt ein und schloß rasch die Tür hinter sich. Er zwang sich zu einem Lächeln. «So, eins wissen wir jedenfalls.»

«Was?» Fairs blonde Bartstoppeln ließen ihn wie einen Wikinger aussehen.

«Schlimmer kann's nicht werden.»

Harry sagte nichts, denn sie dachte, es könne durchaus noch schlimmer werden und würde es auch, wenn der Mörder nicht bald gefaßt wurde.

«Charles, Adelia wird vollkommen wiederhergestellt sein, ehe du dich's versiehst. Sie wird zu Hause sein, bevor die Woche um ist. Bitte iß etwas, damit sie sich nicht auch noch um *dich* Sorgen macht», redete Arthur ihm zu.

«Er hat recht», sagte Fair.

«Ich habe bloß mal reingeschaut, um zu sehen, wie es dir geht.» Arthur streckte die Hand aus. «Fast hätte ich es vergessen. Gratuliere zum Antritt deines Erbes. Ich weiß, du wirst es klug verwenden.»

«Oh», Charks Stimme klang schwach, «das hatte ich ganz vergessen.»

«Diese beschwerliche Zeit geht vorüber. Alles wird gut, Charles. Und was Adelia betrifft» – er faltete die Hände –, «vielleicht hat sie recht. Sie muß ihre eigenen Wege gehen und sie selbst sein. Ich glaube wirklich, daß sich alles zum Besten wenden wird.»

«Danke, Arthur.» Charles schüttelte ihm die Hand.

«So, ich muß machen, daß ich weiterkomme.»

«Ich begleite Sie zu Ihrem Wagen.» Harry öffnete die Eingangstür, und auf dem Weg fragte sie: «Weiß man schon, wer das war in Orions Box? Ich meine, mit Sicherheit?»

Arthur schüttelte den Kopf. «Nein, aber ich denke, wir wissen es alle.» Ein erstickter Schrei blieb ihm im Halse stekken. «Sie so zu sehen, wo ich dachte, ich würde sie nie wiedersehen ...» Er nahm sich zusammen. «Ich werde Mim natürlich einen ausgezeichneten Strafverteidiger empfehlen.»

«Wozu?» fragte Harry unschuldig.

«Die Leiche wurde auf ihrem Grund und Boden gefunden. Ich nehme doch an, daß sie verdächtigt und möglicherweise verhaftet wird.»

Harry hob die Stimme. «Haben denn alle den Verstand verloren? Marylou war eine von Mims *besten* Freundinnen.»

«Die meisten Morde werden an Verwandten oder Freunden verübt.» Er hob die Hände. «Nicht daß ich auch nur für eine Minute glaube, daß Mim Sanburne sie ermordet hat. Aber im Moment ist Mim in einer prekären Lage. Gehen Sie hinein, bevor Sie sich den Tod holen.»

Harry kehrte in Charks Hütte zurück, schloß die Tür fest hinter sich und dachte über die Redensart «sich den Tod holen» nach – als sei der Tod eine Ware, die man sich aus dem Regal nimmt.

49

Mrs. Murphy verließ den Stall morgens um halb sieben und nahm die Abkürzung über die Heuwiesen ... sie brauchte Zeit für sich, um nachzudenken. Sie streifte Habichtskraut, was jenes eigentümliche Geräusch verursachte, das Stadtmenschen immer erschreckt, wenn sie es zum erstenmal hören. Der leichte Frost, der sich kalt anfühlte an ihren Fußballen, würde bis zehn Uhr morgens vergangen sein und sich nur an sehr schattigen Stellen oder auf dem Bachboden halten.

Ein tiefer, schnellfließender Bach trennte Harrys Farm von Blair Bainbridges Land, einem Anwesen, das einst der Familie von Reverend Herbert Jones gehört hatte. Murphy hoffte, Blair werde bald zurückkehren, denn sie hatte ihn gern. Als Model gehörte er zu der wachsenden Zahl von Amerikanern, die in ihrem Job viel Geld verdienten, aber lieber in einer hübschen Gegend als in der Großstadt lebten. Er war allerdings oft unterwegs.

Murphy blieb am Bach stehen, sah dem Wasser zu, wie es

gurgelte und die glatten Steine übersprühte. Mrs. Murphy, die Wasser nie viel abgewinnen konnte, mochte es noch weniger, wenn das Quecksilber unter fünfzehn Grad sank. Sie beugte sich über die tiefe Böschung, denn dort waren stille Tümpel, und wenn sie sich ruhig verhielt, konnte sie die kleinen Fische sehen, die sich dort tummelten. Sie hatte einmal erlebt, wie Paddy, ihr Exmann, einen Schwarzbarsch fing, eine Leistung, die ihre Leidenschaft für ihn entflammt haben mußte, wenngleich sie heute nicht verstehen konnte, was sie je an diesem treulosen Kater gefunden hatte. Trotzdem, er sah gut aus und war liebenswert.

Ein Schwanzschnippen warnte den Fischschwarm vor ihr. Sie seufzte, trabte dann an die Stelle, wo der Jones's Creek, wie der Bach genannt wurde, in den Swift Run und von dort in den Meechum's River floß.

Der Geruch von gefallenen und noch fallenden Blättern kündigte den Winter an. Sie raschelten unter ihren Pfoten, was die Jagd auf Feldmäuse zu einem schwierigen Unterfangen machte. Sie folgte den Biegungen und Windungen des Jones's Creek, bewunderte die Platanen, deren abblätternde Borke sich durch den Kontrast von Grau und Beige auszeichnete. Sie schreckte Raben auf, die Körner von einem Maisfeld pickten. Sie schrien sie an, erhoben sich über ihren Kopf, zogen einen Kreis und kehrten zurück, als sie weitergegangen war.

Nach abermals zehn Minuten erreichte sie die Stelle, wo der Bach in den Swift Run strömte. Eine große Weide, die Regen und Winde der letzten Wochen umgeworfen hatten, war vom gegenüberliegenden Ufer in den Fluß gekracht. Ein einsamer blauer Reiher, ein stummer Wächter, stand starr etwa fünfzig Meter stromabwärts.

Da Mrs. Murphy am anderen Ufer war, hatte der Reiher,

ein riesiger Vogel, kein bißchen Angst vor dem kleinen Raubtier. Immerhin war er so groß, daß er, würde Mrs. Murphy den Swift Run durchschwimmen und sich auf seinen Rücken werfen, in die Luft schweben und die Katze mit sich nehmen könnte.

Er unterbrach sein Fischen und bedachte Mrs. Murphy mit einem grimmigen Blick. Die Fangmethoden des Reihers beruhen auf Reglosigkeit, gefolgt von blitzschnellen Reflexen, wenn er mit seinem langen Schnabel nach einem Fisch schnappt – oder sonst etwas, nach dem ihm gerade gelüstet.

Die Tigerkatze setzte sich hin und beobachtete den großen Vogel. Eine eigenartig kräuselnde Strömung unter dem Weidenstamm lenkte ihren Blick von dem Reiher ab. Das Wasser schlug an das Hindernis und umwirbelte es, das Hindernis rollte ein wenig, dann brach sich das Wasser auf seinem Weg stromabwärts Bahn.

Mrs. Murphy lief ein Stück am Ufer entlang, um besser sehen zu können, froh über ihre guten Augen, die so viel schärfer waren als Menschen- oder Hundeaugen. Sie sah angestrengt hinüber, und ein neuer kleiner Wasserschwall hob das Hindernis an. Ein Arm durchbrach die Oberfläche und sank dann wieder herab. Noch ein schwerer Regen, und der Leichnam würde von den Ästen der Weide befreit sein.

Mit gesträubtem Fell starrte Mrs. Murphy hinüber. Die nächste Wasserwelle schob die Leiche ein bißchen nach oben, und sie sah, was von Linda Forloines Gesicht übrig war. Augen und Nase waren fort, das Werk hungriger Fische und Flußkrebse. Das Gesicht war noch weißer gebleicht und aufgequollen, aber es war ohne Zweifel Linda Forloines. Mrs. Murphy kannte sie aus der Zeit, als sie in Mims Stall arbeitete.

Sie trabte zu ihrem Ausgangspunkt zurück und rief dem

Reiher zu: *«Entschuldige, daß ich dich beim Fischen störe. Ist dies dein Revier?»*

«Natürlich ist es mein Revier», lautete die schroffe Antwort.

«Weißt du, daß da hinten bei der Weide ein toter Mensch liegt?»

«Ja.»

«Weißt du, wie lange er schon da ist?»

Der Reiher warf den Kopf zurück, sein heller violett gekrönter Schopf fiel nach hinten. *«Nicht ganz eine Woche. Es gibt noch eine Leiche, anderthalb Kilometer von hier, wenn ich fliege, mehrere Kilometer am Boden. Die steckt in einem Transporter.»* Er schnappte mit seinem langen kräftigen Schnabel. *«Ich wünschte, sie hätten soviel Anstand, ihre Toten zu begraben.»*

«Der Mörder hatte es eilig», rief die Katze über den Bach.

«Ah.» Er streckte den anmutigen Hals zum Himmel und zog ihn wieder ein. *«Sie haben eine seltsame Neigung, sich gegenseitig umzubringen, nicht?»*

«Ein genetischer Defekt, vermute ich.» Auch Mrs. Murphy hielt menschliche Gewalt für höchst untierlich. Immerhin töteten sie und ihresgleichen lediglich andere Arten, und dann ausschließlich zur Ernährung, wenngleich sie dem Drang, einer Maus zum Vergnügen den Garaus zu machen, gelegentlich nur schwer widerstehen konnte.

Der Reiher breitete die Flügel aus, alle Federn der wärmenden Sonne darbietend. *«Oh, das tut gut. Weißt du was, wenn ich Lust hätte, könnte ich zu dir rüberfliegen und dich am Schwanz hochheben.»*

«Zuerst müßtest du mich fangen», konterte Mrs. Murphy.

«Du würdest staunen, wie schnell ich fliegen kann.»

«Du würdest staunen, wie schnell ich im Zickzack rennen kann.» Mrs. Murphys Zehen kribbelten. Sie fuhr ihre Krallen aus. *«Ich will dir was sagen. Ich krieg einen Vorsprung, und du siehst zu, ob du mich fangen kannst. Aber heb mich nicht hoch, denn ich hab dir*

nichts getan – warum also solltest du mir was tun? Bloß ein Spiel, okay?»

«Einverstanden.» Der Reiher flatterte, noch im Stehen, mit den Flügeln.

Mrs. Murphy sauste los wie der Blitz. Sie rannte am Ufer des Jones's Creek entlang zurück zu den Maisfeldern, während der Reiher sich zu seiner Flughöhe erhob. Sie tauchte in die Maisfelder ein, womit sie die Krähen erzürnte, die aufflogen wie am Himmel verstreuter Pfeffer. Sie sahen den Reiher ankommen und schimpften, was ihre beachtlichen Lungen hergaben.

Der Reiher stieß über dem Maisfeld herab und rief: *«Unfair.»*

«Du hast nicht gesagt, daß ich nicht in Deckung gehen darf.»

Die Krähen fielen im Sturzflug wieder über den Mais her und vergaßen einen Moment Mrs. Murphy, die vorwärts sprang und beinahe einen schillernden schwarzen Schwanz zu fassen kriegte.

«HE!» Die Krähe klappte ihren gelben Schnabel zusammen, dann machte sie sich im Steilflug davon, gefolgt von den anderen.

Der Reiher zog einen Kreis, landete am Rand des Maisfeldes, seine Augen glitzerten. Mrs. Murphy ging ans Ende der Maisreihe. Sie war vielleicht drei Meter von dem Riesengeschöpf entfernt.

«Du könntest rausgerannt kommen und mich angreifen, bevor ich mich in die Luft erheben kann», neckte der Reiher die Katze.

«Vielleicht, aber warum sollte ich einem eleganten Vogel wie dir Federn ausreißen wollen?» schmeichelte Mrs. Murphy ihm. Sie kannte dieses Glitzern in den Augen und mißtraute dem Reiher, auch wenn sie nicht auf dem traditionellen Speiseplan des Vogels stand.

Das Kompliment erfreute den Reiher. Er putzte sich das Gefieder. *«Oh, danke schön.»* Er trat auf Mrs. Murphy zu, die nicht in den Mais zurückwich. *«Kennst du die tote Frau da hinten in der Weide?»*

«Ich weiß, wer sie war. Keine, an der mir lag, aber über die Menschen ist eine Flut von Morden hereingebrochen.»

«Hm. Meine Mutter hat mir immer gesagt, sie könnte mir einen Fisch geben oder sie könnte mir beibringen, wie man fischt. Ich war natürlich faul und wollte, daß sie mir den Fisch gibt. Hat sie aber nicht. Sie hat ihn vor meiner Nase verschluckt. Das hat mich so wütend gemacht.» Der große Schnabel öffnete sich und legte eine leuchtendrosa Zunge frei. *«Aber ich hab kapiert, und sie hat mir beigebracht, wie man fischt. Wenn du nicht fischen kannst, betrachtest du jedermann als kostenlose Mahlzeit oder wirst selbst zum Köder. Ich nehme an, das tote Ding da hinten konnte nicht fischen.»*

«Stimmt zum Teil. Sie hat gern im trüben gefischt.» Die Katze betrachtete den Reiher eingehend. Die großen zinkigen Füße wirkten im Maisfeld fehl am Platz.

«Ah. So, hat mich gefreut, mit dir zu reden, Miezekatze. Ich geh jetzt wieder in mein Nest.»

«Mich hat's auch gefreut.»

Darauf erhob sich der Reiher in die Lüfte und flog einmal im Kreis. Mrs. Murphy trat aus dem Maisfeld und sauste schnurstracks zurück zu dem alten Stall, während der Reiher einen weiteren Kreis zog und zu ihr hinunterkrächzte. Obwohl sie es im Gefühl hatte, daß der Reiher nicht angreifen würde, trieben die Krächzlaute sie zur Eile. Sie raste, den Bauch flach am Boden, den ganzen Weg nach Hause.

«Nanu, Mrs. Murphy, du siehst aus, als hättest du ein Gespenst gesehen», sagte Harry, als Murphy in den Stall torkelte, die Augen so groß wie Billardkugeln.

«Nein, bloß Linda Forloines.»

Tucker legte den Kopf schief. *«Nicht bei bester Gesundheit, nehme ich an.»* Tucker lachte über ihren eigenen Witz.

«Sie war nutzlos im Leben. Wenigstens ist sie im Tod zu was nütze.»

«Wozu denn?»

«Fischfutter.»

50

«Wissen Sie auch, was Sie tun?» Miranda ging auf und ab, ihre lederbesohlten Schuhe glitten über die abgenutzten Bodendielen des Postamts.

Die alte Bahnhofsuhr an der Wand zeigte zwanzig nach sieben. Dunkelheit hatte das kleine Gebäude eingehüllt. Die Jalousien waren heruntergelassen, und nur ein Lichtschimmer vom Hinterzimmer stahl sich aus dem rückwärtigen Fenster nach draußen. Der Haupteingang, der unverschlossen blieb, ging hin und wieder auf und zu, wenn die Bewohner von Crozet auf dem Heimweg von der Arbeit oder unterwegs zu einer Party hereinhuschten und ihre Post abholten, sofern sie tagsüber nicht dazu gekommen waren.

Als öffentliche Einrichtung mußte bei einem Postamt der vordere Teil des Gebäudes, wo sich die Schließfächer befanden, für die Öffentlichkeit zugänglich bleiben. Der Hintereingang wurde abgeschlossen, und über dem Schalter wurde eine Tür mit zinnenartigen Ornamenten heruntergelassen, ähnlich einem Garagentor, und von hinten verschlossen.

«Ich komme ein bißchen später zu Ihrer Vorstellung», sagte Harry.

«Sie sollten nicht allein hierbleiben, wenn ein Mörder frei herumläuft.»

«Sie hat recht», tönten Mrs. Murphy, Tucker und Pewter.

Pewter, die das Licht gesehen hatte, war von nebenan hereingeschlendert gekommen. *«Market hat bis elf auf, aber es könnte sich trotzdem jemand hier reinschleichen, ohne daß er's mitkriegt. Er klebt doch immer an der Mattscheibe.»*

«Harry, kommen Sie. Sie können das morgen machen.»

«Geht nicht. Ich habe nun mal diese Ahnung.»

«Wenn Sie nicht bis zur Pause bei unserem Chorfestival sind, rufe ich Rick Shaw an. Haben Sie mich verstanden?»

«Ja.»

Widerstrebend machte Mrs. Hogendobber die Tür zu, und Harry schloß hinter ihr ab.

Im Postamt zu arbeiten hieß, daß sie jeden Katalog unter der Sonne zu sehen bekam. Sie kannte drei Jagdkataloge, fünf Waffenkataloge, die auch Messer führten, und einen Spezialkatalog für Jungs, die sich gerne als Söldner sähen. Wenn die Polizei die Messer nicht aufgespürt hatte, die der Mörder benutzte, konnte es durchaus daran liegen, daß sie sich auf Geschäfte im näheren Umkreis beschränkt hatte.

Harry fing an zu telefonieren. Da sämtliche Versandfirmen über gebührenfreie Telefonnummern einen Service rund um die Uhr anboten, wußte sie, daß sie jemanden ans andere Ende der Leitung bekommen würde.

Eine Stunde später hatte sie Case-XX-Jagdmesser für über 200 Dollar, Nachbildungen von Säbeln, zweischneidigen Schwertern und Sarazenerdolchen gefunden und sogar Stilette, aber nicht die Sorte, die sie suchte. Sie hatte mit schwarz arbeitenden Collegestudenten gesprochen, mit barschen alten Männern, die über die relativen Vorzüge von regierungseigenen Bayonetten diskutieren wollten, und schließlich mit einem unverfrorenen Zeitgenossen, der es auf ein Fern-Rendezvous abgesehen hatte.

Die beiden Katzen hatten sich in den Postkarren gekuschelt, weil sie ihr bei dieser Arbeit nicht helfen konnten. Tucker war eingeschlafen.

Nachdem sie ihren Vorrat an Katalogen erschöpft hatte, war Harry mit ihrem Latein am Ende. Ihr fiel nichts ein, was sie noch tun konnte. Sie hatte sogar einen Uniformhersteller angerufen, in der abwegigen Hoffnung, daß jemand dort ein Schneidewarenenthusiast war, wie sie es nannte.

«Ruf bei L.L. Bean an. Sie wissen alles», rief Mrs. Murphy vom Boden des Postkarrens.

Harry machte sich eine Tasse Tee. Sie sah auf die Uhr. «Wenn ich nicht in zwanzig Minuten in der Kirche zum Heiligen Licht bin, macht Mrs. Hogendobber Hackfleisch aus mir.»

«Ich hab dir doch gesagt, ruf bei L.L. Bean an.»

Harry setzte sich hin und trank ihren Tee. Sie fühlte sich jetzt wacher. Sie hatte ihren eigenen L.L.-Bean-Katalog neben der Zuckerschale liegen.

«Tucker, hat sie's schon kapiert?»

«Nein.» Der Hund hob den Kopf. *«Vergiß es.»*

«Manchmal bringen mich die Menschen auf die Palme!» klagte die geschmeidige Katze und sprang aus dem Postbehälter.

«Wozu machst du dir die Mühe?» Pewter streckte sich auf dem Boden des Karrens aus. *«Sie wollte nichts von Lindas Leiche hören. Jetzt wird sie auch nicht zuhören.»*

Mrs. Murphy sprang auf den Tisch, rieb sich an Harrys Schulter, dann streckte sie die Krallen aus und zog den L.L.-Bean-Katalog zu Harry hin.

«Murph –» Harry legte die Hand auf den Katalog, aus Angst, die Katze würde ihn zerfetzen. «Hmm.» Sie überflog die Seiten, voll mit Waren, die so präzise wie möglich abgelichtet waren.

Sie stürzte einen Schluck heißen Tee herunter, sprang auf und wählte die gebührenfreie Nummer.

«Kann ich bitte Ihren Vorgesetzten sprechen?»

«Sicher.» Die Frauenstimme am anderen Ende war freundlich.

Harry wartete einige Augenblicke und hörte dann: «Hallo, L.L. Bean, womit kann ich Ihnen dienen?»

«Ma'am, verzeihen Sie die Störung. Meine Frage hat nichts mit L.L. Bean zu tun, aber kennen Sie ein Versandhaus, das auf Messer spezialisiert ist?»

«Lassen Sie mich kurz überlegen», sagte die Stimme einer Frau mittleren Alters. «Joe, wie heißt die Firma in Tennessee, die auf Jagdmesser spezialisiert ist?» Im Hintergrund war eine schwache Stimme zu hören. «Smoky Mountain Messerwerke in Sieverville, Tennessee.»

«Vielen Dank.» Harry notierte die Information. «Sie haben mir sehr geholfen. Dürfte ich einen Vorschlag zu Ihren Stallstiefeln machen? Ich meine die hohen Gummistiefel, ich sag immer Stallstiefel dazu.»

«Natürlich. Wir hören immer gerne von unseren Kunden.»

«Also, die Bean-Stiefel, die Sie seit 1912 herstellen, ich liebe diese Stiefel. Ich habe meine zweimal neu besohlen lassen.»

«Das freut mich zu hören.»

«Aber Damengrößen haben keinen dreißig Zentimeter hohen Schaft. Unsere haben bloß gut zwanzig Zentimeter, und ich arbeite auf einer Farm. Ich hätte liebend gern einen Dreißig-Zentimeter-Schaft.»

«Wie ist Ihre Schuhgröße?»

«Einundvierzig.»

«Dann sollten Sie diesen Stiefel in einundvierzigeinhalb tragen – ein bißchen größer für dicke Socken.»

«Ja, danke für diesen Tip.»

«Hören Sie, können Sie mich morgen wieder anrufen, und ich werde sehen, was wir tun können? Der Verkauf geht rund um die Uhr, aber ich muß bis zur regulären Geschäftszeit warten, um zu sehen, ob ich Ihrer Bitte entsprechen kann. Wie ist Ihr Name?»

«Mary Minor Haristeen.»

«Also gut, Miss Haristeen, Sie können mich morgen nachmittag anrufen. Fragen Sie nach Glenda Carpenter.»

«Danke, mach ich.»

Harry drückte auf die Gabel und suchte die Telefonnummer der Firma in Sieverville heraus. Hastig wählte sie die Nummer.

Ein Mann meldete sich: «Smoky Mountain.»

«Sir, hallo, hier spricht Mary Minor Haristeen vom Postamt Crozet in Mittelvirginia. Ich versuche, Bestellungen von unseren Kunden nachzuspüren. Einer sagt, er hat sich die Messer zu meinem Postamt schicken lassen, und ich schwöre, sie müssen ans Hauptpostamt in Charlottesville gegangen sein. Das ist sicher nicht Ihr Fehler – so was kommt eben vor.»

«Na, so was – das könnten eine Menge Bestellungen sein.»

«Vielleicht kann ich Ihnen helfen. Es müßten entweder Nachbestellungen oder eine größere Bestellung für dieses schöne Stilett sein, oh, jetzt habe ich den Namen vergessen, aber der Griff ist mit Draht umwickelt, und es ist ungefähr dreißig Zentimeter lang.»

Die Stimme war von Stolz erfüllt. «Sie meinen das Gil

Hibben Silver Shadow. Das ist ein tolles Stück Stahl, Schwester.»

«Ja, ja, das stimmt.» Harry bemühte sich, nicht zu schaudern, da sie wußte, welcher Bestimmung es zugeführt worden war.

«Warten Sie, ich ruf die Bestellung im Computer auf.» Er summte. «Ja, hier habe ich eine nach Charlottesville. Drei Messer. Bestellt für Albemarle Cutlery. Feiner Laden, hm?»

«Ja. Sagen Sie, steht auch ein Personenname dabei?» Harry sagte ihm nicht, daß es kein Geschäft namens Albemarle Cutlery gab. Der Name mußte eine Finte sein.

«Nein. Nur das Geschäft und eine Kreditkarte. Die Nummer darf ich natürlich nicht weitergeben.»

«Nein, nein, das versteht sich, aber jetzt weiß ich wenigstens, wohin die Sendung gegangen ist.»

«Ist vor zwei Monaten rausgegangen. Ist nicht zurückgeschickt worden. Ich hoffe, alles ist okay.»

«Sicher. Sie haben mir sehr geholfen.»

Sie verabschiedete sich und rief dann beim Zentralpostamt an der Seminole Road an.

«Carl?» Sie kannte die Stimme, die sich meldete.

«Harry, wie geht's denn so?»

«Es wird immer schlimmer. Von heute an bis zum 25. Dezember brauchen wir an Schlaf gar nicht mehr zu denken. Würdest du mir einen Gefallen tun?»

«Klar.»

«Hast du ein großes Postfach, auf Albemarle Cutlery registriert?»

«Moment.» Er legte den Hörer hin.

Harry hörte seine Schritte, als er wegging, dann Stille. Schließlich kehrten die Schritte zurück. «Albemarle Cutlery. C. de Bergerac.»

«Verdammt!»

«Was?»

«Verzeihung, Carl, du warst nicht gemeint. Das ist ein falscher Name. Cyrano de Bergerac war ein berühmter Fechter im siebzehnten Jahrhundert. Held einer berühmten Romanze.»

«Steve Martin, ich weiß», erwiderte Carl unverzagt.

«Nun ja, so kann man sich's auch merken.» Harry lachte und fragte sich, was Edmond Rostand, der Verfasser des Stückes, wohl zu Steve Martin als Verkörperung seines Helden gesagt hätte. «Hör zu, würdest du mir seine Unterschrift von der Empfangsbestätigung schicken?»

«Ja, sicher. Hast du was Bestimmtes vor?»

«Hm – ja.»

«Okay, ich halt den Mund. Ich such die Unterlagen raus und faxe sie sofort rüber. Gut so?»

«Mehr als gut. Danke.»

«Mutter, beruhige dich», sagte Mrs. Murphy. *«Das Fax wird in einer Minute hier sein.»*

Harry erstarrte, als sie das Summen und Pfeifen des Faxgerätes hörte. Mit zitternden Händen zog sie das Papier heraus. Mrs. Murphy sprang auf ihre Schultern.

«Das darf doch nicht wahr sein!» Harrys Hände zitterten noch heftiger, als sie die nach links geneigte, kühne Schrift sah.

«Nun, wer ist es?» rief Pewter aus dem Postbehälter.

«Weiß ich nicht», rief Murphy zurück. *«Ich seh die Handschrift von Menschen nicht wie Mutter. Ich meine, ich kenne die von Mom, Fair, Mim und Mrs. Hogendobber, aber die hier kenn ich nicht.»*

Tucker rappelte sich auf die Beine. *«Mutter, ruf Rick Shaw an. Bitte!»*

Doch Harry, ganz durcheinander von dem, was sie seit eben wußte, konnte nicht mehr richtig denken. Erschüttert faltete sie das Papier zusammen und steckte es in die Gesäßtasche ihrer Jeans.

«Kommt, ihr Bande, wir müssen in der Kirche sein, bevor Mrs. Hogendobber einen Tobsuchtsanfall kriegt.»

«Mach dir keine Sorgen wegen Mrs. Hogendobber», riet Pewter weise. *«Ruf den Sheriff an.»*

«Alle werden beim Chorfestival sein, also wird sie ihn dort sehen», fügte Tucker hinzu.

«Das ist es ja, wovor ich Angst habe.» Mrs. Murphy sträubte ihr Fell und sprang auf Harrys Schulter.

«Was soll das heißen?» fragte Pewter, als sie aus dem Postbehälter kroch. Sie war zu träge zum Springen.

«Alle werden dort sein – auch der Mörder.»

51

Die träge arbeitende Heizung in Harrys Transporter verbreitete einen schwachen Geruch. Harry umklammerte das Lenkrad so fest, daß ihre Knöchel weiß wurden. Als sie dahinraste, stiegen Atemwolken gemächlich in die Luft, eine dicke Wolke von ihr, eine mittlere von Tucker und zwei kleine Wölkchen von Mrs. Murphy und Pewter.

«Ich bin stolz auf Mom», sagte Tucker. *«Das hier hat sie ganz allein rausgekriegt. Ich konnte ihr nicht sagen, daß Nigel Sargent war; allerdings wissen wir immer noch nicht alles, was wir über ihn wissen müssen.»*

«Auch Menschen benutzen gelegentlich ihre Kombinations-

gabe.» Mrs. Murphy drängte sich dicht an Harrys Bein, Pewter neben sie; so zusammengekuschelt konnten sie sich gegenseitig wärmen.

«Aber wenn sie das mit der Messerfirma rausgekriegt hat, glaubt ihr nicht, daß Rick Shaw und Cynthia es dann ebenfalls rausgekriegt haben?» fragte Pewter.

«Vielleicht, aber nur Mom kennt die Unterschriften.»

«Vielleicht will Rick sie keiner Gefahr aussetzen. Wer immer es ist, er ist skrupellos. Wir dürfen nicht vergessen, daß dies alles schon vor Jahren begonnen hat», bemerkte Mrs. Murphy klug.

Der Parkplatz vor der Kirche zum Heiligen Licht, von vorn bis hinten gerammelt voll, zeugte von der Beliebtheit der abendlichen Darbietung. Das Chorfestival, eine der größten Spendenveranstaltungen der Kirche, zog Musikliebhaber aus dem ganzen Bezirk an. Sie waren vielleicht nicht bereit, die strenge Botschaft der Kirche anzunehmen, doch sie liebten den Gesang.

Harry suchte auf dem Parkplatz nach einer Lücke, mußte sich aber mit einem Abstellplatz am Straßenrand begnügen. Sie bemerkte den Streifenwagen nahe dem Haupteingang. Mims Bentley Turbo R, Susans und Neds Kombi waren da, Herbies großer Buick Roadmaster; ja, es sah tatsächlich so aus, als sei alle Welt auf dem Chorfestival außer ihr.

Sie vergaß den Tieren zu sagen, daß sie im Wagen bleiben sollten. Sie sprangen hinaus, als Harry die Tür öffnete, und folgten ihr in die Kirche, gerade als der Chor unter enthusiastischem Applaus seinen feierlichen Einzug hielt. Die Pause war vorüber, und die Menschen konnten mit einem mitreißenden zweiten Teil rechnen.

Harry bemerkte ihre kleine Familie, die auch einigen anderen Leuten auffiel, als sie sich umdrehten, um Harry zu begrüßen. Tucker setzte sich still neben Fair. Mrs. Murphy und

Pewter, nicht direkt frevlerisch, aber auch nicht überwältigt, beschlossen die Versammlung zu überprüfen, bevor sie sich einen Platz suchten.

«Ihr Katzen, kommt sofort hierher», zischte Harry, die hinten in der Kirche stehengeblieben war.

«Guck nicht hin zu ihr», wies Mrs. Murphy ihre dicke graue Kumpanin an.

«Mrs. Murphy! Pewter!» zischte Harry, dann hielt sie inne, weil der Chorleiter seinen Taktstock gehoben hatte und aller Augen auf ihn gerichtet waren. Der Organist drückte die Pedale, und die ersten lieblichen Töne von «Swing Low, Sweet Chariot» stiegen schwellend empor.

Als Tucker merkte, daß Harry ihr nicht nachjagen würde, beschloß sie, den Katzen zu folgen, die sie wie gewöhnlich in Versuchung führten.

Chark Valiant saß mit den Sanburnes und Arthur Tetrick in der ersten Reihe. Rick und Cynthia standen an der Seite. Harry, die keinen Platz fand, lehnte sich an die Wand und hoffte, unauffällig Blickkontakt mit Rick oder Cynthia aufnehmen zu können.

Mrs. Hogendobber trat vor zu ihrem Solo. Ihre volle Altstimme überzog den Raum wie mit dunklem Honig.

«Mrs. H?» Mrs. Murphy war so verblüfft, die gute Frau zu hören, daß sie ganz nach vorn ging und sich vor Miranda hinsetzte, den hübschen kleinen Kopf schräg in die Höhe gerichtet, um ihrer Freundin zuzuhören, der Dame, die früher keine Katzen leiden konnte.

Miranda sah Mrs. Murphy, der sich nun Pewter und Tucker zugesellten. Die zwei Kätzchen und der Hund, hingerissen, verharrten reglos. Hier und da quirlte ein Kichern durch die Zuhörer, aber insgesamt waren die Menschen seltsam berührt von den Tieren, die Miranda lauschten, als

sie eines der schönsten Spirituals sang, ein harmonisches Zeugnis von einer bitteren Zeit, die nur durch die heilende Kraft der Musik erträglich war.

Herb, ebenfalls in der ersten Reihe, einem Ehrenplatz, den ihm die Kirche zugestand, staunte über die Szene.

Als Miranda geendet hatte, trat einen Moment lang ehrfürchtige Stille ein, gefolgt von tosendem Applaus.

«*Du warst wunderbar*», rief Mrs. Murphy, dann trottete sie den Mittelgang entlang und blickte im Vorbeigehen prüfend in jedes Gesicht.

«*Wonach suchen wir?*» fragte Pewter.

«*Nach jemand, der schuldig ist wie die Sünde.*»

«*Ooh-lala*», trällerte sie.

«*Und das in der Kirche*», kicherte Tucker.

«Kommt ihr wohl hierher!» flüsterte Harry.

«*Hört nicht auf sie. Egal, wie rot sie anläuft, hört einfach nicht auf sie.*»

«*Du kriegst Ärger*», warnte Pewter.

«*Sie muß mich erst mal fangen, und denkt daran, sie hat mich nicht nach Montpelier und nach Camden mitgenommen. Ich bete nur*» – ihr fiel ein, daß sie in einer Kirche war –, «*daß wir sie hier rauskriegen können, bevor die Fetzen fliegen.*»

Der nächste Gesang, ein Bach-Choral, fesselte aller Aufmerksamkeit. Mrs. Murphy sprang auf einen niedrigen Tisch nahe der hinteren Wand in Harrys Nähe, jedoch weit genug von ihr entfernt, so daß sie fortspringen konnte, falls Harry auf sie zukam. Pewter folgte ihr. Tucker blieb zurück.

«*Zähl die Ausgänge.*»

«*Flügeltür am Eingangsportal, je eine Tür an jeder Seite des Mittelschiffs. Von der Empore gibt es eine Hintertreppe, aber die führt wahrscheinlich zu den Türen vom Mittelschiff.*»

«*Und ich möchte wetten, es gibt einen Hintereingang.*» Sie ließ die Schnurrhaare vorschnellen. *«Tucker, komm hier rauf. Es gibt vier Ausgänge. Einen hinten, zwei an der Seite und einen hinter dem Altarraum, nehme ich an. Wenn was schiefgeht, wenn er es mit der Angst kriegt oder so was, können wir schneller rennen als er. Du gehst zum Mittelschiffausgang, wir bleiben an diesem hier. Wenn was passiert, bleib bei Mom, und wir gehen aus unserer Tür raus und holen euch dann ein. Wir sind aus der Tür, bevor die Menschen merken, was los ist.»*

«Oh, laßt uns hoffen, daß nichts passiert.» Pewter, nicht gerade eine sportliche Katze, wollte bleiben, wo sie war.

Rick schob sich zu Harry hinüber, sorgsam darauf bedacht, keinen Lärm zu machen. Cynthia ging zum Haupteingang.

Harry zog das Fax aus ihrer Gesäßtasche. «Kommen Sie einen Moment mit nach draußen.»

Der Sheriff und seine Stellvertreterin schlichen auf Zehenspitzen mit Harry hinaus. Miranda beobachtete sie scharf, während sie sang. Einige Leute bemerkten es aus dem Augenwinkel.

«Harry, Sie haben sich doch nicht schon wieder eingemischt», sagte Rick leise, als sie die Tür hinter sich schlossen.

«Ich konnte nicht anders. Ich dachte mir, wenn wir die Spur der Messer verfolgen könnten, wären wir einen großen Schritt weiter.»

Cynthia betrachtete mit einer kleinen Taschenlampe das Fax. Rick hielt es mit den Händen fest, und Harry sagte ihm, um wessen Handschrift es sich handelte. «Das überrascht mich nicht», antwortete er.

«*War* der Leichnam Marylou Valiant?» fragte Harry.

«Ja», antwortete Cynthia. «Dr. Yarbrough hat uns vor einer halben Stunde die Zahnunterlagen vorbeigebracht. Es ist Marylou.»

«Haben Sie etwas geahnt?» fragte Harry Rick.

«Ja, aber ich dachte, hier ginge es um Geld. Das stimmt aber nicht.» Er rieb sich die kalte Nasenspitze. «Die Spielkarten und das Messer in Mickey Townsends Wagen – das war zuviel des Guten. Das brachte mich auf das wirkliche Motiv: Eifersucht.» Er schüttelte den Kopf. «Bei näherer Betrachtung sind Motive simpel. Verbrechen mögen kompliziert sein, aber Motive sind immer simpel.»

«Was machen wir jetzt?» Harry scharrte mit den Füßen.

«*Wir* machen gar nichts», sagte Rick, während drinnen erneut Applaus aufbrauste. «Wir warten.»

«Aber wenn Sie jeden der Morde auseinandernehmen, Minute für Minute, würden Sie dann nicht das Schlupfloch finden?»

«Harry, so einfach ist das nicht. Wir haben den Zeitpunkt der Morde so genau bestimmt, wie wir können, aber das gibt ihm immer noch einen bequemen Freiraum von dreißig Minuten. Ein guter Anwalt kann das ziemlich leicht zerpflükken, verstehen Sie, er kann versuchen, die Geschworenen zu überzeugen, daß der Bericht des Untersuchungsrichters ungenau ist. Dinge wie die Temperatur im Stall im Verhältnis zur Außentemperatur können auf den Leichnam eingewirkt haben, ebenso der Gesundheitszustand des Opfers, als es noch lebte. Man wird den zeitlichen Rahmen eines jeden Mordes untergraben und den Geschworenen Zweifel daran einimpfen, wie der Mann in Montpelier der Aufmerksamkeit entgehen konnte. Dann wird man sich in Charakterschelte sämtlicher Zeugen der Anklage ergehen. Im Moment ist es ein Kinderspiel für ihn, mit einem guten Anwalt davonzukommen. Der Fall beruht einzig und allein auf Indizien.» Rick war die Art und Weise verhaßt, wie das System funktionierte, zumal, wenn ein Angeklagter Geld hatte.

«Ja, aber was ist mit dem Mord an Marylou?» Harrys Lippen zitterten, so wütend war sie. «Können wir ihn da nicht festnageln?»

«Vielleicht, wenn Coty noch lebte», sagte Coop. «Er hat offensichtlich gewußt, wo Marylou vergraben war.»

«Rick, Sie *können* den Dreckskerl nicht davonkommen lassen.»

«Wenn ich ihn verhafte, bevor ich meinen Fall fest untermauert habe, kommt er davon, er kommt ungeschoren davon, Harry.» Rick spannte den Kiefer an. Er faltete das Fax zusammen. «Dies ist eine große Hilfe, und ich danke Ihnen dafür. Ich verspreche Ihnen, ich werde alles tun, was ich kann, um ihn dingfest zu machen.»

Neuerlicher Applaus von drinnen rüttelte Harry auf. «Ich glaube, ich gehe lieber wieder rein und sehe nach, ob Murphy nicht wieder einen Tumult verursacht hat.»

«Eine musikalische Katze.» Cynthia lächelte und klopfte Harry auf den Rücken. «Ich weiß, es ist frustrierend, aber wir können nicht einfach rumgehen und Leute verhaften. Wir arbeiten so lange daran, bis wir einen hieb- und stichfesten Beweis haben. Das ist der Preis, den wir für die Demokratie zahlen.»

«Ja.» Harry atmete durch die Nase aus, dann öffnete sie die Tür einen Spalt und quetschte sich durch.

Die beiden Katzen waren auf dem Tisch geblieben.

Das letzte Stück auf dem Programm, ein brausender Gesang aus Händels *Messias*, ließ die Dachsparren dröhnen. Das Publikum verlangte jubelnd und klatschend nach einer Zugabe. Der Chor sang noch ein wunderschönes Spiritual und machte sodann eine letzte Verbeugung, teilte sich in der Mitte und verließ zu beiden Seiten die Bühne.

Das Publikum geriet in Bewegung. Harry ging zu dem

Tisch und wollte Mrs. Murphy und Pewter unter die Arme klemmen, als Mim, Jim, Charles und Arthur herüberkamen, unmittelbar gefolgt von Fair.

Harry verlor beim Anblick des Mörders die Fassung und platzte heraus: «Wie konnten Sie? Wie konnten Sie all diese Menschen umbringen? Wie konnten Sie einen Menschen töten, den Sie liebten?»

Arthurs Miene erstarrte. Er fing an zu lachen, doch ein entsetzlicher Erkenntnisblitz flammte in Mims und Charks Augen auf. Blitzschnell packte er Harry, zog eine 38er unter seinem Mantel hervor und hielt sie ihr an den Kopf. «Aus dem Weg.»

Fair duckte sich, um ihn anzugreifen. Arthur schoß und streifte sein Bein. Fairs Bein knickte unter ihm ein, während die Leute schreiend hinausrannten.

Mrs. Hogendobber, die die Bühne noch nicht verlassen hatte, lief aus dem Seiteneingang und sprang in ihren Ford Falcon. Sie ließ den Motor an.

Als Rick und Cynthia den Schuß hörten, hasteten sie durch die Flügeltür hinein, gerade als Arthur Harry nach draußen zerren wollte.

«Ein Schritt näher, und sie ist tot.»

«Eine mehr oder weniger, was macht das schon, Arthur? Sie bringen mich doch sowieso um.» Harry dachte, wie seltsam es sei, zu sterben, während alle dabei zusahen. Sie fühlte das kalte Rund des Laufs an ihrem Kopf, sah die qualvoll verzerrten Gesichter ihrer Freunde, die fletschende Wut ihres Hundes.

Niemand achtete auf die zwei vorbeiflitzenden Katzen. Tucker blieb bei Harry.

«Du darfst ihn nicht reizen, Mutter. Sobald er wegguckt, schnapp ich ihn mir», knurrte der stämmige kleine Hund.

«Arthur Tetrick!» kreischte Mim. «Dafür werden Sie in der Hölle schmoren. Sie haben Marylou Valiant ermordet, stimmt's?»

Arthur schoß über ihren Kopf hinweg, nur um der Genugtuung willen, Mim zu verschrecken. Nur, sie schreckte nicht zurück. Ringsum warfen sich die Leute zu Boden, doch sie drohte mit der Faust. «Sie kommen nicht ungestraft davon.»

Chark, der fand, daß genug geredet war, stürzte sich auf Arthur. Ein Knall ertönte, der junge Mann sackte zu Boden und hielt sich die Schulter.

Jetzt rannte Arthur, Harry vor sich her treibend, nach draußen. Die kalte Luft klärte seine Sinne, aber Arthur hatte seine Chancen ja immer kühl abgewägt. Sein Wagen parkte nahe dem Haupteingang. Er stieß Harry auf den Fahrersitz, wobei er die ganze Zeit die Waffe auf sie gerichtet hielt, und scheuchte sie hinüber auf den Beifahrersitz.

«Können Sie ihn treffen?» fragte Rick Cynthia. Er war auf ein Knie niedergegangen. Cynthia kniete ebenfalls, die Pistole in der Hand.

«Nein. Nicht ohne Harry zu gefährden.»

Fair kam herausgehinkt und zog eine Blutspur hinter sich her. Herbie Jones lief ihm nach, bemüht, ihn zurückzuhalten. «Er bringt sie um, Fair!»

«Er bringt sie ganz bestimmt um, wenn wir ihn nicht aufhalten!»

Tucker war bei dem Wagen angelangt, in dem Harry saß, und schnappte nach Arthurs Knöchel, als er einsteigen wollte. Arthur schüttelte den Hund ab, ohne zu bemerken, daß Mrs. Murphy und Pewter auf den Rücksitz gesprungen waren. Er richtete die Waffe rasch wieder auf Harry, die ihre Hand am Griff der Beifahrertür hatte.

«Mach dich auf dem Rücksitz ganz flach», sagte Mrs. Murphy

zu Pewter. *«Sobald er im Wagen sitzt und die Zündung einschalten will, haben wir ihn.»*

Pewter, zu aufgeregt, um etwas zu erwidern, duckte sich, das Fell gesträubt, die Fangzähne entblößt.

Zu Arthurs Schrecken donnerte Mrs. Hogendobber über den Parkplatz und brachte ihren Falcon direkt vor ihm zum Stehen.

«Ich bring sie um, diese lästige Henne!» schrie er. Zum erstenmal verlor er die Beherrschung.

Er kurbelte das Fenster auf der Fahrerseite herunter, zielte und schoß durch Mirandas Beifahrerfenster. Mrs. Hogendobber öffnete ihre Tür, rollte sich heraus und blieb flach auf der Erde liegen. Arthur konnte sie nicht mehr sehen.

«Laufen Sie weg, Miranda, er rammt Ihren Wagen!» schrie Herb, während er geduckt loslief, um Miranda zu helfen. Sie rappelte sich hoch, ihre Chorrobe schleifte über die Steine des Parkplatzes.

Just als Arthur die Zündung einschaltete, hörte er hinter sich zwei grauenhafte Jaultöne.

«Stirb, Mensch!» Mrs. Murphy und Pewter sprangen vom Rücksitz nach vorn und attackierten seine Hände.

Murphys Krallen rissen tiefe Wunden in die Hand, in der er die Pistole hielt, ehe ihm klar wurde, was geschehen war. Harry ergriff die Gelegenheit, packte seine rechte Hand und schlug sein Handgelenk auf das Lenkrad. Er versuchte, mit der linken Hand über das Lenkrad hinweg nach ihr zu greifen, aber Pewter versenkte ihre Fangzähne tief in das Fleisch seines Handtellers. Er schrie auf.

Harry schlug sein Handgelenk noch einmal gegen das Lenkrad, so fest sie konnte. Er ließ die Waffe fallen. Sie bückte sich, um sie aufzuheben. Er trat nach ihr, aber sie bekam sie zu fassen.

Jetzt fühlte Arthur Tetrick den kalten Lauf der Waffe an seiner rechten Schläfe.

Rick Shaw, seine 357er Magnum gegen Arthurs linke Schläfe gedrückt, sagte: «Sie stehen unter Arrest wegen Mordes an Nigel Danforth, Coty Lamont und Marylou Valiant. Sie haben das Recht zu schweigen –» Rick rasselte Arthurs Rechte herunter.

Cynthia öffnete die Beifahrertür, während Arthur brüllte: «Rufen Sie die Katzen zurück!»

Harry rutschte aus der offenen Tür. «Kommt, Mädels!»

Mrs. Murphy holte noch zu einem finalen Schlag aus, dann sprang sie hinaus, gefolgt von Pewter, deren ohnehin schon beeindruckende Größe sich verdoppelt zu haben schien.

Tucker und Fair, die beide hinkten, kamen gleichzeitig bei Harry an. Fair packte Harry und drückte sie an sich. Er konnte nicht sprechen.

Harry begann zu zittern. Merkwürdig, wie wenig Angst sie empfunden hatte, als sie in Gefahr gewesen war. Jetzt brach sie über sie herein. Sie umarmte ihren Exmann, dann riß sie sich los und eilte zu Miranda, um die sich Herbie und Mim kümmerten.

«Miranda, er hätte Sie töten können!» Tränen liefen über Harrys Wangen. Sie blieb stehen, um die beiden Katzen hochzuheben, drückte sie an sich, küßte mehrmals die pelzigen Köpfe, kniete sich dann hin, um ihre stämmige Corgihündin zu küssen.

«Tja, und wenn er von diesem Parkplatz heruntergekommen wäre, dann hätte er Sie getötet», stellte Miranda lakonisch fest, ihre eigene heldenhafte Tat herunterspielend.

«Ich würde sagen, zwei Höllenkatzen und Miranda haben Ihnen das Leben gerettet.» Reverend Jones streichelte die Katzen.

«Und Tucker. Tapferer Hund.» Harry küßte abermals die glückliche Tucker.

Arthur Tetrick saß kerzengerade in seinem Auto. Er hatte nie im Leben solche Schmerzen gehabt, und als der egozentrische Mensch, der er war, kam es ihm nicht in den Sinn, daß das, was er seinen Opfern zugefügt hatte, viel, viel schlimmer war.

52

Die ganze Truppe – Harry, Miranda, Fair, Cynthia, Rick, Big Mim, Little Marilyn, Jim, Susan, Herbie, Market Shiflett, Mrs. Murphy, Pewter und Tucker – saß am nächsten Tag im Hinterzimmer des Postamts. Addie war aus dem Krankenhaus entlassen worden, aber jetzt lag Chark drin. Sie hatte sich vom Krankenwagen zum Martha Jefferson Hospital mitnehmen lassen, um bei ihrem Bruder zu sein; er würde genesen, aber die Kugel hatte einen Knochen zerschmettert.

Arthur hatte die Morde an Marylou Valiant, Sargent Wilcox, alias Nigel Danforth, und Coty Lamont gestanden. Als Anwalt wußte er, daß es nach seinem Benehmen in der Kirche zappenduster für ihn aussah, deshalb hatte er beschlossen, sich mit einem Schuldbekenntnis der Gnade des Gerichts auszuliefern und damit der Todesstrafe zu entgehen.

Rick, der Arthur verhört hatte, fuhr mit seiner Geschichte fort. «– vermutlich das einzige Mal, daß Arthur jemals aus Leidenschaft handelte, aber als er Marylou Valiant getötet hatte, mußte er die Leiche loswerden. Durch einen dummen

Zufall liefen ihm Coty und Sargent über den Weg, als er Marylou zu seinem Wagen schleppte. Sargent war erst seit zehn Tagen in Arthurs Stall, aber er erwies sich als willig und anpassungsfähig. Er und Coty halfen ihm, Marylou an dem letzten Ort zu vergraben, wo jemals einer nachsehen würde – in Mims Stall. Sargent muß das Christophorus-Medaillon eingesteckt haben, als niemand hinsah. Kurz darauf gab Arthur die Hindernisrennen auf.»

Mim warf ein: «Das weiß ich noch. Er sagte, er könnte ohne Marylou nicht weitermachen. Es sei ihr Sport. Er würde sich als Funktionär betätigen, aber keine Pferde mehr laufen haben. Was war er bloß für ein Schauspieler.»

«Als Marylou verschwand, waren Arthur und Mickey Townsend aus naheliegenden Gründen die beiden Hauptverdächtigen. Es war uns allerdings nicht möglich herauszufinden, ob Marylou überhaupt tot war. Wir hatten eigentlich kein Verbrechen, wir hatten kein Opfer, wir hatten nur eine vermißte Person», sagte Rick.

«Und Arthur war ein äußerst gewissenhafter Vollstrecker von Marylous Testament.» Jim Sanburne hakte seine Finger in seinen Gürtel.

«Aber was ist passiert, das seinen Mordtrip ausgelöst hat?» Fair streckte sein bandagiertes Bein langsam aus. Es fühlte sich besser an, wenn er es hin und wieder bewegte.

«Sargent ist zurückgekommen», sagte Cynthia. «Hat sich an Addie rangemacht. Und hat Coty, der bis dahin ganz zufrieden war, aufgehetzt, höhere Forderungen zu stellen.»

«Oh, das muß Arthur eine Heidenangst eingejagt haben», entfuhr es Herbie.

«Nicht so sehr wie der Anblick von Marylous Christophorus-Medaillon um Addies Hals, vor dem Colonial-Cup-Rennen», sagte Cynthia.

«Er dachte, sie wüßte Bescheid?» fragte Miranda.

«Ihm wurde klar, daß Sargent oder Coty das Medaillon an sich genommen haben mußte. Er fürchtete, Nigel – Sargent – hätte es Addie erzählt, und sie würde es nach dem Rennen Rick erzählen. Man stelle sich seinen Schock vor, als er das königsblaue Medaillon sah, unmittelbar bevor sie auf die Bahn rausging», sagte Rick.

«Ich war erschüttert, als ich es sah.» Mim schüttelte den Kopf.

«Sargent und Coty haben ihn schwer geschröpft. Er hatte nichts anderes im Sinn, als sie zu töten. Addie hat alles durcheinandergebracht», fügte Cynthia hinzu.

«Und was ist mit Linda und Will? Sie sind immer noch verschwunden.»

Rick drehte die Handflächen nach oben. «Weiß ich nicht. Wir haben keine Ahnung, ob sie noch am Leben sind. Ihre Abwesenheit wird gewiß von niemandem bedauert, und ich bezweifle, daß Arthur sich genötigt sah, sie umzubringen. Ich glaube nicht, daß sie etwas wußten. Wir wissen nur, daß Dealer früher oder später manchmal bekommen, was sie verdienen.»

Während die Gruppe redete, fütterte Harry die Katzen und den Hund mit Brocken von den Schinkenbroten, die Market mitgebracht hatte.

«Was hatten die Damen zu bedeuten?» fragte Mim.

«Arthur sagte, die hatten nur den Sinn, uns alle verrückt zu machen. Verfluchte Dame, hat er gesagt und mir ins Gesicht gelacht. Marylou war eine verfluchte Dame, als sie ihn wegen Mickey fallenließ. Arthur ist explodiert ... und hat sie erwürgt.»

«Addie hat Glück, daß sie noch lebt», sagte Miranda leise. «Die armen Kinder. Was die alles durchgemacht haben.»

«Ja.» Mim nahm ein Taschentuch aus ihrer Handtasche und betupfte sich die Augen.

Mrs. Murphy warf ein: *«Männer wie Arthur sind es nicht gewöhnt, abgewiesen zu werden.»*

«Hier, nimm noch ein bißchen Schinken.» Miranda bot der Katze ein Stück an, weil sie das Miauen als Bitte um Futter deutete.

«Ich wette, er hat Mickey Townsend an jenem schrecklich verregneten Tag von der Straße abgedrängt – er verlor langsam die Beherrschung.» Miranda erinnerte sich an den kalten Tag.

Harry beobachtete Pewter, die hinauflangte und sich ein halbes Schinkenbrot schnappte. «Market, wir könnten uns Pewter teilen. Wie wär's, wenn ich sie jeden Abend mit nach Hause nehme, und tagsüber kann sie im Laden arbeiten und auch hier?»

«Ja!» miaute Pewter.

Market lachte. «Denk nur, wieviel Geld ich dadurch sparen würde!»

«Ja, Pewter ist ein Tiger im Tran», zog Mrs. Murphy ihre Freundin auf.

Das Telefon klingelte. Harry ging ran. «Oh, hallo, Mrs. Carpenter. Es geht? Großartig. Warten Sie, ich gebe Ihnen meine Kreditkartennummer.» Harry zog eine Kreditkarte aus ihrer Geldbörse und las ihre Nummer ab.

«Was kaufen Sie?» erkundigte sich Miranda.

«L.L. Bean macht mir in Sonderanfertigung ein Paar Gummistiefel in meiner Größe mit dreißig Zentimeter hohen Schäften.»

53

Mrs. Murphy wartete gelassen auf einem Heuballen. Pewter blieb drinnen bei Harry. Mrs. Murphy gefiel es ganz gut, noch eine Katze im Haus zu haben. Tucker hatte auch nichts dagegen.

Dieses Wochenende war soviel los gewesen, jetzt mußte sie allein sein, um ihre Gedanken zu sammeln. Sie hörte das Quieken aus dem Innern des Heuballens. Als eine ahnungslose Maus herausschoß, packte Mrs. Murphy sie mit einem pfeilschnellen Schlag.

«Dich hätten wir!»

Die Maus hielt unter der Katzenpfote still. *«Mach's fix. Ich will nicht leiden.»*

Mrs. Murphy hob ihre Pfote vorsichtig an einer Seite an, um die dunklen Knopfaugen zu sehen. Sie erinnerte sich an die Hilfe von Mims Stallmäusen. *«Ach, geh. Ich wollte dir bloß beweisen, daß ich schneller bin als du.»*

«Du wirst mich nicht töten?»

«Nein, aber renn nicht herum, wo Harry dich sehen kann.»

«Mach ich nicht.» Das kleine Geschöpf flitzte zurück in den Heuballen, und Mrs. Murphy hörte aufgeregtes Quieken. Dann ging sie aus dem Stall und sah durchs Küchenfenster. Harry goß ihren Tee auf, was sie mindestens zweimal täglich tat. Mrs. Murphy war verblüfft, wie göttlich, wie erhaben, wie einmalig eine so weltliche Verrichtung sein konnte. Sie schnurrte, als sie erkannte, was für ein Glück sie hatte, was für ein Glück sie alle hatten, an diesem frischen Herbsttag am Leben zu sein.

Als Harry aus dem Küchenfenster sah, bemerkte sie Mrs.

Murphy, die mit senkrecht aufgerichtetem Schwanz aus dem Stall kam.

Das Telefon klingelte.

«Hallo.»

«Harry, ich bin's, Boom Boom. Du wolltest letzte Woche mit mir zu ‹Lifeline› gehen, aber bei all der Aufregung hab ich nicht angerufen. Wie wär's mit Montag um eins?»

«Klar.»

«Ich hol dich am Postamt ab.»

«Schön.»

«Bis dann. Tschüs.» Boom Boom verstummte.

«Verdammt!» Harry legte auf. Sie sah hinaus zu Mrs. Murphy im Sonnenschein und dachte sich, wie wunderbar, wie herrlich, wie entspannend es sein mußte, eine Katze zu sein.

Liebe hochintelligente Katzen!

Habt Ihr die ewigen alten Wollknäuel satt? Ich habe eine eigene Serie Katzenminzespielsachen entwickelt, die alle von Pewter und mir getestet sind. Zwar habe ich es nicht gern, wenn Pewter mit meinen Söckchen spielt, aber wenn ich sie nicht lasse, zerfetzt sie meine Manuskripte. Da könnt Ihr mal sehen, wie das ist!

Und damit die Menschen sich nicht übergangen fühlen, habe ich ein T-Shirt für sie entworfen.

Wenn Ihr sehen möchtet, wie kreativ ich bin, schreibt mir, dann schicke ich Euch einen Prospekt.

Sneaky Pies Flohmarkt
c/o American Artists, Inc.
P.O. Box 4671
Charlottesville, VA 22905
USA

Mit freundlichen Katzengrüßen

SNEAKY PIE BROWN

P.S. Hunde, besorgt Euch eine Katze, die für Euch schreibt!

Foto: Hergen Schimpf

Petra Hammesfahr

«Spannung bis zum bitteren Ende» Stern
«Es gehört zu den raffinierten Konstruktionen von Petra Hammesfahr, dass dann doch alles ganz anders sein könnte» Marie Claire

Lieferbare Titel:

Das Geheimnis der Puppe
Roman 3-499-22884-X

Der gläserne Himmel
Roman 3-499-22878-5

Der Puppengräber
Roman 3-499-22528-X

Der stille Herr Genardy
Roman 3-499-23030-X

Die Chefin
Roman 3-499-23132-8

Die Mutter
Roman 3-499-22992-7

Die Sünderin
Roman 3-499-22755-X

Lukkas Erbe
Roman 3-499-22742-8

Meineid
Roman 3-499-22941-2

Merkels Tochter
Roman 3-499-23225-1

Roberts Schwester
Roman 3-499-23156-5

Das letzte Opfer
Roman

3-8052-0700-X